UNE HISTOIRE
IMPOSSIBLE

GUY LAGACHE

UNE HISTOIRE IMPOSSIBLE

roman

BERNARD GRASSET
PARIS

Conception graphique couverture : Virginie Berthemet
Crédits photo couple. © Masterfile

ISBN 978-2-246-82025-3

À Evelyn,
À Pierre-Étienne,
partis trop tôt

*« Celui qui se résigne ne vit pas :
il survit. »*

Oriana FALLACI, *Un homme*

PROLOGUE

Margot, 2 janvier 1947

Dans les cercles diplomatiques, le retentissement d'une réception tient parfois à un détail, un événement extérieur, un visiteur inattendu qui peut changer le cours des choses. Voire le cours d'une vie. C'est ce qui s'est passé ce dernier soir de l'année 1946.

La folie du 31 s'était emparée de La Nouvelle-Orléans bien avant l'explosion des feux d'artifice sur le Mississippi, au passage du Nouvel An. Au soleil couchant, tout le Quartier français était en ébullition. Impossible de se frayer un chemin sur les trottoirs. Le thermomètre affichait 26 degrés à 18 heures. Une chaleur écrasante.

Le jazz avait pris le pouvoir. Sous les arcades, sur les balcons, les fanfares enflammaient les rues. Les sons des cuivres s'entrechoquaient pour former un tintamarre enivrant qui remuait la foule et résonnait dans tout le district, jusqu'à notre maison près de Chartres Street, où mon état de nerfs était à la limite du supportable.

Pourtant, ici, tout était calme. Arthur était surveillé par sa nourrice et Camille avait disparu à l'autre bout du parc avec Néné, la gouvernante d'origine haïtienne qui travaille au service de cette demeure coloniale depuis vingt ans. Paul se trouvait au premier étage, dans la chambre, en repos forcé, à la demande de son médecin, passé la veille après une crise de douleur aiguë. En bas, j'enchaînais cigarette sur cigarette tandis que les domestiques du consulat finissaient de préparer la réception. La nervosité des grands soirs où il faut faire bonne figure pour la France; être à la hauteur de la France; incarner cette soi-disant grandeur nationale.

La nuit était tombée, et la température redevenue clémente. Les vingt-cinq torches installées tout autour du parc illuminaient la vieille bâtisse de briques délavées qu'envahissait le lierre sur toute une partie de la façade.

Une centaine de robes longues et de smokings allaient et venaient sur la terrasse, comme une immense troupe d'acteurs sur une scène de théâtre à ciel ouvert.

Pour la première fois depuis que l'hôpital avait diagnostiqué sa maladie trois mois plus tôt, Paul avait le sourire. Mais c'était un sourire particulier. Un rictus du côté droit trahissait une sensation de puissance tandis qu'il balayait l'assistance du regard. Monsieur le consul avait de quoi être satisfait. Tout le gratin de La Nouvelle-Orléans se trouvait chez nous pour inaugurer la nouvelle année, et j'enchaînais les baisemains au point d'avoir des courbatures à l'avant-bras.

Les glaçons claquaient et tambourinaient contre les parois en cristal. Les verres se vidaient pour se remplir aussitôt

— bourbon, rhum, gin, champagne, vins de Bourgogne ou de Bordeaux. Les maîtres d'hôtel étaient à la manœuvre aux quatre buffets installés dans la maison. Je ne quittais jamais le sourire de façade de toute bonne maîtresse de maison attelée à sa tâche, traquant la moindre imperfection pour la corriger sur-le-champ. Je guettais l'hôte sans compagnie, isolé dans un coin. Je m'immisçais dans une conversation quand je remarquais un temps mort. Je désamorçais une polémique quand j'entendais le ton monter, ici ou là. Plus il y a d'invités, plus la vigilance doit être forte. Et plus j'ai le sourire. Il s'agit de donner à mes hôtes une illusion de légèreté en toutes circonstances. L'exercice nécessite du tact et de l'adresse. La dizaine de réceptions que j'ai organisées à La Nouvelle-Orléans depuis notre arrivée m'ont appris à jouer des apparences. C'est du moins ce que je croyais jusqu'à ce soir. Jusqu'à cet instant où je me suis aperçue qu'il était parmi nous.

Je ne l'avais pas vu arriver et j'ignorais depuis combien temps il circulait parmi les invités. Je l'observais à distance. Lui aussi affichait un large sourire, celui d'un homme sûr de lui et suffisant, fier de son allure, de sa haute silhouette filiforme. Ses cheveux blancs clairement séparés par une raie sur le côté droit encadraient un visage hâlé, rectangulaire et ridé, illuminé par deux billes bleu turquoise. Le regard avait l'air bienveillant. Personne ne se rendait compte que c'était un leurre. Comment aurait-il pu en être autrement ? C'était l'effet de la soutane et du col romain qu'arbore sans relâche le père Henri Brunswick.

Il n'était pas le bienvenu dans ma maison. S'il se trouvait ici, c'est donc qu'il avait été invité par le consul de France. Et

Paul ne m'en avait rien dit. Il ne figurait pas dans la liste des deux cents invités qu'il m'avait transmise il y a six semaines. Que s'était-il passé? Je me suis sentie défaillir. Sous ma robe longue, mes jambes perdaient l'équilibre. Besoin de calme pour retrouver mes esprits. Je me déplaçai vers le mur pour appuyer mon dos. J'étouffais. Le son du saxophone qui hurlait à travers les haut-parleurs m'était soudain insupportable. La migraine tambourinait. Je ne parvenais pas à rassembler mes idées. Je surveillais la foule machinalement, absente. Mes yeux pivotaient de droite à gauche, sans s'attarder sur une situation. C'est à cet instant que j'ai croisé son regard. Trop tard. La soutane glissait vers moi.

— Vous voir ici, mon père, c'est une surprise.

— Ma chère Margot, l'insistance de Paul ne m'a guère laissé le choix.

— Je vois. Amusez-vous bien.

Ma repartie était aussi pitoyable que mon état. Il tourna les talons. S'enfonça dans la foule. «Paul ne m'a guère laissé le choix.» La phrase tourna en boucle dans ma tête tout au long de la soirée. De quelle affaire Paul souhaitait-il faire part à Brunswick? Qu'y avait-il de si urgent, de si important pour que le prêtre fût prêt à faire le long voyage depuis Paris jusqu'ici, à La Nouvelle-Orléans?

Paul avait prévu toutes mes questions. Il avait aussi préparé toutes les réponses.

PREMIÈRE PARTIE

1940

1.

Paul, 31 juillet 1940

C'est un enfer cette lettre. Tu tournes en rond, tu patines. Cela fait près de trois mois que tu essayes de lui écrire. Mais à chaque fois que tu te mets à l'ouvrage, la crainte de son jugement te paralyse. Tu n'y arrives pas. Ni le soir, quasiment seul au consulat, ni même chez toi lorsque, comme maintenant, Claire et Éléonore sont sorties. Aucun calme, aucune solitude ne peut apaiser ton inquiétude. Tu sais pourtant que c'est inéluctable... mais cette missive, comment la tourner ?

« *Ma chère Maman,*

J'espère que le contenu de cette lettre comblera mon silence de ces derniers mois et que j'en serai pardonné.

À Tientsin, la vie est redevenue beaucoup plus calme. Comme dans tout le nord de la Chine entre Pékin et la frontière mongole, nous sommes épargnés par les tracas de la guerre. À part quelques raids japonais sur des bases militaires maritimes chinoises dans le port de la ville il y a huit semaines, nous n'avons pratiquement pas vécu de bombardements depuis janvier. Tientsin connaît une activité à peu près normale comme avant 1937 et le début de la guerre sino-japonaise.

Malgré le séisme politique qui secoue la France et l'Europe, je poursuis tant bien que mal mon travail de vice-consul. Mes échanges avec mes homologues britanniques – avec qui des liens personnels se sont tissés – sont hélas remis en cause. Ces amitiés ne sont pas simples par les temps qui courent. Les Anglais sont les seuls à se battre contre l'Allemagne. Alors que je m'emploie à garder un devoir de réserve absolu, il devient de moins en moins supportable de représenter mon pays et, par voie de conséquence, d'incarner un gouvernement qui a cessé de se battre et avec lequel je ne me sens plus rien de commun. Déjà un mois et demi que l'armée française a été démobilisée et que Pétain, à peine arrivé au pouvoir, a déclaré la fin des hostilités. Loin du vacarme, à huit mille kilomètres de Paris, je suis bien inutile, mais surtout en colère contre tous ces pleutres qui ont pris le pouvoir dans les administrations comme dans les ambassades et consulats en Extrême-Orient. Je dois donc continuer à prendre mes ordres du ministère des Affaires étrangères désormais installé à Vichy, et surtout obéir plus que jamais au fameux devoir de réserve (notamment en ce qui concerne les Boches d'Extrême-Orient) qui s'impose à tous les fonctionnaires.

Combien de temps vais-je pouvoir tenir ? Combien de temps vais-je devoir patienter ? Personne ne semble ému ou concerné par ce qui se passe. Le silence sur les événements entre collègues, à l'intérieur comme à l'extérieur du consulat, *est éloquent. Il y a comme une chape de plomb. Ma prise de bec avec le consul, pour l'apathie qu'il montre depuis que le Maréchal a demandé l'arrêt des combats, m'a valu un avertissement très sec de la part de la direction du personnel du ministère. On me reproche mon manque de diplomatie, de discrétion et surtout de faire preuve d'insolence vis-à-vis de la hiérarchie en affirmant haut et fort mes convictions. »*

Encore une fois, tu cesses d'écrire. Ça ne sert à rien. Cela fait des semaines que ça dure, des semaines que tu luttes comme un fou pour essayer de prétendre que c'est passager et que cela n'a pas d'importance. Regarde l'état dans lequel tu es. Tu es seul. Insupportablement seul dans cette ville au fin fond de la Chine, et personne n'a envie de t'écouter pleurnicher. Alors que faire, au juste ? Regarder combien de temps tu peux encore tenir à faire bonne figure en société, en faisant le malin dans les réceptions mondaines de Tientsin ? Avoue-le, tu continuerais bien à jouer ce rôle-là. Mais tu n'y arrives plus. Il n'y a plus personne. *Kaputt.* La scène d'hier soir n'a-t-elle pas suffi ? Chez l'Italien, au beau milieu de la réception, l'esclandre de Claire a jeté un froid glacial. C'est le type de situation qui paralyserait n'importe quel diplomate aguerri, te dis-tu depuis 24 heures pour te rassurer. C'est ça, raccroche-toi à ça, en espérant que ce beau monde, qui a assisté au pitoyable spectacle donné par ta femme, te le pardonnera.

Tu rêves, mon pauvre Paul.

En même temps, c'était couru d'avance. Avant de te rendre chez le consul d'Italie, l'ambiance était déjà si pesante… Une fois de plus, vous vous étiez préparés sans dire un mot, vous vous étiez ensuite rendus séparément dans la chambre d'Éléonore pour lui lire une histoire et l'embrasser, puis la gouvernante vous avait laissés filer en silence et, dans la voiture, Claire avait ignoré tes tentatives de dialogue et tes questions, préférant te dévisager. Elle était restée muette et t'avait regardé longuement et fixement, pour que tu te sentes coupable. Tu ne pouvais deviner que dans ce lourd silence, elle répétait dans sa tête ce qui allait suivre, nerveuse et impatiente de se retrouver à table avec ce beau monde, son monde! Et là, en plein repas, faire sa sortie, t'humilier. Tu étais en grande conversation avec l'épouse du proviseur du Lycée français, l'une des femmes les plus influentes au sein de la communauté française d'Extrême-Orient. Une trentaine de personnalités étaient à table, à l'invitation du consul d'Italie. Industriels, diplomates, journalistes: il y avait là tout le gratin des expatriés vivant à Pékin et Tientsin. Ta femme avait soudainement élevé la voix pour attirer l'attention de l'assistance, coupant court à la discussion avec son voisin, et elle avait eu cette remarque qui t'avait glacé le sang:

— Par les temps qui courent, pensez-vous qu'un diplomate français qui fricoterait avec les Anglais pourrait être considéré comme un traître?

Cette simple question avait jeté un silence assourdissant dans la salle. Puis ils s'étaient tous tournés vers toi.

Le traître.

Tu n'as plus le choix. La lettre est devant toi. Cette fois-ci, impossible de reculer.

*

« *Ma chère Maman,*

Depuis plusieurs mois, chacune de mes réflexions est une complainte nouvelle : le gâteux qui a pris le pouvoir et le pays qui est en train d'aller à vau-l'eau ; les pleutres qui peuplent le consulat et mes heurts avec mes supérieurs ; les Boches qui colonisent et massacrent l'Europe. Ces tourments déclenchent en moi un très fort sentiment d'inquiétude et d'indignation. Mais aucun de ces sujets ne me cause autant de désarroi et de détresse que celui dont il est question aujourd'hui.

Je m'apprête, ma pauvre maman, à commettre l'irréparable.

J'ai cru jusqu'ici à cette vie toute tracée, que je suivais avec détermination, en bon Breton fier et têtu. J'y ai cru car elle m'a apporté tant de choses merveilleuses, à commencer par Éléonore, ma sublime Éléonore qui n'a pas encore dix ans mais qui me semble déjà tellement grande. Elle est ma fierté. Elle est mon plus tendre amour. Et pourtant, je vais la quitter. Je ne peux plus continuer cette vie comme si de rien n'était.

J'ai épousé Claire il y a dix ans, en voulant appliquer votre maxime : un mariage ne peut durer que s'il est une alliance d'intérêts. Épouser Claire de Villerme, n'était-ce pas, de ce point de vue, la plus belle des opportunités ? Sans elle, sans son nom, sans son père, sans ses relations, mon parcours en sortant de Sciences-Po aurait-il eu une trajectoire aussi rapide jusqu'en Extrême-Orient ?

J'aurais sans doute poursuivi, sans conviction, mon chemin en compagnie de Claire, dans la bonne société française (celle

21

qui doit désormais être courtoise avec l'occupant selon les conseils du vieux à la radio), si ma vie n'avait pas basculé il y a maintenant près de trois mois.

Cela s'est passé le 16 mai dernier, de façon totalement inattendue. Je me trouvais chez mon ami Oswald White, le consul du Royaume-Uni, qui donnait une réception. La maison était pleine à craquer. J'étais en pleine discussion avec le chef de la police quand, les voyant passer, il les a interpellés pour les saluer. Un Anglais d'une cinquantaine d'années aux cheveux blancs, accompagné de sa fille. Elle s'appelle Margot. Margot Midway. »

Mais qu'est-ce qui te prend de lui raconter tout ça ? Es-tu bien conscient de ce que tu fais en écrivant cette lettre ? Tout démolir. Tirer un trait sur ce que tu as construit : ton mariage, ta fille, ta carrière. Est-ce que tu penses à ta carrière ? Vice-consul en Chine à seulement 35 ans, tu sais ce que cela signifie ? Tu es sur un boulevard pour devenir ambassadeur dans moins de dix ans. Ton avenir aux Affaires étrangères est tout tracé. Mais Monsieur a des états d'âme. Monsieur a des scrupules. Tu es devenu complètement fou, mon pauvre. Réveille-toi. Reprends-toi. Il n'est pas question que tu envoies ce courrier à ta mère.

Cette lettre du 31 juillet 1940 n'existera jamais.

2.

Margot, 16 mai 1940

Ils se hurlent encore dessus. J'ai beau tourner le bouton du volume de la radio jusqu'à son maximum, la voix de Billie Holiday que diffuse la BBC ne parvient pas à couvrir les cris de ma mère qui transpercent le plafond et se propagent au rez-de-chaussée – salle à manger, cuisine, bibliothèque, dans toutes les pièces jusqu'à ma chambre, où j'essaye désespérément de me détendre. La voix traînante et enrouée de la crooneuse – « *Your daaaaaaaaaaaaaddyyyy's rich and your ma is good lookin'* » – est absorbée par le vacarme qui vient d'en haut. Les mots et les bouts de phrases que j'entends sont hurlés par un vibrato criard, impossible de m'assoupir sur « Summertime ».

C'est insupportable. Elle ne se rend pas compte que juste en dessous de sa chambre, je peux tout saisir de « cette vie médiocre que tu me fais vivre ».

Elle ne m'épargne rien de son intimité conjugale.

— Ça fait combien de temps que tu ne m'as pas touchée, Frederick ? Hein ? ça fait combien de temps ? Tu veux que je te le dise, Fred ?

Les tirades s'enchaînent, se font plus violentes.

— Toi et Margot, il n'y en a que pour vous. On se demande d'ailleurs si ce n'est pas la seule personne qui t'intéresse aujourd'hui.

Sa colère m'agresse et me soulève le cœur, comme à chaque fois qu'elle me désigne.

— À force de n'avoir d'yeux que pour elle, tu en as fait une petite princesse.

Je l'entends accentuer la première syllabe de « petite », peuuuuuuuutite, pour que l'effet soit encore plus outrageant.

— Une peuuuuuuuutite princesse autocentrée et aguicheuse ! J'espère que tu es fier de toi.

J'encaisse sa rancœur et je ferme les yeux. Je la revois, ces derniers mois, cachée derrière la porte pour m'observer en douce, scruter mes jambes et mes cuisses, l'étroitesse de mes hanches et la grosseur de mes seins. Et de nouveau je ressens ce regard oppressant posé sur moi, celui d'une femme abîmée, asséchée, rongée par l'inquiétude du temps qui passe en examinant une jeune fille – sa propre fille ! – devenir une femme. Une femme qui enseigne et gagne sa vie. Une femme insupportablement encombrante. Une rivale.

Je voudrais pouvoir pénétrer dans son cerveau et découvrir ce qui a bien pu déclencher sa jalousie. Je fouillerais sans limite tous les recoins de sa pensée pour mettre la main sur les tourments qui éveillent sa violence. Et je les neutraliserais. C'est un reste de mes pensées magiques d'enfant qui ressurgit quand je rêve que tout redevienne comme avant.

*

Je n'irai pas jusqu'à dire que ma mère a toujours été un modèle de douceur et de bienveillance. Elle fait partie de ces femmes élevées à la dure, qui se construisent en cultivant une posture stricte et réservée. Mais cette raideur servait surtout de masque pour dissimuler une timidité dérangeante en société. Avec moi, elle se montrait aimante et affectueuse. Jusqu'à ce que tout change, presque subitement, il y a six ans, lorsque nous nous sommes installés à Tientsin sur Dickinson Street. Le chagrin et les regrets d'avoir dû tirer un trait sur sa vie à Manchester l'ont fragilisée. Et une fêlure a commencé à apparaître. La nostalgie a laissé place à la révolte. La colère s'est installée. Puis elle a fait le vide autour d'elle, progressivement.

Sarah Midway ne travaille pas, passe ses journées plongée dans la lecture et ne fréquente quasiment plus personne, sinon Gladys, la domestique qui occupe une chambre dans la dépendance accolée à notre maison. Cela vaut à ma mère un surnom tristement célèbre à Tientsin : la Misanthrope ! Une raillerie pour laquelle nous n'avons, ni ma mère, ni mon père, ni moi, aucun humour – mais qui hélas se révèle juste.

Dans les cris et dans les larmes, elle vient de lui annoncer qu'elle ne l'accompagnera pas ce soir à la réception que donne le consul du Royaume-Uni. Cela fait pourtant trois mois, plaide mon père, qu'ils ont reçu le carton d'invitation d'Oswald White qui les convie à sa fête ce vendredi 16 mai.

— N'insiste pas, Frederick, je te dis!

Sarah Midway n'est pas en état de voir qui que ce soit. Et une fois de plus, du haut de mes 23 ans, je vais devoir compenser en jouant le rôle de la parfaite cavalière, aimable et bien élevée, souriante et assurée. Un personnage de composition devenu familier mais qui m'est toujours aussi désagréable. Je m'en rends compte au moment où nous passons la porte de la maison, une heure plus tard. Le rouge vif de mes lèvres et le noir profond qui courbe mes cils m'embellissent mais ne parviennent pas à gommer les tourments de la dispute. Je perçois le regard fier de mon père lorsqu'il me découvre dans ma longue robe échancrée en soie noire. Et je sens une pointe d'ironie quand il plonge ses yeux à terre et remarque que mes escarpins relèvent mon horizon de dix centimètres.

— Incroyable la magie des talons hauts, dis-moi!

Ses taquineries bienveillantes me rassurent. Mais ni lui ni moi ne sommes vraiment d'humeur à sourire.

*

Nous quittons Dickinson Street, le chauffeur est à la manœuvre. La traction avant file tout droit sur Victoria Road parmi les centaines de vélos qui longent le Pei-Ho, l'immense fleuve de Tientsin qui se jette dans la mer de Chine. Le soleil disparaît progressivement derrière l'imposant bâtiment Art déco en pierres grises et blanches ornées de sculptures en marbre qui abrite l'Astor Hotel. Dans la voiture, les fenêtres grandes ouvertes font rentrer l'air moite qui flotte en fin de journée. La ville, spectaculaire, défile sous mes yeux, mais je suis absente, loin de ce que je regarde, encore sous le choc de la querelle. Les scènes de rue se succèdent, mais rien de ce qui m'enchante habituellement ne me touche à présent. Ni l'ultra moderne tramway, plein à craquer, qui circule sur les grands axes. Ni les échoppes le long du fleuve qui grouillent de monde à la nuit tombée. Ni les hordes de travailleurs chinois qui chargent et déchargent en file indienne les marchandises des barges et des cargos amarrés sur le port. Les images de cette frénésie urbaine glissent sur moi. Même l'odeur âcre de l'humidité me semble, pour une fois, respirable.

Peu à peu, nous nous éloignons du centre-ville pour nous enfoncer dans le quartier de Windsor, l'un des coins résidentiels les plus huppés de Tientsin. Il compte une trentaine de propriétés, toutes alignées les unes à côté des autres, à seulement dix minutes de l'agitation de Victoria Road. Au moment de descendre de la voiture, je sens comme un poids au niveau de l'estomac.

En ce mois de mai, la météo est instable. Des trombes d'eau ont commencé à tomber et ce soir le parc fleuri restera vide. Oswald White reçoit à l'intérieur. Alors que nous marchons tous les deux depuis le portail jusqu'à la maison, le trac m'envahit. Le souffle est court, la gorge serrée. Une panique similaire à celle des comédiens me saisit d'un coup en apercevant le spectacle à travers les baies vitrées. Incontrôlable. C'est l'heure de la représentation.

Deux cents invités en tenue de soirée déambulent dans les trois immenses salons de la demeure coloniale qui surplombe le parc. Les femmes sont apprêtées, certaines plus gracieuses que d'autres, sourires de circonstance aux lèvres – larges, figés, tenaces. Aucun signe de faiblesse, aucun stigmate d'une crise passée, pas la moindre angoisse de femme bridée par une mère lui ayant interdit la légèreté n'est perceptible sur les visages. Je suis au milieu de bulldozers, des bulldozers déguisés en princesses, des machines de guerre à chevelures blondes, brunes, rousses, grises, blanches, toutes renforcées par leur mise en plis. Ça complote, ça ricane, ça houspille. Sans jamais quitter cet éclatant sourire encadrant les canines.

Je reste paralysée pendant de longues minutes, fascinée par le tableau. Je me sens décalée, hors jeu, comme une tache sur le tissu de cette belle société. «La peuuuuuuuutite princesse autocentrée et aguicheuse» se trouve à des années-lumière de la rivale tant redoutée de Sarah Midway. «La peuuuuuuuutite princesse» se sent surtout comme une erreur, une pauvre chose juchée sur des talons qui n'a, à cet instant précis, qu'un rêve: déguerpir. Décamper. Disparaître.

À moins d'un mètre, je remarque ce qui pourrait être ma délivrance. Sur le buffet, je reconnais le navire à voile dessiné sur l'étiquette de la bouteille. C'est la marque que consomme mon père à la maison. Le serveur, qui m'a repérée, s'exécute discrètement avant que je n'aie l'idée de lui faire un signe. Il saisit la bouteille de Cutty Sark, puis me tend délicatement le verre de scotch d'un air complice. Mon premier whisky. Une brûlure liquide coule dans ma gorge et détend tous mes muscles. Mon plexus se relâche, ma respiration se fait plus profonde. Plus lente. L'air que j'inspire prolonge le goût de l'alcool. Un irrépressible soupir de relâchement jaillit de ma bouche. Le calme absolu règne au milieu du bruit. J'ai 23 ans et plus rien ne m'angoisse, ni mon père, ni ma mère, ni le consul, ni les bulldozers. Rien. J'ai 23 ans et je suis bien. Et nous sommes tous bien. Tranquilles et exaltés, ce soir, chez Oswald White.

Je circule dans la fête au bras de mon père, avec l'assurance et la légèreté apportée par le talent du docteur Cutty Sark. L'ivresse maîtrisée, droite comme un « i », j'affiche un sourire satisfait que je dégaine avec démesure dès que je croise un bulldozer.

La fête du consul britannique est la plus attendue de l'année. Un mélange surréaliste de personnalités arpente la maison. Jieru Chen, la deuxième femme de Tchang Kaïchek, est en grande conversation avec l'ancien président américain Herbert Hoover. Un peu plus loin, la sublime et très mondaine Helena Rivoskaya amplifie son accent russe dans un numéro de charme ahurissant au photographe de guerre Robert Capa.

D'une conversation à l'autre, les intonations changent et les origines s'affirment dans une fanfare d'accents anglais – la seule langue parlée ce soir. Je navigue de groupe en groupe, excitée par tout ce cirque. Loin d'imaginer ce qui va me tomber dessus dans un instant.

Alors que nous nous dirigeons vers la véranda, un vieil ami de mon père nous interpelle. C'est Blake Dinckley, le préfet de police de la concession britannique. Mon père et lui se sont connus à Oxford dans les années 1890. L'un s'est dirigé vers la finance, l'autre vers l'administration. Ils s'étaient perdus de vue et se sont retrouvés il y a six ans, lorsque nous avons débarqué à Tientsin. Étonnamment, Blake n'est pas au bras d'un de ses habituels bulldozers peroxydés, des blondes platine sexy et dont le prénom finit systématiquement par une sonorité en « i », qu'il est le seul à pouvoir dénicher dans toute l'Asie. Je ne résiste pas au plaisir de le taquiner.

— Mais enfin Blake, où sont passées vos Demi, Debbie, Dolly, Julie ou Valérie ? Je mourais d'envie de découvrir un nouveau prénom ce soir.

Bouche bée, le Blake ! Il n'est visiblement pas habitué à se faire cueillir par un jupon.

— Je ne vous ai jamais vue aussi directe ma chère Margot, vous avez mangé du lion ce soir.

— Ce n'est qu'une taquinerie, Blake. J'adore vous voir au bras de vos conquêtes… et je suis surprise de vous trouver seul.

— Détrompez-vous Margot. Je ne suis pas seul.

Blake Dinckley s'est détendu. Son ton est devenu malicieux.

— Permettez-moi de vous présenter Paul de Promont, vice-consul de France à Tientsin.

Je ne l'avais pas remarqué à cause de la foule. Pourtant, le compagnon de Blake Dinckley est immense. Un géant enveloppé dans un élégant complet en lin bleu marine. Sa présence me ramène à ma petite taille. Mes dix centimètres de talons ne servent à rien. Il faut me hisser sur la pointe des pieds pour détailler le visage aux traits saillants, le teint hâlé. La chevelure brune est épaisse, en léger désordre.

Je croise son regard et suis aussitôt saisie. Ses grands yeux gris se perdent un instant dans les miens, déclenchant dans ma poitrine une onde de choc que je n'arrive pas à maîtriser. Je dévie le regard et, pour me donner une contenance, me présente à lui en forçant bêtement mon accent pour le rendre le plus snob possible.

— *Hellllo I am Maaaaaargot Midddddway. How do you do?*

— *Good evening. My name is Paul de Promont, I am very pleased to meet you.*

Un léger accent – français sans nul doute, comme son nom de famille. Pour le surprendre, je bascule en français.

— Sachez, mon cher Paul, que je suis également ravie.

Il reste muet. Me vient aussitôt en tête l'image de Jacqueline, la gouvernante normande qui, durant quinze ans à Manchester, ne s'est jamais adressée à moi autrement qu'en français. Devant le désarroi de mon interlocuteur, je ne peux m'empêcher d'éclater de rire.

— Je n'ai guère de mérite. J'ai juste la chance d'avoir deux langues maternelles, en quelque sorte.

J'ignore si c'est le docteur Cutty Sark qui altère ma perception, mais j'ai l'impression de m'adresser à un gratte-ciel.

— Pardonnez mon audace, mais combien mesurez-vous ? Vous avez l'air immense.

— Cela risque de vous surprendre, Margot, mais je ne connais pas ma taille exacte. La dernière fois qu'on m'a mesuré, je devais avoir 16 ans et c'est ma mère qui m'avait collé contre le mur de la cuisine avec une règle au-dessus de la tête. Cela tournait autour d'un mètre quatre-vingt-dix. Mais je me dois de vous prévenir que c'est approximatif...

Je ne prête plus vraiment attention à ce qu'il me raconte. Je ne vois que ses mains. Ses longues mains puissantes. Elles voltigent en suivant le rythme de son phrasé. Se figent quand il fait une pause. Reprennent la cadence quand il s'exprime à nouveau. Cet homme est manifestement incapable de parler sans les mains. Depuis quelques minutes, j'observe leurs mouvements. J'aime leur grâce. Elles dansent. Elles flottent, et je voudrais les saisir pour ne plus les lâcher.

— ... Ou alors, si vous voulez vraiment le savoir, il faudra me mesurer, j'en ai peur.

Sa proposition me ramène d'un seul coup à la conversation. Je regarde le gratte-ciel, fixement, amusée par sa repartie. Soudainement songeuse. Le sentiment qui me traverse est étrange. Je me sens happée. Il faut que je me reprenne.

— Plutôt que de parler de ma taille, puis-je vous proposer un verre?

J'abandonne mon père auprès de Blake pour accompagner Paul de Promont jusqu'au buffet. Mon serveur complice y est toujours à la manœuvre, et le docteur Cutty Sark n'a pas bougé. Tout va bien.

— Trinquons, cher Paul, à ma première soirée arrosée au whisky. Mon baptême du feu!

— Un moment qui ne s'oublie pas! Vous vous en souviendrez encore dans vingt ans.

Quelque chose de simple et de fluide passe entre lui et moi. Le sentiment qui m'a saisie furtivement tout à l'heure me reprend, plus fort encore. Paul n'arrête pas de parler, sans doute par crainte du vide. Je reste silencieuse, concentrée sur ses yeux gris en amande, jusqu'à ce que, entre deux phrases, ils osent enfin croiser les miens. En un instant, ils me transpercent, provoquant une décharge qui m'électrise tout le bas-ventre à l'instant où j'accroche son regard. La sensation soudaine que tout peut basculer me donne le vertige. Je ne sais rien de cet homme, si ce n'est qu'il porte une alliance à la main gauche. Je l'ai remarquée dès que nous avons été présentés, feignant l'indifférence. Désormais, la question me brûle les lèvres.

— Votre épouse est parmi nous, j'imagine?

— Ma femme est sur le bateau qui la ramène de France jusqu'en Chine. Mais je ne vois pas en quoi mon alliance m'empêche de boire un scotch en soirée…

— Vous omettez d'ajouter «avec une autre femme». L'oubli est involontaire, n'est-ce pas?

— Évidemment!

— Évidemment.

J'ironise, mais je sens que je perds le contrôle. Il se passe quelque chose qui m'échappe, qui lui échappe aussi peut-être. Le docteur Cutty Sark fait ce qu'il peut pour m'aider. «J'ai 23 ans et rien n'a d'importance.» Où suis-je en train de mettre les pieds?

Comme s'il avait entendu la question qui me tourmente, Paul se met à me fixer de ses iris gris.

— Margot, je veux vous revoir. Il le faut.

Sa voix est douce. Ferme. Enveloppante.

3.

Paul, 6 juin 1940

Ils s'écharpent depuis une heure, et toi tu rumines en silence derrière un sourire de façade. Tu voudrais plonger dans l'arène et rejoindre la polémique mais tu as donné ta parole.

Prudence et réserve, conformément à l'accord passé avec ta femme il y a un mois, lorsque tu lui as demandé d'organiser ce dîner. «Ce n'est pas le moment de prendre des risques en te faisant remarquer alors que les choses bougent au gouvernement», t'a encore rappelé Claire avant l'arrivée des invités.

Tu joues donc au parfait hôte à l'écoute – une expression béate ne quitte pas ton visage – et au service de la vingtaine de personnes qui ferraillent dans ta salle à manger comme des fauves échappés d'un cirque. Du cirque le plus illustre de tout Tientsin, au centre duquel figure ton propre patron, le consul de France, que tu n'avais encore jamais vu dans un tel état de nerfs. La voix chevrotante, Jean Lépissier s'adresse à son voisin de table excédé, l'index pointé vers son visage.

— Vous êtes aveugle? Vous n'avez pas vu que les Boches viennent de nous écraser à Dunkerque? Vous ne comprenez pas qu'on n'a plus aucune chance? Il faut absolument trouver un accord avec l'Allemagne sinon ce sera un carnage. Alors épargnez-moi vos leçons de courage et de patriotisme, voulez-vous?

Le brouhaha des conversations cesse d'un coup. Une vingtaine de visages se tournent d'un seul mouvement vers l'homme qui fait sortir le consul de ses gonds.

Tu suis la scène en silence et tu jubiles en remarquant la gêne des invités voyant que celui que Jean Lépissier a pris pour cible porte une robe noire. Une robe noire et un col romain au-dessus duquel se dresse le visage émacié d'un homme d'une trentaine d'années aux yeux turquoise qui écoute, impassible, le feu roulant du consul.

À l'image de la soutane son air est sage, mais l'apparence est trompeuse. Henri Brunswick est le seul prêtre que tu connaisses à ne faire preuve d'aucune retenue dans ses convictions. Un trait de caractère que tu partages avec lui, et sur lequel s'est forgée votre amitié, il y a de cela quinze ans à Sciences-Po. Sauf que ce soir, dans l'arène, Henri est seul. Toi tu es sur le banc de touche.

— Mon cher consul, vous avez déjà choisi le camp de la défaite quand nos soldats sont encore sur le champ de bataille. Alors oui, je le répète. Votre façon de voir les choses me fait honte! Vous savez très bien que si on arrête la guerre, tout s'effondre. Nous n'aurons alors pas d'autre choix que de pactiser avec les nazis.

Surtout, ne pas ciller. Les yeux noirs de Claire te suivent à la trace. Prendre parti contre le consul de France serait une erreur tactique qui te mettrait en difficulté.

— Heu… si vous le permettez…

Mais que fais-tu ? Pourquoi ces risques inutiles ?

— … Il me semble important de préciser qu'un accord avec l'Allemagne relève du pragmatisme. À chacun de juger si un tel calcul serait de nature à nous sauver ou nous déshonorer.

Tu es content de ton petit effet ? Claire te fusille du regard. Combien de fois as-tu eu droit à ses yeux froids et distants pour te rappeler à ton devoir de réserve de fonctionnaire ? Dix ans que ça dure. Dix ans que tu suis à la lettre ses conseils pour gravir un à un les échelons de la hiérarchie diplomatique. Alors ne va pas plus loin ! Rentre dans le rang. Pense à autre chose.

Les yeux et le visage de Claire deviennent flous. Le son de la passe d'armes entre le père Brunswick et le consul de France diminue, tandis que la mélodie et le souvenir d'une autre scène te reviennent peu à peu en mémoire. Les instruments se succèdent. La grosse caisse, le charleston, puis la ligne de cuivres. Le swing du « Sing, Sing, Sing » de Louis Prima enflamme tout le dancefloor.

Tu te revois la semaine dernière, en sueur sur la piste bondée du dancing, en cette fin d'après-midi. Regard planté dans le sol, tu te concentrais sur tes pieds qui percutaient maladroitement ceux de ta cavalière.

— Mais enfin calmez-vous Paul ! Vous dansez à contretemps. Laissez-vous guider.

Les fines jambes de Margot Midway flottaient sur le parquet et sa silhouette se déhanchait naturellement, tandis que tu suivais tant bien que mal en te cognant aux autres danseurs. Plus tu cherchais à t'appliquer plus tu te sentais grotesque, comme un intrus au milieu d'une troupe. Tu avais beau faire tous les efforts pour te fixer sur le rythme saccadé de la batterie, tu restais décalé. Mais ta maladresse ne provoquait aucun jugement, aucune moquerie. Margot te suivait d'un regard complice. Puis elle accéléra la cadence et se mit à rire aux éclats. En voyant sa réaction, tu t'esclaffas à ton tour. Et d'un coup, tu te sentis envahi. Une sensation de liberté que tu n'avais encore jamais connue. Une sensation, tu t'en rendais compte, déclenchée par l'alchimie immédiate entre vous. Et, au milieu de cette foule, tu ne voyais plus que l'expression de ses yeux pétillants et profonds qui étaient en train de te transporter vers l'inconnu.

— Et si nous trinquions à ce moment? Je lève mon verre à notre premier duo sur une piste de danse!

Une fois au bar, durant la pause de l'orchestre, tout sourires, tu avais entrechoqué ton verre de scotch contre le sien, avant de l'ingurgiter cul sec pour te détendre.

— Vous n'êtes pas habitué à danser, n'est-ce pas?

— Cela se voit tant que ça?

— Vous n'aviez pas l'air à l'aise.

— Disons qu'il est assez rare que je quitte mon bureau pour aller faire la fête dans un dancing en fin d'après-midi. Il y a tout de même mieux pour se sentir complètement à l'aise.

— Vous m'avez étonnée. Je pensais que vous trouveriez un prétexte pour annuler.

— Certainement pas. On avait passé un accord. *A deal is a deal.*

Un accord que tu lui avais proposé quelques jours après la grande soirée du consul britannique, pour te rattraper d'une maladresse.

Vous vous étiez revus au bar de l'Astor Hotel, un lieu discret situé au sous-sol de l'établissement, quelques tables disposées dans des alcôves éclairées à la bougie.

Tu te souviens encore de la force d'attraction qui t'avait saisi en la regardant descendre les escaliers de l'hôtel pour rejoindre la table où tu étais installé. Au loin, ses yeux vert émeraude ourlés de longs cils noirs irradiaient. Sa chevelure châtain tombait en cascade sur ses épaules. Margot était tout en noir, vêtue d'une veste et d'un pantalon de costume cintré, habillée comme un homme, à l'exception de ses ballerines. Son élégance insolente et sensuelle te fascinait.

Mais contre toute attente, elle se montra beaucoup plus distante qu'elle ne l'avait été à la soirée du consul.

— C'est donc ici que vous fixez vos rendez-vous, Paul ? Pas très drôle comme endroit.

Tu n'avais pas la moindre idée des raisons de son agressivité. Mais tu fis preuve d'un étonnant esprit de sérieux face à sa remarque.

— Je viens ici parce que c'est tranquille. Il n'y a jamais personne. C'est tout.

Le ton sec de ta réplique déclencha en elle un léger mouvement de recul. La méfiance commença à se faire sentir.

— Vous semblez craindre d'être vu avec une autre femme que la vôtre, mais nous ne faisons que prendre un verre.

— Je ne crains rien de particulier, Margot, je souhaite juste passer un moment seul avec vous.

Elle restait sur ses gardes. Et toi sur la défensive. Le rendez-vous était voué à l'échec. Mais il était hors de question d'en rester là et de tourner le dos à cette rencontre. Alors, pour briser la glace, tu avanças une proposition.

— À supposer que vous acceptiez de me revoir après ce rendez-vous, peut-on fixer une règle : choisir un lieu hors du commun ?

Margot fit une pause... Un léger sourire malicieux apparut au coin de ses lèvres.

— D'accord. Mais à une condition : me laisser choisir l'endroit.

— Entendu. Vous avez une idée ?

— Aimez-vous le jazz, Paul ?

— J'aimerais bien le savoir.

— La semaine prochaine, même jour, même heure. Je m'occupe de tout.

— Où ?

— Vous verrez.

Comme convenu, en fin d'après-midi la semaine suivante, Margot vint te chercher en taxi à proximité de ton bureau, pour filer de l'autre côté de la ville dans la

40

zone industrielle de la concession britannique, le long des quais.

— Il n'y a que des cargos et des marchandises ici. Quel rapport avec le jazz ?

— Soyez patient. Vous allez voir.

Au bout de vingt minutes, le taxi s'arrêta au coin d'une rue déserte, devant un immeuble de deux étages qui paraissait abandonné. Une pancarte était accrochée en haut de la porte d'entrée métallique sur laquelle on pouvait lire, en lettres majuscules : JAMMING DANCING HALL.

Tu te figeas un court instant au moment de descendre de la voiture.

— Je parais déplacé avec mon accoutrement, non ? Costume-cravate, ce n'est pas vraiment le style de l'endroit, j'imagine !

— Je peux me permettre une remarque, Paul, même si nous nous connaissons peu ? On se fiche de savoir ce qui est déplacé ou non, ce qui est convenable ou pas.

En traversant la rue avec elle à tes côtés, tu sentis un large sourire naître sur ton visage.

Devant le bâtiment était posté un malabar en maillot de corps. Avec un fort accent irlandais, il vous accueillit comme un couple.

— *Very pleased to have you with us. May I have your name... mister and misses... ?*

Margot rétorqua aussitôt.

— *We're just friends. We don't want to give out our names. Thank you.*

Tu as accroché son regard, sans le lâcher, jusqu'à ce que le malabar s'interpose à nouveau.

— *No problem! Take the dark hallway to the dancefloor. Hope you enjoy your stay!*

Elle se mit aussitôt en marche devant toi. En traversant le long couloir sombre qui menait jusqu'à la piste de danse, tu pris conscience que malgré tes dix années passées à Tientsin, tu mettais les pieds dans un dancing en Chine pour la première fois. Jusqu'à ce qu'une jeune Britannique rencontrée par hasard t'ouvre les yeux, tu ne connaissais rien au jazz, tu n'avais jamais entendu de swing, et tu ignorais tout de la sensation de liberté que procure la danse!

— J'aime cet endroit et cette musique, Margot. Je suis heureux de découvrir ce lieu avec vous.

— Alors trinquons à notre duo!

Le barman fit le plein de Cutty Sark et vos verres s'entrechoquèrent.

Ton regard se posa droit devant toi, sur la piste vide. Après le swing endiablé de Louis Prima, l'orchestre s'était interrompu. Les danseurs s'étaient massés au bar. Des Anglais pour la plupart, âgés comme Margot d'une vingtaine d'années. Mais qu'est-ce qu'une jeune femme comme elle peut bien faire à Tientsin?

— C'est étrange… Vous m'emmenez à l'autre bout de la ville, mais je ne sais rien de vous ni de ce que vous faites à Tientsin, à part aller dans des réceptions avec votre père et dans un dancing avec un diplomate.

— Ça, ce sera pour la prochaine fois, Paul. À supposer que vous soyez prêt à me revoir après ce rendez-vous.

Son impertinence t'amuse et provoque un sentiment d'excitation inédit. Impossible de ne pas esquisser un sourire en repensant à cette scène, et à son décalage par rapport à ta propre vie à Tientsin.

Dans la salle à manger, le dîner arrive à son terme, et la polémique entre Brunswick et le consul de France a cessé. La conversation animée par Claire s'attarde sur le remaniement du gouvernement de Paul Reynaud qui a eu lieu ce matin même à Paris. Les banalités d'usage sur les compétences et lacunes des nouveaux ministres font le tour de la table. Une discussion sans intérêt mais que tu fais semblant de suivre en hôte attentif. Un rôle de pure composition, car tu es à des années-lumière, concentré sur un tout autre sujet… Margot Midway.

4.

Paul, 17 juin 1940

« Comment est-ce possible ? »

Assis, immobile, le regard hagard tu répètes « comment est-ce possible », inlassablement, depuis que tu as découvert il y a un quart d'heure le télégramme grand ouvert sur ton bureau.

« 17 juin 1940 – STOP – 12h20 – STOP – La France cesse tous les combats – STOP – Le maréchal Pétain, nouveau chef de gouvernement, appelle à la fin des hostilités avec l'Allemagne. STOP »

C'est écrit noir sur blanc. Le télex émane directement du ministère des Affaires étrangères. *France. Cesse. Combats.* Tu prononces les trois mots à voix haute, mécaniquement. *France. Cesse. Combats.* Sans pouvoir y croire.

Cela fait pourtant des semaines que tu t'y prépares. Des semaines que les télégrammes du ministère t'informent au jour le jour de la débâcle ; des semaines que tu assistes à l'effondrement progressif de ce qui était, il y a quelques mois encore, la plus grande armée du monde ; des semaines que tu vois Hitler prendre peu à peu possession du territoire, depuis la Somme jusqu'à la Loire. Et maintenant, terminé, on arrête tout !

Hier encore tu te tenais prêt pour une éventuelle mobilisation. Comme chaque jour, tu as surveillé ta boîte aux lettres en espérant un courrier de réquisition du ministère de la Guerre t'ordonnant de quitter la Chine au plus vite pour regagner la France et rejoindre le front. Et tu t'es de nouveau imaginé en première ligne, toi le lieutenant de réserve formé dans le désert marocain, tu t'es vu fier, en soldat, au sein d'un régiment de fantassins, avec cette brûlante envie d'en découdre et d'abattre autant d'Allemands que possible. Hier encore, tu étais en guerre. Hier encore tu étais du bon côté. Et puis d'un coup tu n'y es plus !

Le vieux Pétain l'a décidé dans la nuit, pendant ton sommeil, pendant que tous les Français dormaient, sans demander la permission à qui que ce soit – ni au peuple, ni à ses élus. À personne sauf à Hitler et ses acolytes, avec qui il a arrangé le coup, avant l'aube. Te voilà groggy, assommé comme si tu venais d'émerger d'un sommeil perturbé par une violente gueule de bois. Le télégramme est devant toi et tes yeux se posent de nouveau sur le courrier.

Penché sur ton bureau, ton visage à vingt centimètres du télex jaunâtre, ton regard file de gauche à droite en suivant chaque mot, en plan très serré :

Le... Maréchal... Pétain... appelle... à... la... fin... des... hostilités... avec... l'Allemagne.

Tu sens monter une fureur. Que signifie, concrètement, « fin des hostilités avec l'Allemagne » ? Qui est désormais le patron ? Pétain ou Hitler ? Qui sont nos alliés ? Qui sont nos ennemis ? Les minutes passent, tes interrogations s'accumulent. Mais le télex de 12h20 ne dit rien qui puisse te calmer. Et celui de 12h30 n'est pas plus concret.

« *STOP – Maréchal Pétain, nouveau chef du gouvernement déclare – STOP – "Je fais don de ma personne à la France" – STOP – "Que tous les Français se regroupent autour du gouvernement que je préside pendant ces dures épreuves et fassent taire leurs angoisses" – STOP* »

Il faudrait qu'il soit plus précis, n'est-ce pas ? Qu'il nous dise où il va et ce qu'il veut faire de la France plutôt que de nous traiter comme des gamins. Mais le sait-il lui-même ? Rien n'indique que le vieux Pétain ait la moindre idée ou marge de manœuvre face aux Allemands ni qu'il soit en mesure de prendre une décision. Il te demande juste d'avoir confiance.

Et toi tu n'as pas le choix. Tu n'as pas d'autre alternative que de suivre le mouvement. Comment ça, tu ne veux pas ? Quelle est cette folie qui consiste à dire : « Je ne veux pas retourner ma veste et faire allégeance à l'Allemagne » ? Mais tu ne retournes pas ta veste, enfin ! Je te rappelle que le pays s'est rendu. Il n'y a plus de guerre, Paul ! Plus personne ne se bat.

Il faut se calmer, y voir clair, prendre du recul. Tu es affligé – tous les Français le sont – et c'est normal, on le serait à moins. Même Pétain le sous-entend. Pour faire taire ton angoisse, la meilleure solution est de laisser passer l'orage. Fais le dos rond et suis les règles… et tout ira bien pour toi. Tu connais suffisamment le fonctionnement de l'administration pour savoir que dans ces moments-là, il faut se montrer obéissant et appliqué. Ce n'est certes pas très noble mais l'enjeu c'est ta carrière... Ce n'est pas aujourd'hui, demain ou les mois à venir qui comptent. Il faut durer, quelles que soient les circonstances. Les présidents et les ministres passent, mais les fonctionnaires restent. Et toi tu es un *haut* fonctionnaire. La fine fleur de la République. La race des seigneurs! Celle sur laquelle on s'appuie quand le chaos frappe le pays. Tu es l'ultime recours, Paul. La race des seigneurs. Elle te plaît cette expression, n'est-ce pas? Tu parviens enfin à te calmer. Tu peux maintenant fermer les yeux et retrouver un peu de sérénité. Alors ouvre les yeux. Tu veux vraiment lâcher tout ça?

— Monsieur de Promont?

La voix grave et cassée d'Alice te sort brusquement de tes pensées.

— Monsieur le vice-consul, vous m'entendez?

De l'autre côté de la porte, ta secrétaire insiste. Elle ne parvient pas à entrer car tu as fermé ton bureau à double tour. Et tu ne réponds pas à ses appels. Le timbre de sa voix devient pressant, plus grave encore que d'habitude.

— Monsieur, répondez s'il vous plaît.

— Je suis là Alice. Tout va bien. Ne vous inquiétez pas.

— Vous allez être en retard pour votre déjeuner.

Aïe! Déjeuner. Tu as complètement oublié le déjeuner. Tu sais pourtant bien que la date du 17 juin est toujours bloquée. Comment peux-tu oublier une chose pareille? C'est l'anniversaire de Claire, tu ne peux pas y aller les mains vides.

*

— On dirait que tu t'en fiches.

— Je ne m'en moque pas, mais ça fait une heure que tu en parles. On tourne en rond et je ne peux pas profiter de mon déjeuner avec toi.

— Mais Claire, enfin, est-ce que tu as bien saisi de quoi il s'agit ?!

— Saisi quoi ? Que tout est fini ? Que la France arrête la guerre ? Que Pétain a pris le pouvoir ? Oui, évidemment j'ai compris. Mais la vie continue, mon cher Paul. Reynaud a donné sa démission et Pétain prend la suite. La valse habituelle. Combien y a-t-il eu de présidents du Conseil depuis dix ans ? Une quinzaine ! Et combien d'élections ? Quatre. Est-ce que cela t'a empêché de faire ton job ? Non. Est-ce que cela t'a empêché de faire carrière ? Non plus. C'est même l'inverse. Tu as gravi les échelons plus vite que n'importe qui. Tu es entré au Quai d'Orsay comme analyste il y a dix ans. Et tu es aujourd'hui le vice-consul de la deuxième ville de Chine. Tu sais pourquoi tu es allé si vite ?

Tu ne réponds pas, tu sais que cette question est toute rhétorique.

— Parce que tu es travailleur, parce que tu es malin, et surtout parce que tu as pu compter sur ta femme, Paul. Tu n'as tout de même pas oublié, j'espère.

— Non, évidemment, je n'ai pas oublié.

— Très bien. Parce que moi, je me souviens de tout. Je me rappelle des coups de pouce de ma famille et des

48

interventions de mon père quand il était au cabinet de Daladier. Je me rappelle des nuits à te donner des conseils pour savoir qui séduire, qui fréquenter, qui éviter. Je me souviens des multiples rencontres que j'ai organisées pour toi, à la maison ou ailleurs, avec des diplomates de tous niveaux et des politiques de tous bords, de la gauche radicale à l'extrême droite, pour t'aider à te bâtir un réseau qui soit le plus solide et le plus large possible.

— Je ne vois pas bien le rapport...

— Le rapport, c'est que tu es un ambitieux marié à une ambitieuse. Et ça nous réussit. Alors, épargne-moi tes états d'âme!

— Cela n'a rien à voir avec un simple changement de gouvernement, enfin Claire! On va devoir bosser avec Hitler alors qu'hier encore on était aux côtés des Britanniques à combattre les Boches. Pétain déteste les Anglais!

— Et ça te rend triste? lance-t-elle sèchement.

— Pardon?

— Tu penses franchement que je ne suis au courant de rien?

— Mais Claire, de quoi parles-tu?

— Tu sais très bien de quoi je parle, Paul. Alors arrête, veux-tu? Tu pourrais au moins avoir la décence d'être honnête le jour de mon anniversaire!

5.

Margot, 1ᵉʳ juillet 1940

— Quand l'avez-vous vu pour la dernière fois?
— Il y a trois jours.
— Dans quelles circonstances?
— Il m'a invitée à déjeuner au Sacré-Cœur, un endroit charmant. Vous connaissez?
— Non.
— Ça vaut le détour. C'est tout au nord, sur une colline qui domine la ville. Une fois au sommet, il faut emprunter un dédale de rues et au fond d'une ruelle, à deux pas de la cathédrale, se trouve une maison de style colonial, une bâtisse blanche de deux étages qui trône au milieu d'une longue allée de minuscules maisons de briques d'un seul niveau, collées les unes aux autres, toutes coiffées d'un toit de tuiles gris anthracite typiquement chinois. Un tableau plutôt insolite. Et sur la façade de la maison blanche, il y a gravé sur la pierre «Le Sacré-Cœur – restaurant français». C'était ravissant et délicieux: du homard grillé, suivi d'un vacherin à la framboise. Le meilleur de tout l'Extrême-Orient.

— Merci pour les détails. Mais je me fous pas mal de ce qu'il y avait au menu ou dans votre assiette. Allez aux faits !

— Entendu, pardon. Il m'a interrogée sur moi. C'est lui qui menait la conversation ; dans un anglais admirable, je dois dire. Il voulait tout savoir. Comment avais-je atterri à Tientsin ? Pourquoi avais-je choisi d'enseigner ? À quoi ressemble l'école ? Comment sont les élèves ?

— Lui avez-vous dit ce que vous enseignez ?

— Oui bien sûr. Et il a éclaté de rire. Une Anglaise qui enseigne le français à des militaires britanniques au fin fond de la Chine, ça lui a paru totalement surréaliste. Alors pour dissiper sa surprise, je suis passée immédiatement au français, en récitant des vers de « Brise marine » de Mallarmé. Était-ce la spontanéité de ma démarche ? Mon accent a-t-il heurté ses oreilles ? Je l'ignore, mais il est soudainement devenu muet.

— Et ?

Il me fait rire, Powell, avec ses questions posées comme si de rien n'était. « Et ? » Il utilise la même méthode (à chaque séance), faite de petites relances, parfois même un seul mot, sur un ton tout doux et presque innocent – un « et » sur lequel il s'appesantit longuement, un « et » si engageant – pour essayer de m'amadouer, tenter de m'accoucher dans la plus grande douceur, que je me laisse aller tranquillement, pendant que lui se délecterait à tirer progressivement la pelote en recueillant mon récit. Pauvre Powell. Il est appliqué, cherche la faille, guette la moindre ouverture pour se faufiler dans la brèche. Il exécute rigoureusement tout ce qu'il a appris, mais rien n'y fait. Il bute sur sa cible. Lui, le brillant et prometteur Powell, bardé de diplômes, major de sa promotion, recruté au Foreign Office dès la sortie de Cambridge pour être propulsé quelques mois plus tard à la cellule de renseignement du consulat de Tientsin. Lui, John Powell, élu meilleur débatteur du championnat universitaire du Royaume-Uni, surnommé le *Wonder Kid* par son équipe. Lui, John Norman Powell, fils de Sir Norman Powell, l'éminent avocat anobli par le roi George V, sèche sur sa toute première mission. Lui, le Super-Smart-Wonder-Kid-Made-In-Cambridge-Premier-De-Sa-Classe-Et-Champion-De-Débats-Des-Universités-De-Tooooooouuuuut-Le-Royaume-Uni rame devant une banale « *target* » de 23 ans (on croit rêver) qui, au lieu de livrer des éléments d'information concrets sur son contact français, passe son temps à relater les détails insignifiants de ses rendez-vous galants.

Cela fait maintenant une heure que dure notre entretien. Il desserre sa cravate en laine bleu marine, déboutonne le haut de sa liquette blanche, comme s'il se mettait en condition pour un interrogatoire marathon jusqu'à ce que je livre enfin une information. Mais c'est le manque d'air qui le trouble. Ses yeux bleus clignent par saccades. Des cernes sont visibles sur son visage anguleux. Malgré la coupe en brosse qui lui donne des airs de dur à cuire, Powell est en train de faiblir. Une chaleur écrasante règne sous les toits du consulat. Quelle idée d'avoir aménagé les combles de l'immeuble pour y conduire les débriefings !

Le soleil tape directement sur les lucarnes. Le minuscule espace où nous nous trouvons est un four. Aujourd'hui encore le mercure culmine à 40 degrés. On suffoque. Et la fièvre ne faiblit pas. Tientsin étouffe depuis qu'une vague de chaleur s'est abattue sur la ville il y a quinze jours. Je m'en rappelle très bien à cause du télégramme que j'ai reçu ce matin-là. C'était un ordre de me rendre au plus vite au consulat britannique, un simple message. Le mot était signé d'un officier dont le statut indiquait une fonction purement administrative : Responsable du bureau du contrôle des passeports. Son nom, John N. Powell.

— Bonjour Madame.

— Mademoiselle. Bonjour Monsieur.

— Pardonnez-moi. Vous êtes bien Margot Midway ?

— Oui.

— Enchanté, John Powell. Savez-vous pourquoi je vous ai convoquée ?

— Problème de passeport, je suppose.

— Pas exactement. Vous êtes parfaitement en règle.

— N'ai-je pas été convoquée par le bureau du contrôle des passeports ?

— Absolument, mais ce bureau ne s'occupe pas que de formalités administratives.

— C'est-à-dire ?

— Mademoiselle Midway, je ne vous apprends certainement rien si je vous dis qu'ici aussi, en Asie, nous sommes en guerre, même à huit mille kilomètres des côtes britanniques. La situation, comme vous le savez, est

53

catastrophique. Il y a quelques semaines, les Allemands ont atteint la Manche via le Pas-de-Calais. Le gouvernement français a annoncé qu'il cessait les combats. L'Europe continentale est en lambeaux. Et Hitler est sur le point de lancer une offensive aérienne sur l'Angleterre. Dans ce contexte, le gouvernement entend mobiliser tous les moyens humains pour se défendre : ressources militaires évidemment, mais aussi civiles. Tous les citoyens Britanniques, où qu'ils se trouvent, au sein de l'Empire colonial ou ailleurs, peuvent désormais être sollicités à tout moment. Et le bureau du contrôle des passeports, ici à Tientsin, comme dans n'importe laquelle de nos ambassades, consulats ou représentations diplomatiques sur cette planète, est un maillon très actif.

— Qu'attendez-vous de moi ?

— Mademoiselle Midway, à première vue Tientsin est un lieu perdu au nord de la Chine, à des années-lumière du continent européen. Mais voyez-vous, ce n'est une ville chinoise qu'en apparence… tous les protagonistes sont présents.

Une ville chinoise en apparence. Je me souviens de cet échange presque mot pour mot. À ce stade, j'ignorais encore où voulait en venir Powell alors qu'il se lançait dans une longue digression historique, me rappelant que Tientsin avait été conquise par les Européens, qu'elle était l'une des multiples récompenses des victoires écrasantes des armées britanniques, françaises et américaines sur l'armée chinoise il y a quatre-vingts ans. Et aujourd'hui, insistait-il, Tientsin est un lieu unique au monde, une enclave entièrement colonisée en plein territoire chinois, une ville portuaire sous occupation étrangère, à moins de 150 kilomètres de Pékin, structurée ni par des districts ni par des arrondissements comme à Londres ou Paris, mais par un système qui en fait l'une des cités les plus cosmopolites de la planète, celui des concessions. Elles sont anglaises, italiennes, françaises ou japonaises et correspondent à un territoire délimité avec précision dans la ville et administré par chaque puissance étrangère, via son consulat. Un concentré du monde en miniature, plus spectaculaire encore que Shanghai ou Hong-Kong, soulignait Powell, car les tensions et les enjeux de la guerre y sont bien plus palpables qu'ailleurs.

Powell poursuivit ainsi son monologue pendant près d'un quart d'heure, m'imposant cette leçon comme si je figurais dans la liste des derniers touristes débarqués à Tientsin, alors que le bureau des passeports qu'il dirigeait connaissait fort bien ma situation. Il savait que j'étais, avec mes parents, résidente dans la concession britannique depuis plus de cinq ans.

— Mademoiselle, ce qui est important c'est d'avoir en tête que Tientsin est loin d'être un lieu distant ou exotique. Je vous le répète, toutes les nations impliquées dans cette guerre sont représentées ici : nos ennemis – l'Allemagne, l'Italie, le Japon – mais aussi nos alliés. Or l'Angleterre est aujourd'hui face à un problème majeur : nous sommes le dernier pays à nous battre. Vous n'êtes pas sans savoir que la France vient de baisser les armes. Nous sommes donc seuls. Nous avons absolument besoin de rassembler tous nos alliés, tous ceux susceptibles de combattre à nos côtés. Tous nos alliés sans exception.

Powell continuait sans s'apercevoir que je ne l'écoutais plus. Je n'entendais plus rien. Mes yeux étaient rivés sur les siens pour paraître attentive à son exposé, mais les sons qui jaillissaient de sa bouche ne formaient qu'une masse de mots imprécis et sourds, que je distinguais à peine, dans un bruit de fond.

Tous nos alliés sans exception.

La nausée s'emparait de moi au fur et à mesure que je réalisais ce qui m'attendait. Une scène irréelle. J'étais morte de peur.

— Comprenez-vous pourquoi je vous ai sollicitée ?

— Oui.

— Bien.

Powell fit une légère pause pour se préparer.

— Nous savons que vous fréquentez le vice-consul de France, nous savons que Paul de Promont est devenu un ami proche et qu'il n'est guère enclin à vous soupçonner. À ce titre, vous êtes la mieux placée pour savoir ce qui se passe à l'intérieur du consulat. Et c'est en ce moment que tout se joue. Pétain ne veut plus une tête qui bouge. C'est un anglophobe convaincu. Il a abandonné les combats et il est en train d'offrir son pays à Hitler. Après l'armistice, il y a dix jours, il prépare maintenant toute son administration à travailler main dans la main avec l'Allemagne. Nous avons besoin de savoir qui fait allégeance au nouveau gouvernement et qui est susceptible de vouloir continuer à se battre.

— Je comprends bien, mais qu'ai-je à voir avec tout ceci ?

— Votre proximité avec Promont est un sérieux atout. Vous pourriez le sensibiliser au point de vue britannique, vous pourriez l'amener à remettre en question la position française et, qui sait, l'inciter à rompre et basculer de notre côté.

— Est-ce que vous vous rendez compte de ce que vous dites ? En somme, vous me demandez de manipuler, de trahir un ami cher. Et de le faire pour la bonne cause, pour servir mon pays, c'est bien ça n'est-ce pas ?

Silence. Aucune réponse de Powell.

— Et si je refuse ?

— Nous sommes en guerre. Vous avez un rôle à jouer.

6.

Paul, 6 juillet 1940

... 229... 230... 231... Le couloir n'en finit pas. Les numéros défilent les uns après les autres... *235... 236... 237...* Le pas est vif. Les chiffres se succèdent. Tu n'es plus bien loin... *241... 242...* Le rythme cardiaque s'accélère à l'approche de la destination... 243!

Le numéro 2, le numéro 4 et le numéro 3 sont gravés sur une rutilante plaque en or dans laquelle tu perçois le reflet de ton visage.

Tu restes immobile afin de reprendre ton souffle. Les yeux sont fixés sur le chiffre. Pas le moindre son dans le couloir, à l'exception du bruit sourd de tes pulsations qui te rappellent que tu es débordé par le trac. Tes yeux se figent sur la plaque une vingtaine de secondes, histoire de retrouver tes esprits. Puis tu avances d'un pas, ton poing gauche levé et décidé.

— Mais qu'est-ce qui vous prend de cogner aussi fort? La voix est inquiète.

— Paul, est-ce bien vous?

— Oui c'est bien...

La porte s'entrouvre, avant même que tu aies fini ta phrase.

À l'intérieur, c'est l'obscurité. Les épais rideaux de velours noir ont été tirés au-dessus des trois portes-fenêtres de quatre mètres de haut qui surplombent le fleuve pour se protéger du soleil et des passants. Les lampes de chevet et les chandeliers de l'imposant lustre en cristal accroché au plafond sont éteints. À part un très fin rayon de lumière qui filtre entre les rideaux mal fermés, c'est le noir quasi complet. Au bout de la pièce, à une vingtaine de mètres, se dresse un impressionnant lit qui s'étend sur toute la largeur de la suite. Devant le lit, face à toi, tu distingues sa silhouette pulpeuse et harmonieuse, enveloppée dans une robe longue, couleur chair, légère, qui épouse chacune de ses courbes ; une silhouette immobile au-dessus de laquelle flottent deux formes ovales, effilées et scintillantes. Plus tu t'en rapproches, et plus tu es happé par cette intensité lumineuse verte et dorée qui émane de ses yeux. L'Émeraude !

Et tu parcours chaque détail : les longs cils noirs courbés ; le nez droit et discret ; la bouche charnue, rouge et brillante, dont le gloss humide recouvre ostensiblement les lèvres de sorte que tu ne puisses plus, à cet instant, saisir en elle qu'un objet intensément sexuel.

Furtivement, sans le vouloir, tu croises l'Émeraude. Un terrible frisson te saisit. Tu vois ta bouche dévorer sa bouche. Ta langue entourer sa langue. Tes dents se heurter, en douceur, aux siennes. « Je vous veux tout entière,

Margot!» Tu rêves de le lui dire. De le lui hurler. Tu en crèves.

Mais pas un son ne sort de ta bouche. Tes lèvres sont plaquées l'une sur l'autre. Tu es figé devant elle. Immobile. Paralysé. Et… tu entends une voix chuchoter à ton oreille, une voix si familière se glisser au milieu de tes fantasmes au moment précis où tout allait basculer. *Tu penses franchement que je ne suis au courant de rien?*

Cette phrase prononcée le jour de son anniversaire, il y a trois semaines, te suit à la trace, jusque dans l'intimité de cette chambre d'hôtel. Tu as parfaitement mémorisé la froide intonation, le timbre accusateur, qui se rappellent aujourd'hui à ton bon souvenir. Tu avais presque réussi à l'oublier. Ta femme. Celle avec qui tu as eu un enfant il y a dix ans! Ta petite Éléonore. Tout le dialogue remonte à la surface et tu n'as rien oublié de cet échange.

— Paul, vous êtes là?

— Oui.

— Est-ce que vous me voyez? Regardez-moi, Paul. Ne regardez rien d'autre que moi!

Tu t'exécutes sur-le-champ et tu te plonges dans l'Émeraude. Les cils noirs. Le gloss rouge. Les lèvres humides. Le décolleté généreux. Les courbes sensuelles moulées par sa robe. L'excitation t'emporte.

Comme par magie, les chuchotements s'évanouissent. La voie est libre. Au bout de quelques secondes tu es ailleurs, plaqué contre elle, mordant sa chair, reniflant sa peau, grisé par son odeur, ce mélange de transpiration et de parfum qui t'enivre. Tout s'emballe. Vous vous abandonnez l'un à l'autre, comme une fusion plusieurs fois répétée au fil de la nuit.

Et maintenant, alors que l'aube se fait attendre, tu es étendu à côté d'elle, en silence, sur l'immense lit de la suite 243. Les yeux clos, tu ne dors pas. Tu es heureux comme un puceau. Un puceau de 35 ans qui vient de rencontrer l'Absolu, de connaître sa première fois. C'est exactement ce que tu ressens à cet instant : l'extase de la première fois. Elle est magnifique, avec ses longs cheveux châtains en désordre, ses yeux profonds et lumineux, et ce regard... Fixe, long, intense, qui te bouleverse... Elle est allongée à tes côtés, elle n'a pas cessé de t'observer. Tu es bien, en paix, et tu meurs d'envie de lui demander si, elle aussi, elle a aimé l'amour.

— À votre question je réponds oui.

— Mais je ne vous ai rien demandé !

— Je sais parfaitement ce que vous aviez en tête. Il suffisait de voir vos yeux. Ils m'imploraient.

— Ah. Et vous voyez beaucoup de choses comme ça chez moi ?

— D'après vous ?

— Je ne sais pas. Dites-moi.

— Entendu, mais je compte sur vous pour me dire si je fais fausse route, quel que soit le sujet.

— Promis. À condition de pouvoir vous faire confiance.

— Vous pouvez.

— On va voir ça. Vous avez faim ?

— Je suis affamée !

Il est presque 6 heures, les rues sont désertes et l'aube commence tout juste à poindre.

Depuis votre départ de l'hôtel, l'idée de tomber nez à nez sur quelqu'un que tu connais te met dans un état de panique irrépressible. Et là, le long de Victoria Road, au bras de Margot, tu redoutes le pire en imaginant un scénario de rencontre aussi effrayant qu'improbable.

— Bonjour Paul, quelle surprise de vous voir ici de si bon matin ! Vous ne faites pas les présentations, mon cher ?

Tu imagines la voix mielleuse et hypocrite de ton patron, Jean Lépissier, le consul de France. Tu le vois endimanché aux aurores. C'est absurde. Mais tu t'entends lui répondre et faire, comme un petit garçon gauche et gêné, la conversation.

— Euh si… bien sûr… euh… Je vous présente, comment dirais-je… voici Margot Midway. Margot est une jeune femme très matinale, n'est-ce pas ?

— Et vous aussi visiblement cher Paul !

— C'est surtout que j'ai un sommeil agité. Et… Et cette nuit… J'ai fait une insomnie. Impossible de me rendormir. Alors j'ai décidé d'aller prendre l'air et faire un tour… et euh… nous nous sommes rencontrés par hasard il y a cinq minutes devant l'Hôtel Astor.

Pathétique ! Tu bascules d'un scénario à un autre, tu les tritures, tu les remanies dans tous les sens, mais tu sais très bien qu'il est inutile de te faire des nœuds au cerveau. Si tu es pris, tu es mort.

Il faut juste espérer ne croiser personne que tu connais en train de faire une promenade matinale le long du fleuve. Mais au fond, tu sais bien que tu ne risques pas grand-chose. À cette heure-ci, il n'y a pas un chat.

— C'est fou d'être si nerveux. C'est votre femme qui vous met dans cet état?

— Je suis navré. Pardonnez-moi.

Calme. De nouveau le calme. Un silence de cathédrale règne dans la brasserie où vous vous êtes assis. Tu jettes un regard autour de toi et tu es frappé par l'espace. Quinze rangées de tables s'étirent sur plus de 50 mètres. Chacune impeccablement dressée. Verres en cristal, couverts en argent, assiettes en porcelaine disposées par centaines, sur d'épaisses nappes de lin blanc.

Vous êtes seuls et, comme tu l'as demandé avec insistance au maître d'hôtel dès votre arrivée, installé à une table isolée, loin des grandes baies vitrées qui donnent sur Victoria Road et l'intense circulation des bicyclettes et des rickshaws qui commencent à envahir le centre de Tientsin. N'étaient les employés chinois, on se croirait ailleurs, transportés quelque part sur le vieux continent, dans un pays imaginaire qui ressemblerait à la Toscane. Il suffit de lever les yeux sur les murs qui s'élèvent à plus de quatre mètres de haut. Ils sont couverts de vieilles photos jaunies du Ponte Vecchio, de la basilique San Lorenzo à Florence et de gravures de scènes champêtres dans les collines si particulières de cette région d'Italie. La touche du patron. Le vieux Giovanni ne cache à personne son mal du pays. Apres quarante ans passés en Chine, il garde la nostalgie de son Italie natale.

— C'est le seul endroit à Tientsin où l'on peut manger un *cornetto* en dégustant un vrai café au petit déjeuner. J'espère que vous n'avez pas d'aversion pour les spécialités italiennes, Margot?

— Tant que ça vous va et que vous n'avez pas une attaque cardiaque par peur de rencontrer votre femme, ou un ami de votre femme, ou un ami d'un ami, tout me va!

Tu ne vois donc pas que tu la fatigues avec tes histoires de pâtisseries? Tu enchaînes les maladresses depuis que tu as quitté l'hôtel. Reprends-toi et détends l'atmosphère.

— Une attaque cardiaque? Pourquoi dites-vous ça?

— Vous êtes un livre ouvert Paul. Voyez ce qui s'est passé dans la rue, tout à l'heure. Je n'ai aucun mérite. C'était affiché sur votre visage.

Elle laisse planer un silence.

— Je dirais que vous êtes en hésitation permanente, Paul.

— À cause de ma femme?

— Pas seulement. À mon avis vous êtes gouverné par le doute.

— Cela me semble être une chose très répandue chez les humains!

— Pas forcément, non. Regardez autour de vous. On ne peut pas dire que ce soit très fréquent par les temps qui courent.

— C'est-à-dire?

— Nous sommes le 6 juillet. Cela fait trois semaines que l'armée française a arrêté de se battre. Trois semaines que vous êtes obligé de collaborer avec l'ennemi. Trois semaines que vous regardez les nazis s'installer tranquillement à Paris. Et vous allez me dire que ça ne vous pose aucun problème ?

— Ai-je dit quoi que ce soit qui puisse vous laisser penser une chose pareille ?

— Non rien, en effet. Et si vous ne dites rien, on peut donc considérer que ça vous pose un petit problème, non ?

— Allez au fond de votre pensée. Que cherchez-vous à me dire ?

— Rien, je ne cherche rien. Je pense juste que les gens sont apathiques. Ils regardent ce qui se passe. Point. Et la vie continue. Ils ne se posent pas autant de questions que vous semblez l'affirmer. Et certainement pas autant que vous.

— Oui… enfin… il y a en a quelques-uns qui commencent à partir de France pour rejoindre l'Angleterre. Combien peuvent-ils être ? Quelques centaines tout au plus.

— Peu importe leur nombre ! Cela vous semble-t-il acceptable que la France se résigne et supporte d'être dominée par les Allemands ? Cela vous semble-t-il juste qu'il n'y ait plus que les Britanniques pour résister à Hitler ? J'ai reçu des lettres de Londres et de Manchester, de mes grands-parents, de mes cousins, de mes amis. Ils disent tous la même chose : Hitler va, un jour ou l'autre, traverser la Manche pour nous bombarder. Mon grand-père m'a raconté dans une de ses lettres qu'il a été recruté pour faire partie du mouvement de résistance britannique. Ils sont plus d'un million comme lui dans tout le pays. Ça concerne tous les vieux qui sont trop âgés pour être mobilisés dans l'armée régulière et tous les jeunes en dessous de dix-sept ans. Ce sont les « *home guards* » et le mouvement est tellement énorme qu'il a même un surnom. Vous savez comment on l'appelle ?

Tu préfères ne pas l'interrompre.

— *Dad's Army*, reprend-elle. Imaginez que mon grand-père va avoir 72 ans à la fin de l'année ! Au moment où je vous parle, il est quelque part en Angleterre dans un camp militaire pour apprendre à manier les armes, faire des cocktails Molotov ou organiser des actes de sabotage. Et d'après ce qu'il m'a écrit, Churchill pousse pour qu'un maximum de monde fasse partie de *Dad's Army*. Vous allez sans doute me dire que tout cela n'a rien à voir avec notre conversation. Mais c'est central.

— Pourquoi dites-vous cela ?

— Parce que tout ce que je vous raconte, eh bien… c'est ce qui devrait avoir lieu chez vous. Or c'est l'inverse qui se passe. Je me trompe ?

Tu restes silencieux et lui jettes un regard interrogateur pour l'inciter à continuer.

— Écoutez Paul, voilà ce que je crois. Je pense que vous ne vous aventureriez certainement pas avec une jeune Britannique si vous étiez vraiment en phase avec la façon dont les choses évoluent en France.

— Arrêtez votre petit jeu, soyez claire !

66

— C'est assez simple. Que se passe-t-il si l'on vous surprend avec une Anglaise ? Je ne parle pas de votre femme. Je parle de vos collègues ou des gens du consulat. Quelles seraient leurs réactions, d'après vous ? Vous pensez vraiment que cela n'aurait aucun effet ? Vous savez très bien que c'est un problème.

— À cause du sabotage de Mers el-Kébir, c'est ça ?

— Évidemment ! L'armée anglaise a détruit la quasi-totalité de la marine française en Algérie pour éviter qu'elle ne tombe dans les mains des Boches. Résultat, le sentiment anti-Anglais est à son comble dans votre gouvernement. Il suffit de lire les journaux.

— Ça va bien au-delà d'un simple sentiment anti-Anglais. Il y a deux jours, mon ministère de tutelle a rompu toute relation diplomatique avec l'Angleterre. Churchill de son côté refuse de reconnaître le gouvernement de Pétain comme représentant légitime de la France. La tension monte et ça ne va pas cesser. Mais tout ceci n'a rien à voir avec vous et moi. C'est de la politique pure. Il ne faut pas tout confondre. Ma vie privée ne regarde personne.

— Bien sûr que si, Paul ! Votre vie privée regarde tout le monde aujourd'hui. En tout cas, elle intéresse tous ceux avec qui et pour qui vous travaillez. Vous représentez la France à l'étranger, monsieur le vice-consul. Et c'est bien la France de Pétain, la France qui est en train de s'allier avec l'Allemagne, que vous servez. Quelle que soit l'heure du jour ou de la nuit. Vous savez très bien qu'avec moi, dans ce contexte, vous prenez un risque. Vous croyez

67

vraiment que je n'ai pas compris pourquoi vous étiez si tendu tout à l'heure dans la rue ?

» Ce n'est pas de croiser votre femme dont vous aviez peur. La vérité c'est qu'en tant que citoyenne britannique, je suis un problème pour vous. Un diplomate français qui a une maîtresse anglaise, ça fait désordre.

» Imaginez que quelqu'un nous voie, quelqu'un du consulat de France, ou un diplomate d'un autre pays ou même n'importe quel expatrié, fut-il banquier ou journaliste. Vous ne pourrez empêcher personne de se poser des questions à votre sujet. Que fait-il avec une autre femme ? Et surtout une Britannique ? À quoi joue-t-il au juste, le vice-consul ? Vous savez très bien qu'aujourd'hui au sein de votre gouvernement cela peut être perçu comme une forme de dissidence. Un flirt avec… l'ennemi ?

Tu ne cherches pas à répondre. Tu la regardes droit dans les yeux et, à ce moment précis, l'angoisse et la sérénité te saisissent presque simultanément. Mais tu continues à fixer l'émeraude, ses yeux accrochés aux tiens. Et, sans vraiment savoir pourquoi, tu te rends compte que l'anxiété a diminué. Plus tu la regardes, moins tu as peur.

7.

Margot, 11 juillet 1940

Au début je n'y ai pas prêté attention, et pourtant on ne peut pas dire qu'il se cachait.

Il était à une vingtaine de mètres, de l'autre côté de la fenêtre, dans la rue, fumant une cigarette, appuyé contre un arbre. Il était bien visible dans son costume beige en coton, la cravate bleu marine légèrement lâche sur le col de sa liquette blanche déboutonnée. Étrangement, il m'a fallu du temps pour le remarquer.

Il faut dire que lorsque je suis au tableau, dans la salle de classe, il m'est impossible de me concentrer sur autre chose que les mouvements de la craie. Je guette le moindre de ses crissements. J'ai beau rédiger, raturer, griffonner, effacer, gratter des mots et des chiffres sur ce grand tableau des dizaines de fois par jour depuis un an, je ne parviens toujours pas à m'habituer à l'ultrason qui fait grincer mes tympans lorsque la craie blanche grince sur l'ardoise.

Le… La… Les… Un… Une… Des…

L'un après l'autre, les déterminants défilaient sur le tableau noir tandis que, dos à moi, les vingt-cinq élèves assis à leur pupitre recopiaient sur leur cahier la leçon de grammaire consacrée aux articles définis et indéfinis. La classe était silencieuse et pour une fois, je n'avais aucune intention de leur adresser la parole. Pas d'humeur ! J'étais dans mes pensées, accrochée à la soirée de la veille, incapable de m'en détacher. En colère.

En apparence, il ne s'est rien passé de si exaspérant… Paul m'a emmenée dans la concession russe dîner chez Alievi, un vieux restaurant géorgien, installé au cinquième et dernier étage d'un bâtiment en pierre blanche ceinturé par de longs balcons filants en fer forgé, à l'image des immeubles haussmanniens des cartes postales de Paris. Puis nous avons marché le long du fleuve avant de nous poser dans une gargote de fortune, au bord de l'eau, et de commander une bouteille de baijiu, l'alcool de riz le plus consommé à Tientsin.

C'est une tente de pêcheur d'à peine vingt mètres carrés et Paul y a visiblement ses habitudes. Une vieille Chinoise chétive et toute ridée l'a accueilli comme on reçoit un ami de la famille qu'on n'a pas vu depuis des lustres, tenant ses mains fermement et affectueusement dans les siennes, ses yeux souriants fixés avec bienveillance sur le gratte-ciel, dans une parenthèse silencieuse et brève.

Après quelques longues secondes, elle a remarqué ma présence. D'un air gêné, elle a subitement lâché les mains de Paul pour filer faire place nette. D'un geste, les cannes et les filets de pêche qui traînaient sur le sol en terre battue ont été jetés sur le matelas troué situé au fond de l'échoppe. Elle a chassé, en quelques secondes, tous les objets encombrants qui croisaient son pied droit. Au milieu de ce bric-à-brac elle a saisi deux minuscules tabourets de pêche en bois foncé, et attrapé une caisse en carton sous un établi pour s'en servir de table basse.

La bouteille de baijiu tenue fermement dans sa main gauche, les deux verres à shooter dans sa main droite, la vieille Chinoise nous a invités à prendre place et s'est approchée, son nez pratiquement collé au mien, pour me mettre en garde, dans un anglais approximatif, contre la consommation excessive d'alcool de riz.

— *Watch out, lady. Baijiu, strong! Sixty-five degree alcohol! Very strong!*

J'aurais sans doute dû l'écouter. Mais j'ai choisi de suivre Paul.

— On y va cul sec, Margot!

Au début on ne sent rien. L'eau-de-vie ruisselle naturellement au fond de la gorge. Elle réveille. Elle enflamme. Elle rend l'esprit léger.

Et sous la tente, face aux jonques et goélettes flottant sur le fleuve, nous étions ailleurs, comme dans une bulle, loin des fastes de Tientsin, à des années-lumière des tracas de la guerre. Les Messerschmitt allemands venaient, le matin même, de lâcher leurs premières bombes sur les côtes anglaises. En France, les pleins pouvoirs avaient été confiés, dans l'après-midi, au maréchal Pétain. Mais ce soir, chez la vieille Chinoise, plutôt mourir que ressasser la déprime de ce 10 juillet 1940.

Le baijiu a fait effet après quelques gorgées. Le feu dans le ventre. Les vapeurs dans le cerveau. L'exaltation de l'ivresse. C'était jubilatoire. Je me laissais porter par le bien-être de me trouver auprès de lui dans ce lieu improbable avec cette vieille Chinoise qui nous surveillait du coin de l'œil depuis l'entrée de la gargote où elle s'était installée.

Nous étions seuls. Tout était calme et doux. Il n'y avait plus d'adultère. Plus d'amants. Plus de mensonges. Il était, quelques heures durant, à moi. Exclusivement à moi. Et cela me remplissait d'une joie que je n'avais encore jamais connue et que je ne voulais plus jamais quitter.

— Que se passerait-il si vous ne rentriez pas ce soir?

— Ce serait compliqué, Margot.

Cette phrase m'est insupportable.

Et vingt-quatre heures plus tard, dans ma salle de classe, tandis que je guidais tant bien que mal ma main sur le tableau noir blanchi par la craie, la voix de Paul résonnait encore lourdement dans mon cerveau.

Il était finalement rentré chez sa femme. La joie avait disparu. Face à mes élèves, je tentais au mieux de masquer cette colère que je ne parvenais pas à dissiper. Je fulminais contre lui, contre elle, contre leur fille. Et, surtout, contre mon imprudence et ma bêtise.

L'issue de cette histoire, la soirée l'avait montré, dépendait donc exclusivement de Paul et cette perspective m'était inacceptable. Je n'étais plus capable de penser à autre chose.

Quand à midi pile la sonnerie de l'école a retenti, je me suis rendu compte que je n'avais plus ma craie entre les mains. Elle avait dû glisser depuis déjà un long moment.

En jetant un rapide coup d'œil sur le tableau j'ai réalisé que seule la moitié de la leçon de grammaire y avait été rédigée.

La salle de classe s'était vidée au pas de charge et, soulagée d'avoir l'esprit entièrement disponible, je me trouvais enfin seule. C'est du moins ce que je croyais jusqu'à ce que je l'aperçoive à travers la fenêtre. Elle était mi-ouverte sur la rue, au rez-de-chaussée. Je n'y avais pas une seule fois prêté attention. Et pourtant il était bien là, sur le trottoir, le dos appuyé contre un arbre, fumant une cigarette, à m'observer. De toute évidence, John Powell m'attendait.

— Vous êtes resplendissante, Margot. Comment allez-vous?

Il n'est jamais facile de faire semblant quand on est, par nature, méfiante. Et le ton faussement désinvolte et chaleureux de Powell me mettait mal à l'aise.

— Bonjour John. Quelle surprise! Qu'est-ce qui me vaut votre visite?

D'habitude nos rendez-vous avaient lieu tous les lundis, dans son bureau surchauffé, sous les toits du consulat britannique. Qu'avait-il en tête pour venir à l'improviste me cueillir à la sortie de l'école?

— Rien de spécial, Margot. Je voulais savoir comment vous alliez.

— J'aimerais vous croire. Mais je ne suis pas si cruche.

— Depuis hier, plus rien n'est pareil, Margot. Ce qu'avait prévu Churchill, il y a un mois, a fini par arriver. Hitler a lâché les chiens. Près de deux cents bombardiers allemands nous ont attaqués. Ils ont détruit des convois britanniques qui naviguaient au sud de l'Angleterre. Ils ont aussi frappé des installations portuaires au Pays de Galles.

— Je sais tout cela, John. Mes oreilles saignent à force d'écouter la BBC, à la maison. Mais ça ne me dit pas pourquoi vous êtes venu me rendre visite.

— Avec l'offensive allemande, Downing Street met la pression sur toutes les administrations, tous les ministères, pour faire avancer leurs missions. Et vous êtes une de nos missions, Margot.

À cet instant, j'ai compris pourquoi il m'emmenait en promenade, comme si de rien n'était, dans le quartier des administrations, le long de Canton Road. « Vous êtes une de nos missions, Margot. » La phrase était solennelle. Le message officiel. Powell avait la délicate tâche de m'en convaincre, et il savait que le formalisme des entretiens hebdomadaires dans son bureau risquait de me braquer. En flânant côte à côte, sans contact visuel entre nous, sur un ton proche de celui de la confidence, il me mettait devant le fait accompli. Et je n'avais aucune prise.

— Où en êtes-vous avec Promont?

— C'est une question un peu indiscrète, John.

— Margot, connaissez-vous l'expression « Nous devons mettre le feu à l'Europe » ?

— Non. Qui a dit ça? Hitler?

— Churchill, ma chère. Ça veut dire qu'il faut qu'on avance, Margot! Churchill veut susciter l'esprit de résistance dans tous les pays occupés par les nazis, à commencer par la France.

74

» L'objectif est non seulement d'aider des mouvements locaux mais aussi de nous appuyer sur eux pour déstabiliser les Allemands via des opérations de guérilla, de sabotage et de propagande très agressives. Il faut créer le doute dans les populations, provoquer des défections. Il faut harceler, sans cesse, l'ennemi.

» Et s'agissant de la France, la question est urgente! D'autant que pour l'instant, chez les Français, on ne peut pas dire qu'il se passe quoi que ce soit, à part un sous-secrétaire d'État qui vient de s'installer à Londres pour lancer un mouvement baptisé «La France libre».

— Qui est-ce?

— Il s'agit d'un certain de Gaulle... Un général de l'armée française. Il était sous-secrétaire d'État à la guerre il y a encore un mois. Et quand Pétain a décidé d'arrêter les combats avec l'Allemagne, il a filé direct en Angleterre pour appeler les Français à le rejoindre et continuer de se battre. Mais il est seul. Rares sont ceux qui ont décidé de le suivre. Donc je vous repose la question. Comment cela se passe-t-il avec Promont?

— C'est au point mort. Ça n'avance pas.

— Il va falloir m'en dire davantage, Margot. Et je ne dis pas cela seulement pour servir mes intérêts ou ceux du Foreign Office. Je dis cela pour vous.

» La vie que vous menez à Tientsin est très agréable. Et je sais que c'est une sorte de deuxième patrie pour vous et vos parents. Mais du point de vue du gouvernement britannique, vous êtes mobilisable à tout moment pour

75

prendre part à l'effort de guerre et travailler dans l'industrie militaire en Angleterre.

— Que voulez-vous dire exactement?

— Je dis que d'une façon ou d'une autre, les Anglais, et je dis bien tous les Anglais, sont ou seront mobilisés contre l'ennemi. Cette guerre nous concerne tous. À vous de décider de quelle façon vous allez vous engager. Et nous n'avons plus beaucoup de temps. D'ici la fin du mois de juillet, tout au plus. Vous avez bien saisi, Margot?

— Oui j'ai compris. D'ici la fin du mois.

Nous avions cessé notre balade pour nous installer sur un banc dans Victoria Park, juste en face du consulat britannique, et j'étais envahie par un immense malaise.

Chacun de mes rendez-vous avec Powell avait, jusqu'à présent, été bref et superficiel. Je m'étais fixé comme règle de ne lui livrer que des éléments d'ordre général sur le parcours de Paul ou des informations anecdotiques sur nos rapports. Heures de rencontre; lieux de rendez-vous; noms de restaurants; description des menus et des vins que nous consommions; signalement des endroits visités et des gens rencontrés en sa présence; voilà en substance à quoi se limitaient mes comptes-rendus. Quant à notre liaison, le sujet n'était pas sur la table. Par élégance ou par prudence, Powell ne m'avait jamais fait l'affront de soulever la question.

Ainsi, pendant les six semaines où je me suis rendue chaque lundi à son bureau pour débriefer de mes contacts avec Paul, Powell s'est toujours montré souple, voire malléable, évitant avec soin de me presser. Il suivait mon récit et se contentait de réponses simples et sibyllines, sans jamais formuler la moindre relance. Naïvement, je prenais ce manque de curiosité pour de la maladresse. En me laissant croire qu'il était un piètre agent, Powell avait réussi à atténuer ma méfiance et à tisser progressivement un lien entre nous pour, le jour venu, l'exploiter comme il l'entendrait.

Sur ce banc, assise à ses côtés, le regard perdu dans la verdure de Victoria Park, je me rendais compte que le jour était venu. J'en étais pétrifiée.

— Pour l'instant, il ne bouge pas.

— Mais comment avez-vous abordé le sujet avec lui ?

— En rebondissant sur l'actualité. C'est le seul moyen de parler politique sans éveiller ses soupçons. Et c'est de cette façon, par exemple, que lors d'un petit déjeuner j'ai pu le tester en abordant les événements de Mers el-Kébir qui ont fait scandale en France. Je me suis servi du sabotage de la marine française par les Anglais pour voir dans quel état d'esprit il se trouvait.

— Et alors ?

— Il n'a pas réagi. Il est resté muet. Il n'a même pas exprimé, en tant que vice-consul, la position officielle de la France. Il m'a juste dit que suite au sabotage, les relations diplomatiques entre la France et le Royaume-Uni avaient été rompues. Rien de plus.

— Comment qualifiez-vous cette réaction ? Habituelle ou inhabituelle chez lui ?

— C'est quelqu'un de plutôt volubile, qui parle de façon animée, qui a des convictions tranchées sur les choses, les hommes et les événements. Ce n'est pas dans son caractère d'être à ce point sur la réserve.

— Pensez-vous qu'il se méfie de vous ?

— Je ne crois pas.

— Alors, d'après vous, pourquoi est-il si peu bavard ?

— Je pense qu'il se pose beaucoup de questions et qu'il les formule plus ou moins comme ceci : jusqu'où la collaboration avec l'Allemagne me semble-t-elle acceptable, même si je suis profondément anti-Allemand ? Est-ce qu'en jouant le jeu du nouveau gouvernement Pétain je n'ai pas une carte à jouer pour ma carrière ? Quels sacrifices dois-je faire si je m'engage en résistance ? Qu'ai-je réellement à gagner si je fous tout en l'air pour aller combattre l'ennemi ? À 35 ans, Promont est déjà vice-consul de Tientsin. Il est promis à un brillant avenir dans le corps diplomatique. S'il continue son chemin de cette façon, il est tout à fait possible qu'il parvienne d'ici cinq ans à être nommé à la tête d'une ambassade.

— Entendu, mais alors pourquoi ne pas assumer cette position tout simplement ?

— Eh bien… peut-être que d'autres choses rentrent en ligne de compte.

— Comme quoi ?

— L'honneur. Et peut-être…

— Et peut-être quoi ?

— Je l'ignore encore.

8.

Paul, 1ᵉʳ août 1940

Le ronronnement est faible, sa cadence harmonieuse, ta respiration régulière.

Tu es loin, reclus, détaché. Grâce au ronflement du moteur, tu es plongé dans les profondeurs d'un sommeil apaisé que tu n'as pas connu depuis des mois.

Les lamelles de bois foncé des deux stores laissent passer les premières lueurs de l'aube dans la cabine. Les ombres et les faisceaux lumineux forment un épais trait vertical qui se déplace lentement sur le mur en acajou, poursuivant sa route vers ton visage. Le rayon de lumière se fixe un long moment sur tes paupières et finit par te ramener progressivement à la surface.

Tu ouvres les yeux.

Le train file vers le nord.

Les rizières des grandes plaines de Tientsin ont disparu dans l'obscurité il y a une douzaine d'heures. Et à travers le hublot, au bout de ton lit, tu entrevois maintenant le soleil se hisser derrière les cimes et les massifs qui, à contre-jour, s'imposent comme des géants sur les hauts plateaux que traverse le chemin de fer. Dans trois heures, tu seras à destination. Changchun, capitale de la Mandchourie intérieure. Sous occupation nippone depuis des années.

Tu redoutes ce qui t'y attend. Mais ce ne sont pas les affaires diplomatiques ou politiques qui te préoccupent à Changchun. Officiellement, tu t'y rends pour tenter d'apaiser les tensions entre la France et le Japon dans la région et trouver un compromis. C'est l'objet du déjeuner prévu à ton arrivée avec le prince Nagahisa Kitashirakawa, membre de la famille impériale japonaise et responsable militaire de l'ensemble de la Mandchourie occupée. Une rencontre à laquelle tu n'accordes aucune importance. Sur ce sujet comme sur l'ensemble de tes missions au consulat, tu te contentes de gérer les affaires courantes sans conviction.

Depuis l'épisode du feu d'artifice, tu es devenu maître dans l'art de faire le dos rond. Si l'on ne te connaissait pas, tu passerais pour un parfait serviteur du régime, un fayot de la pire espèce, obéissant et discret, à l'opposé du haut fonctionnaire impétueux et révolté auquel tes collègues avaient été habitués jusqu'ici. D'ailleurs, ils ne savent toujours pas comment le patriote germanophobe, qu'on surnommait l'anti-Boche au Quai d'Orsay, parvient aujourd'hui à courber l'échine avec autant d'aisance et de facilité. C'est incompréhensible. Sauf à connaître l'histoire du feu d'artifice. Mais tu préfères mettre cet épisode en sourdine. Par fierté peut-être. On ne peut pas dire qu'il fasse partie des plus glorieux de ton parcours.

Même ta femme en ignore l'existence. Toi, en revanche, tu n'es pas près d'oublier ce moment, ce tout petit moment, un instant presque anodin, au cours d'un petit déjeuner de travail, le 23 juin dernier, en compagnie du chef d'état-major Pierre Chératon et du conseiller culturel Jacques Lestrade, pour la réunion préparatoire aux festivités du 14-Juillet.

Vous étiez installés dans la grande salle à manger du consulat, sous l'imposant lustre en cristal de baccarat. Sa lumière trop vive et trop blanche t'éblouissait. Tu étais silencieux, épuisé par le manque de sommeil, sonné par les nouvelles tombées dans la nuit.

Le gouvernement de Pétain venait de signer l'armistice avec le Reich. Les émissaires du Maréchal avaient accepté que le pays soit coupé en deux gros morceaux, occupé sur toute sa partie nord et ouest par l'armée allemande. Au-dessus de la Loire, tu n'étais plus chez toi. La République s'était effondrée et comme le stipulait noir sur blanc le texte de l'armistice reçu par télex, « dans les régions occupées de la France, le Reich allemand exerce tous les droits de la puissance occupante ».

Autrement dit, les lois de l'Allemagne nazie s'appliqueraient avec vigueur à tous les Français vivant entre Lille, Chalon-sur-Saône et Bayonne.

Mais le pire était à venir.

Pétain avait demandé à tout son gouvernement, à toutes les administrations, à tous les Français, de « collaborer » avec l'occupant et, précisait le texte, « d'une manière correcte », s'il vous plaît !

Tu avais littéralement failli t'étrangler. Puis la confusion... le flottement... avant d'être saisi par le doute. Perplexe, tu refusais d'y croire, malgré les télex qui sous tes yeux, avec tous les guillemets, faisaient état de l'accord d'armistice signé entre la France et l'Allemagne.

— Trop gros pour être vrai!

Tu t'étais mis à parler à haute voix. Tu avais aussi pris soin, en pleine nuit, de vérifier l'information auprès de quatre ou cinq sources différentes, espérant à chaque fois passer pour un sot relayant un canular, une rumeur absurde. Mais ton optimisme était à chaque fois de courte durée. Tu allais bel et bien devoir collaborer avec les nazis, travailler avec tes pires ennemis. « Et d'une manière correcte », je vous prie, mon cher Paul!

Pour garder un semblant de souveraineté, le gouvernement s'était installé en zone libre, loin de Paris et de Bordeaux, siège provisoire du pouvoir. Le siège de l'État français se trouverait désormais au cœur de la station thermale de Vichy. Dans un hôtel! Un gouvernement à l'hôtel... Comme la plupart des autres membres du gouvernement, ton ministre de tutelle allait y emménager d'ici quelques jours. Pétain s'était définitivement couché.

Mais ce matin du 23 juin, dans la salle à manger du consulat de Tientsin, devant ton café et tes toasts beurrés et recouverts de marmelade d'orange, tu étais bien le seul à encaisser et avoir honte.

— L'idée est de faire un feu d'artifice sur le fleuve, dans le quartier de la rue de Paris, près de la concession italienne. L'avantage c'est que de ce côté-là, sur cette rive, on est protégé du vent.

Une scène surréaliste. Celui qui parle c'est le type à droite, Jacques Lestrade, le conseiller culturel. À l'entendre, seul le feu d'artifice avait de l'importance.

Le pays venait de rétrécir de moitié, le drapeau nazi flottait sur les Champs-Élysées, l'Assemblée nationale et le Palais-Bourbon s'étaient transformés en vastes bureaux pour l'armée allemande, mais Lestrade n'en avait rien à faire. Il déroulait avec méthode son plan d'installation de feu d'artifice pour le 14-Juillet, devant un Chératon tout à l'écoute. Le chef d'état-major buvait les paroles du conseiller.

— Nous reprendrons le même artificier que les années précédentes. Un type très fiable.

Tu étais stupéfait et ne les lâchais pas du regard. Tu avais beau te demander combien de temps allait encore durer cette mascarade, ils poursuivaient leur petite tambouille, sans complexe. La scène semblait irréelle mais tu commençais à voir ce qui se tramait. Plus tu les observais, plus tu t'apercevais que leur silence sur l'humiliation de l'armistice était en fait l'expression d'un consentement, le leur, celui des hauts fonctionnaires du consulat, et peut-être, plus largement encore, le premier effet marquant de la capitulation du gouvernement sur toute son élite. Tu les regardais, consterné, tandis qu'un tumulte commençait à monter dans ton cerveau.

« Oh ! »

Tu les interpellais avec véhémence.

« Oh Chératon, Lestrade ! Vous allez continuer long-temps à faire comme si de rien n'était ? »

Tu étais hors de toi.

« Vous n'êtes que de petits pleutres opportunistes ! »

Ta voix s'était transformée, tu la sentais monter pro-gressivement dans les aigus et produire des sons perçants que tu ne parvenais pas à maîtriser. Une tempête assour-dissante, déchaînée. Tes cris fusaient. Ils fusaient dans tous les sens, hystériques, d'un bout à l'autre de ton cerveau… pour aller s'écraser net contre les parois de ta boîte crâ-nienne. Le mur !

Tout ton vacarme était en fait confiné à l'intérieur, à équidistance entre tes deux tympans… Derrière le mur !

Mais sous le lustre de la salle à manger, devant Lestrade et Chératon, c'était le calme plat. Aucun son. Cette révolte était muette. Tu étais figé, pétrifié comme le sont parfois les enfants qui camouflent leur indignation en se terrant dans le silence quand ils sont saisis par une scène effrayante. Sans doute le signe d'un irréductible instinct de survie.

En ce sens, tu suivais les conseils de prudence de Claire qui depuis des semaines t'alertait sur ta réputation d'exalté anti-Allemand de plus en plus mal vue au sein de l'administration. Les interpeller n'aurait donc fait qu'ag-graver ton cas alors qu'ils avaient basculé dans le camp de la défaite, celui du Maréchal et du nouveau régime, à l'instant même où l'Armistice avait été signé. L'éternelle continuité de l'État, Paul. N'est-ce pas au fond ce qu'on attend de la race des seigneurs ?

Sous la lumière blafarde du lustre de la salle à manger, Pierre Chératon et Jacques Lestrade finalisaient l'organisation des festivités. Tu étais resté silencieux tout au long de la réunion et pas une seule fois ils ne t'avaient sollicité, ni même adressé la parole. Seul, à côté d'eux, tu sentais l'inquiétude monter en toi. Pourquoi une telle indifférence ? Ton mutisme avait-il éveillé leur méfiance ? Voulaient-ils te faire comprendre que ta germanophobie notoire n'avait désormais plus cours ?

Ils n'étaient qu'à cinquante centimètres de distance mais tu te sentais loin, mal à l'aise, constatant avec effroi que discussion, échange ou débat étaient désormais impraticables. Proscrits. Tu ne pouvais avoir ta place sous ce lustre que si tu avançais, comme eux, tête baissée, à l'aveugle.

Et ce 23 juin, dans la salle à manger du consulat, le seul sujet digne d'intérêt était le feu d'artifice ! Alors, à tout hasard, tu as tenté ta chance. Et à un moment neutre et insignifiant, un tout petit moment que tu gardes bien secrètement, au fond de ton crâne, tu as basculé.

— Je suis d'accord avec vous... je pense qu'en effet... faire cette année... un feu d'artifice sur le fleuve, pas loin des Italiens, est une... excellente idée.

N'ayant strictement rien à dire au sujet du feu d'artifice, tu mesurais la vacuité de ta remarque. Mais le visage du chef d'état-major s'était illuminé en t'entendant prononcer tes deux derniers mots : *excellente idée*.

— N'est-ce pas, mon cher ? Alors justement pour la réception du 14-Juillet, il faut que toutes les composantes de la communauté française soient présentes. Du lycée à l'église en passant par tous les représentants de nos entreprises. Je vous laisse le soin de l'organiser.

— Vous pouvez compter sur moi.

Tu ne sais toujours pas très bien ce qui t'a pris. Tu te souviens juste que cela t'est venu spontanément, en dévisageant Chératon, comme une sorte de jeu. À partir de ce moment, tu t'es mis à construire un personnage, tu es entré dans les habits d'un homme dévoué, discret, obéissant – à l'opposé du caractère ardent et exalté qu'on te connaît. Au début, cela a surpris tout le monde. Mais tu n'as pas lâché le rôle de fonctionnaire exemplaire et secret dans lequel tu t'es muré. Et ils n'ont pas été déçus. Rapidement, ta hiérarchie n'y a vu que du feu. Tu revois encore Chératon te prendre à part, en marge de la grande soirée du 14-Juillet donnée au consulat.

— Mon cher Promont, vous avez pris de l'épaisseur. Cet événement est une réussite. Je vous félicite.

Tu te souviens aussi de la fierté de Claire, ce soir-là.

— C'est formidable, Paul. Je t'avais dit que ça valait le coup de travailler avec eux. Tu verras, il va y avoir des opportunités. Ils savent de quoi tu es capable. Ils ne vont plus vouloir te lâcher.

Aujourd'hui encore, plus d'un mois après l'histoire du feu d'artifice, tu n'en reviens toujours pas d'avoir réussi un tel bluff et, dans le train qui te conduit à Changchun, tu souris de satisfaction en pensant à ta supercherie. En jouant la comédie tu as tout le temps nécessaire pour analyser paisiblement les événements et réfléchir à ta situation, professionnelle et personnelle, sans prendre le moindre risque. Question courage, on repassera. Toi qui aimes tant donner des leçons d'héroïsme, on est loin de l'esprit chevaleresque vanté avec tant d'ardeur par monsieur le vicomte Paul de Promont. Mais c'est bien là tout ton talent, ou ton cynisme : passer pour un homme de courage et de conviction tout en agissant avec lâcheté. Tu manies les mots et les incantations avec brio. Et tu fais le malin comme personne dans les salons. Mais regarde-toi bien.

Tu es pathétique.

Depuis des semaines tu fais semblant. Semblant d'obéir au Maréchal, semblant d'être fidèle à ta femme. Semblant d'être indifférent à Margot. Même avec elle, tu joues la comédie du type froid et distant, histoire d'être parfaitement cohérent avec ton personnage. Vos rendez-vous sont expédiés. Tu éludes toute discussion. Tu la tiens à distance comme tu tiens hors d'atteinte le reste du monde. Question de prudence. Il ne faut prendre aucun risque. Personne, pas même Margot, ne doit connaître ton manège.

La couverture est facile, ludique. Tu serais presque tenté de jouer sans fin cette comédie. Mais tu sais bien que cela ne peut pas durer. Tu es au pied du mur, pris au piège par tes propres contradictions. Tu es en train de te perdre, à force de vouloir faire corps avec ton personnage.

Tu te mets à fixer les paysages qui défilent à grande vitesse alors que le train slalome entre les collines et file le long des lacs à travers les plaines. Tu veux t'évader. Penser à autre chose. Alors, tu te cramponnes aux paysages. Aux collines. Aux lacs. Aux vastes plaines. Mais tu ne vois qu'un gigantesque mur s'ériger devant toi et ton imposture. Cela te panique. Une fois de plus, car depuis une semaine tu as les nerfs à vif à cause de cet état d'angoisse qui va et vient sans cesse, et te ruine le peu de tranquillité d'esprit qu'il t'arrive d'avoir, comme ce matin, dans ta jolie petite cabine. Tu entends encore les mots de Margot te rassurer alors que tu l'implores de te rejoindre à Changchun. Elle te retrouvera, promet-elle, si elle le peut. Mais cela sonne faux. Tu vois bien qu'elle cherche à te calmer et ne dit que ce que tu veux entendre. Puis vous vous dites au revoir, ou peut-être adieu. Et tu ne sais pas si elle viendra. Pourquoi viendrait-elle? Cette ultime rencontre, la semaine dernière, était un désastre.

Elle avait insisté pour te voir. «*J'ai besoin de vous parler, c'est important*», avait-elle écrit dans la missive qu'elle avait adressée à ton bureau. «*Pouvez-vous me retrouver au Lotus Inn en fin d'après-midi à 18 heures, et demander la chambre numéro 3 en arrivant à l'hôtel?*» Elle avait conclu par ces mots, «*À tout à l'heure. M.*»

À Tientsin, le Lotus Inn se trouve dans une rue étroite mais très longue, bruyante et bondée, animée par des dizaines de vendeurs de gingembre et de pousses de ginseng installés sur le trottoir. Chaque stand est envahi par une foule de badauds chinois venus faire le plein de plantes médicinales pour leur pharmacie.

Ça se bouscule, ça joue des coudes pour atteindre les étals. Une frénésie déclenchée par le pouvoir magique des racines de ginseng rouge qui, à entendre les bribes de conversations sur le trottoir, tonifient l'organisme comme aucun autre remède connu à ce jour. Billets fermement tenus en main, une flopée de bras tendus comme des bâtons vivants s'agitent à hauteur d'yeux en direction des vendeurs. La scène t'avait fait sourire. Puis tu avais tourné la tête et par le plus grand des hasards, ton regard avait atterri directement sur le Lotus Inn. Tu te souviens parfaitement de l'impression qui t'avait traversé en découvrant l'hôtel : l'incongruité du bâtiment. Il s'agissait d'une construction tout en briques, étroite et étriquée, une sorte de maison de poupée maigrelette et verticale de trois étages, coincée entre deux lions gardiens Art déco sculptés dans un marbre blanc. Tu te vois encore tordu et courbé, te frayant un chemin dans une bicoque. Il te fallut moins de quarante secondes pour grimper, trois par trois, les marches du minuscule escalier jusqu'au sommet et pousser la porte de la chambre 3.

Elle était déjà là, assise au bord du lit devant la fenêtre, et semblait observer l'effervescence de la rue. Tu ne la voyais que de dos et, en t'approchant, tu compris qu'elle était concentrée sur autre chose. Elle regardait droit devant, mais nulle part précisément. Tu te plaças face à elle et tu vis une larme glisser lentement sur son visage. L'émeraude de ses yeux était embuée, son regard pénétré par la mélancolie. Tu cherchas à la prendre dans tes bras, mais elle eut un geste de recul.

— Je vous en prie, épargnez-moi votre compassion. Je vous demande juste de m'écouter attentivement.

Tu étais stoppé net. Silence. Tu n'entendais plus d'autres bruits que le murmure sourd et lointain de la foule massée autour des stands en bas de l'hôtel. Elle te dévisagea, longuement. Mais es-tu si certain qu'elle te regardait? Ses yeux te fixaient mais tu les sentais ailleurs, concentrés sur ce qui allait suivre, comme si elle profitait de cet instant pour faire une pause et puiser au fond d'elle-même la ressource et le courage nécessaires pour se lancer.

— Je vais partir Paul. Je vais partir.

Elle le répétait comme pour être certaine que tu saisisses la portée de ses mots.

— Je vais rentrer en Angleterre. Rester ici sans rien faire n'a aucun sens pour moi alors que mon pays est en pleine guerre avec l'Allemagne. Le consulat britannique de Tientsin a écrit à la communauté anglaise que la population civile risquait d'être mobilisée. Toutes les catégories de la population sont concernées – y compris les jeunes femmes célibataires sans enfants de 18 à 30 ans. Et d'après ce qui m'a été dit au consulat, je risque d'être recrutée dans une usine de munitions. Depuis l'échec de l'armée britannique à Dunkerque en juin dernier, l'obsession du gouvernement est de reconstituer au plus vite le stock d'armes perdu dans la bataille de France. En ce moment, les usines fonctionnent 24 heures sur 24. Et toutes les filles de mon âge sont mobilisables.

— Je ne veux pas que vous partiez, Margot, c'est impossible!

— Paul, je ne vais pas avoir le choix. Et puis, je vous avoue que je n'ai pas l'intention de faire une carrière d'enseignante à Tientsin et finir vieille fille comme ces femmes britanniques d'un certain âge que l'on rencontre parfois dans les colonies échouées là, sans famille, sans enfants, et évidemment sans compagnon. Il n'y a plus rien pour moi à Tientsin. Vous, Paul, vous êtes marié. Vous avez une famille et c'est avec elle que vous avez décidé de faire votre vie. Pas avec moi. Vous avez votre carrière. Et vous avez manifestement choisi de jouer votre carte en misant sur le nouveau gouvernement du maréchal Pétain.

— Mais enfin, quelles sont mes options ? Pour l'instant, en France, il n'y a pas de vraie opposition à Pétain. Nulle part en zone libre, ni à Lyon, ni à Marseille, vous ne trouverez le moindre mouvement. Même les communistes sont aux abonnés absents avec ce foutu pacte germano-soviétique. Et quand bien même il y aurait des velléités d'opposition, ce serait aujourd'hui complètement illusoire. Dans la zone libre, Pétain contrôle tout. Il a toutes les institutions en main. Le Parlement n'existe plus. Quant à l'armée, ou plutôt ce qu'il en reste, dans nos colonies et départements africains, elle est pour l'instant totalement soumise au Maréchal. Et les attentats perpétrés par votre pays sur notre flotte à Mers el-Kébir ont eu pour effet de renforcer les liens entre l'armée française et le gouvernement. Donc je vous répète la question : l'alternative, Margot ?

— Londres. C'est Londres l'alternative ! Vous savez bien que des Français sont en train de rejoindre un mouvement de résistance à Londres. Venez avec moi !

Elle s'arrêta net pour t'observer. Les secondes passaient. Ton cerveau était encore en train de traiter l'information, quand Éléonore surgit dans ton système nerveux central. Elle te demandait de t'accroupir pour poser un long et doux baiser sur ton front puis – avant de filer dans la cour de l'école alors que la sonnerie retentit – croisait ton regard.

« Passe une bonne journée ma chérie, t'entendais-tu lui souffler à l'oreille.

— Au revoir, Papa. »

Sa voix douce et discrète se mêlait à celle de Margot. Jusqu'à ces mots qui tombèrent en forme de couperet, et te ramenèrent brutalement à la réalité.

— J'ai compris, Paul... lâcha-t-elle. À vrai dire, je ne suis pas surprise. Cela me déçoit et m'attriste infiniment, mais je ne suis pas surprise. Je m'attendais à votre réaction. Elle est cohérente avec votre attitude depuis quelque temps. Et je n'insisterai plus.

— Vous vous trompez, Margot. Ma situation n'est pas celle que croyez. Je ne veux pas vous perdre. Et je ne veux pas vous laisser partir...

Tu étais nerveux. Ta respiration se faisait plus courte. Tu insistas.

— ... Je vais trouver la solution. Je le sais. Il faut que je réfléchisse. Je pars à la fin de la semaine en Mandchourie, pour quelques jours. Je vous emmène.

— Non.

Tu sentis le sol s'ouvrir sous tes pieds. Le désarroi se lisait sur ton visage.

— J'ai tant de choses à vous dire, Margot, tant de choses à vous expliquer. Je voudrais passer du temps avec vous, partager autre chose qu'un moment dans un restaurant ou une chambre d'hôtel.

— Mais cela fait des semaines que j'attends ! Des semaines que je vous demande du temps. Des semaines que vous ignorez mes demandes. Pourquoi les choses changeraient-elles maintenant, alors que vous n'avez cessé de vous montrer distant à mon égard ?

— Tout va changer parce que vous venez de me faire prendre conscience d'une chose, Margot.

— Quoi donc ?

— Je ne supporterais pas de vous perdre.

— Paul… s'il vous plaît…

— Venez avec moi. Je vous en prie. On ne peut pas tout arrêter de cette façon.

— Je ne sais même pas si je peux me libérer. J'ai des cours de prévus.

— Margot, vous me demandez si je peux tout quitter pour aller à Londres et vous n'êtes pas prête à me rejoindre à Changchun, au nord de la Chine ?

— Je vous promets d'essayer.

Ses larmes avaient séché, son regard était droit et franc, ses yeux fixés sur les tiens.

Cette image de Margot sort de tes pensées au moment où tu réalises que le train s'engouffre dans la gare de Changchun.

Au bout du quai, sous un imposant et sinistre bâtiment en pierre grisâtre, une unité militaire d'une vingtaine de soldats se tient au garde-à-vous de chaque côté d'un long tapis de couleur noire déroulé sur une cinquantaine de mètres, depuis la porte d'entrée principale du terminus jusqu'à la voiture numéro 2 du Nord Express Tientsin-Pékin-Changchun.

À la sortie du wagon, tu es accueilli par une silhouette fine, de petite taille, enveloppée dans un uniforme bleu nuit, sur lequel pendent huit médailles du côté gauche de la poitrine. Les récompenses brillent sur le vêtement grâce au fil d'or avec lequel elles ont été brodées. Le visage est émacié, la moustache étroite. Sous les lunettes rondes, un regard sévère, tendu, autoritaire, exprime toute la supériorité et l'arrogance d'un officier qui exerce un contrôle absolu sur un territoire qui ne lui appartient pas. Un hochement de tête suffit au capitaine Nagahisa Kitashirakawa pour te saluer.

— Bienvenue en Mandchoukouo. Permettez-moi de vous précéder.

Les poignées de main et les sourires sont manifestement réservés à d'autres – plus dignes d'un geste avenant et respectueux – qu'à un représentant d'une nation qui s'est soumise sans honneur à son ennemi. Même le Japon, de plus en plus proche de l'Allemagne, te refuse le moindre égard. Le petit homme et son armée ont la main sur une région trois fois grande comme la France. Une suprématie qui, à travers le choix des mots de ton hôte japonais, se doit d'être perçue comme éclatante, incontestable pour tout diplomate étranger en visite dans la région. Le *Bienvenue en Mandchoukouo* continue de résonner longtemps après vos froides salutations. Mandchoukouo plutôt que Mandchourie, pour sonner plus nippon! Cela fait pourtant trois ans que ça dure, mais étrangement, l'importance de ce symbole ne te touche qu'aujourd'hui. En entendant l'appellation japonaise, tu as encaissé une sorte de choc. Et si les Allemands avaient la même idée? D'un coup tu t'imagines une scène absurde, un train en provenance de Marseille débarquant ses passagers au terminus de la gare de Lyon, avec à ton arrivée le charmant général Otto von Stülpnagel venu t'accueillir, monocle accroché à l'œil gauche, et te saluer dans un français sec et impeccable, comme si même la langue française lui appartenait.

— Bienvenue en Frankreich, monsieur de Promont.

Rebaptiser la France comme les Japonais l'ont fait avec la Mandchourie. L'idée n'a rien d'aberrant après tout. Une fois sorti de l'immense gare de Changchun, dans la voiture qui t'emmène à la résidence du capitaine, tu remarques un par un tous les signes de l'étouffante domination nippone qui correspondent trait pour trait à ce qui t'a été rapporté du quotidien des Parisiens depuis que les Allemands ont pris le pouvoir dans la capitale. D'immenses draps blancs avec en leur centre de grands cercles rouges flottent un peu partout sur les bâtiments de Changchun. Les revues militaires nippones se succèdent sur les grandes artères de la ville. Et à divers endroits – ruelles, carrefours, coins de rue –, tu repères des hommes en civil effectuant des contrôles d'identité sur les populations locales.

Ne pas broncher, Paul.

Ne pas broncher, tu te souviens?

Cette réflexion te vient à l'esprit cinq, dix, peut-être vingt fois au cours du déjeuner en compagnie de l'uniforme bleu marine aux huit médailles d'or.

— Vous êtes tenus de contrôler vos frontières en Indochine, monsieur le vice-consul! Or, nos services de renseignements nous disent que c'est précisément le contraire qui se produit en ce moment. Votre colonie est une base arrière pour les terroristes chinois, et grâce à la complicité ou au laxisme des douaniers français, ils s'infiltrent ensuite en Chine avec un seul objectif: perpétrer des attentats dans toute la Chine occupée, et jusqu'ici, dans l'État du Mandchoukouo.

Ne pas ciller… Laisse-le continuer.

— Comprenez-moi bien. Nous n'allons pas rester les bras croisés très longtemps, monsieur le vice-consul. Vos frontières sont poreuses et permettent toutes sortes de trafics: trafics d'essence et d'armes qui alimentent les forces terroristes chinoises. Il faut que cela cesse!

Pense à ton personnage, Paul. Écoute le petit homme. Prends des notes. Et surtout n'affiche… aucune position belliqueuse.

Pas de vague. Être correct avec l'occupant… tu te souviens des consignes du Maréchal? Certes, le texte de l'armistice ne s'applique en principe qu'au IIIe Reich. Mais, par les temps qui courent, personne ne t'en voudra de faire preuve de politesse à l'égard de ton hôte. Et puis, c'est un excellent test pour la suite de ta carrière. Jusqu'ici,

tu t'es contenté de gérer les affaires courantes de la concession française : effectifs de gendarmerie, contingents
militaires, professeurs des écoles expatriés à Tientsin.
Ton rôle a été essentiellement cantonné à la logistique.
Mais ce voyage à Changchun, c'est autre chose. C'est une
récompense accordée à un homme qui s'est montré digne
de confiance. Claire avait raison. Ton remarquable travail
d'organisation lors des festivités du 14-Juillet a payé.

Te voilà maintenant en charge d'une mission politique
de premier plan, la première du genre à t'être confiée
depuis que Pétain est arrivé au pouvoir en juin dernier.
Une récompense… Ou un piège ! Tu es justement en train
de te demander comment tu vas bien pouvoir répondre à
l'arrogance de ton homologue. Tu as beau être habile, cela
devient très compliqué de continuer à jouer le fonctionnaire zélé et obéissant, alors qu'à Changchun la réalité de
l'occupation est en train de te péter à la figure.

Or, tu sais parfaitement ce que ta hiérarchie attend
de toi en Mandchourie. La mission est d'une simplicité
biblique en apparence mais, tu l'as bien compris, elle
constitue le début d'un engrenage.

Il ne fait plus aucun doute que le Japon s'apprête à
faire alliance avec l'Allemagne et l'Italie. Tu as été informé
que, dans les jours qui viennent, le régime de Vichy va
signer un accord bilatéral avec le Japon, lui reconnaissant
une position privilégiée en Extrême-Orient ; une position
qui va empiéter sur la souveraineté de la France dans
la région, notamment en Indochine. À ce titre, il t'est
demandé à Changchun d'être conciliant et flexible avec

ton homologue. Tu es chargé d'apaiser ses inquiétudes et de satisfaire ses exigences de sécurisation de la frontière indochinoise, quand bien même cette requête est insupportable et sans fondement d'un strict point de vue géographique.

L'Indochine est frontalière de la Chine tout à fait au sud, alors que la Mandchourie se trouve à l'opposé, au nord, à des centaines de kilomètres de la colonie française.

En outre, les autorités japonaises ne disposent d'aucun élément tangible permettant d'établir que des attentats contre l'État fantoche ont été préparés en Indochine par des résistants chinois. L'ordre de mission que tu as reçu est néanmoins parfaitement clair. Au nom d'un futur rapprochement franco-nippon, tu dois dire oui à tout!

Le petit homme vient de terminer son laïus. Vous êtes assis face à face, à moins d'un mètre de distance, séparés par l'immense table en teck noir verni, qui épouse toute la longueur de l'étroite salle à manger.

Tu es frappé par la morosité des lieux due à l'absence de couleur. Les murs, les rideaux, les tissus qui recouvrent les chaises autour de la table sont d'un blanc identique. Aussi blafards que le mess des officiers à Tientsin. On se croirait dans le couloir d'un hôpital. Aucun tableau, aucune gravure n'orne la pièce. L'endroit est à l'image de ton hôte : rigide, sec, sévère.

Dans ce silence monacal, tu ressasses les mots que tu t'apprêtes à prononcer au nom de l'État français.

— Évidemment nous sommes tout à fait disposés à faire preuve d'une plus grande fermeté sur nos frontières afin que cessent ces attentats à l'encontre des autorités nippones en Chine. Le gouvernement que je représente s'engage à y veiller.

Le petit homme tapote nerveusement son index et son majeur sur le dos de la fourchette en argent, placée à gauche de l'assiette blanche en porcelaine, dans laquelle a été servie une magnifique anguille grillée recouverte d'une sauce caramélisée, salée-sucrée, qu'il n'a pas touchée.

— Vous n'avez pas dit un mot, monsieur le vice-consul. Comme vous le savez, les intérêts stratégiques du Japon sont en jeu. Mais aussi ceux de votre pays. Notre rapprochement dans la région est important dans un contexte où la puissance de la France – notamment militaire – est considérablement affaiblie. Or, vous gardez ostensiblement le silence. Est-ce que je me suis bien fait comprendre, cher monsieur ?

Son petit ton suffisant et supérieur te fatigue. Depuis bientôt une heure, il te fait la leçon et te tance comme un maître d'école face à un cancre, en se montrant menaçant. Ne pas moufter, Paul ! Rester calme et neutre... en faisant ce que tu peux.

— Excellence... votre position est très claire et le gouvernement que je représente entend parfaitement votre message. Et j'en prends bonne note pour en faire, je m'y engage, le meilleur usage.

— Vous me surprenez. Je m'attendais à une prise de position bien plus claire de votre part et de la part de ceux que vous représentez. Mais j'imagine que vous savez ce que vous faites, monsieur le vice-consul.

— Oh… non… Je n'en ai pas la moindre idée, Petit-Homme arrogant… Pas la moindre idée !

Dans la voiture qui te ramène à ton hôtel, tu vois à travers le rétroviseur ton chauffeur te fixer avec étonnement en t'entendant proférer cette phrase à voix haute de nombreuses fois. Il plisse les yeux comme pour essayer de comprendre les sons qui sortent de ta bouche. Mais en dehors de quelques mots baragouinés en japonais, l'homme ne connaît aucune autre langue que le mandchou, un étrange mélange de mongol, de turc et de coréen que parlent les deux millions d'habitants de cette région. En t'observant, il ne peut s'empêcher de s'esclaffer devant ce qui ressemble à un comique de répétition.

Tu n'as effectivement pas la moindre idée de ce qui va se passer à partir de maintenant. Et tu ne veux surtout pas penser à la portée de ton action. Pour l'instant seule la perspective de rejoindre ton hôtel – et peut-être Margot – a de l'importance.

Assis sur la vaste banquette en cuir noire à l'arrière de la traction avant, en présence de ton chauffeur hilare, tu éprouves comme une sensation de légèreté. Une forme de bien-être surprenante, car elle n'est pas familière.

Tu n'as aucune intention de laisser cette sensation s'échapper.

9.

Margot, 27 juillet 1940

« *Paul,*

Au moment où vous lirez ces quelques lignes, vous serez à peine arrivé à votre hôtel à Changchun.

Comment vous faire part du chagrin et de la souffrance que j'éprouve à vous écrire plutôt qu'à vous rejoindre? Cette décision est guidée par la sagesse et non par le désir. Or il n'y a rien de pire que les vertus de la raison quand on n'a qu'une envie: se laisser emporter par la puissance de ses sentiments.

Mais cette passion me ravage, Paul. Aussi forte soit-elle, notre histoire est restée à l'état de relation adultère. Elle ne va nulle part et je ne lui vois aucun avenir possible.

Se retrouver quelques jours à Changchun, sans contrainte, sans avoir à se cacher, en étant totalement libres de nos mouvements, cela ne peut être qu'une parenthèse. Une parenthèse enchantée certes, mais qui hélas ne serait qu'une escapade romantique, et au fond, irréelle.

De retour à Tientsin, vous le savez comme moi, le quotidien reprendra invariablement son cours. Vous retrouverez votre femme... et votre maîtresse. Cette situation pourrait durer des années. Mais rester dans l'ombre et ne vous voir que par intermittence m'est impossible. Je ne peux plus être votre maîtresse. Je vous aime comme je n'aurais jamais imaginé aimer un homme. Follement, absolument.

Aussi, la perspective de vous savoir si proche, dans la même ville, de risquer à tout moment de vous y croiser, seul ou au bras de votre épouse, m'est insupportable. Par la force des choses, continuer à vivre à Tientsin n'a plus aucun sens pour moi.

J'ignore combien temps va durer votre voyage à Changchun. Mais quand vous rentrerez, j'aurai quitté Tientsin. Il est peu probable que nos routes se recroisent.

Je pars demain soir pour Hong-Kong d'où j'embarquerai ensuite pour l'Angleterre d'ici deux semaines. J'ai été appelée, via le consulat, à rejoindre les forces britanniques et participer à l'effort de guerre.

Faire ce voyage sans vous, mon amour, fera partie de mes regrets pour toujours.

Adieu,

M. »

10.

Paul, 4 août 1940

Cinquante-cinq!

Encore un rapide coup d'œil qui ne sert à rien. Elles n'ont pas bougé d'un pouce… Toujours au même endroit, en haut à gauche, juste en dessous du sommet… Bloquées sur cinquante-cinq!

Cela fait au moins dix fois que tu les scrutes. Et pas un mouvement. Par précaution, tu balances ton poignet gauche au creux de ton oreille droite. Tout semble normal. Un tintamarre surgit de ta Patek Philippe et file tout droit dans ton tympan. Puis tu jettes un œil. Soulagé. La grande aiguille s'est enfin déplacée. Elle marque cinquante-six. Onze heures cinquante-six.

Encore quatre minutes à attendre. Tu ne tiens plus en place. Depuis ton coup de fil avec la gouvernante, tu es submergé par l'impatience.

— Elles sortent vers midi, monsieur. Si elles sont prêtes à l'heure, bien entendu.

— Eh bien ce n'est pas gagné, Madeleine, croyez-moi. Savez-vous où elles vont?

— Madame m'a dit qu'elles étaient invitées à déjeuner au champ de courses de Tientsin pour la fête d'anniversaire de la petite Sophie.

— La camarade de classe d'Éléonore ?

— Oui monsieur.

— Merci bien Madeleine.

Aussitôt après votre échange, il y a une heure, tu as quitté ton bureau, prié Alice de prendre tous tes messages, et indiqué – sans plus de précisions – que tu ne serais pas de retour avant demain.

En sortant du consulat, tu as signifié à ton chauffeur que tu n'avais plus besoin de ses services et qu'il pouvait disposer pour la journée. Tu as ensuite pris soin de saluer les deux gardes postés de chaque côté de la porte d'entrée. Puis tu as filé, à pied, dans les rues de Tientsin, avec une idée fixe : rejoindre ton domicile en te fondant dans la masse.

Cinquante-neuf !

Les secondes, d'un coup, semblent s'accélérer. Elles vont sortir d'un moment à l'autre. Tu es une boule de nerfs.

À ton impatience s'ajoute maintenant la crainte qu'elles te surprennent. Il y a pourtant peu de risques. L'impasse où tu as trouvé ta planque est si étroite que même en se plaçant quasiment en face de chez toi, de l'autre côté de la rue, dans l'axe de la maison, tu es hors de portée. Et personne n'ose s'aventurer dans cette ruelle abandonnée.

Mais tu te méfies… Alors pour être certain d'être invisible, tu t'es glissé derrière un muret, sous une couverture achetée en chemin, en sortant de ton bureau.

Cela fait une bonne demi-heure que tu surveilles les fenêtres de la maison et que tu les regardes déambuler dans le salon, puis dans la cuisine, puis de nouveau dans le salon où Claire allume une cigarette alors qu'Éléonore, toujours dans la cuisine, ouvre le réfrigérateur pour en sortir une bouteille de verre qui ressemble à du jus d'orange. Voir la mine réjouie de ta fille te fait chavirer. Reprends-toi! Reprends-toi, Paul.

L'heure tourne.

Midi passé.

Une voiture noire vient se garer juste devant la maison. Son chauffeur reste à l'intérieur. Sans doute est-il venu chercher ta femme et ta fille pour les emmener au champ de courses. À travers une des trois fenêtres du rez-de-chaussée de la maison, tu vois Madeleine, la taille un peu forte sous sa blouse en coton aux fines rayures bleues et blanches, passer dans le salon et s'arrêter net devant Claire. Malgré un visage rond et affable et un regard bienveillant sous son imposant chignon poivre et sel, Madeleine est à cheval sur la ponctualité et la rigueur. C'est ce qui a plu à Claire quand elle l'a recrutée comme gouvernante, il y a dix ans. Et comme à son habitude, Madeleine parle avec de grands gestes. Elle semble s'alarmer du retard et recommande manifestement de s'activer. Quelques secondes plus tard, Éléonore sort de la cuisine et les rejoint dans le salon, un pardessus en coton beige sur les épaules, puis suit le mouvement vers la sortie. Derrière la porte, Madeleine les regarde descendre le perron et s'engouffrer dans la voiture noire, qui démarre aussitôt.

105

Tu jettes un œil à ton poignet. Midi et demie. Le temps presse. Et toi, il faut que tu te calmes.

— Bonjour Madeleine, vous allez bien ?

— Très bien, merci monsieur. Madame et votre fille viennent de partir. À une minute près vous les auriez croisées.

Avec Madeleine dans la maison, tu es sous surveillance. Par quoi commencer ? Le temps presse.

— Prenez votre après-midi, Madeleine. Je vous libère. J'ai besoin de solitude, et la maison est parfaitement en ordre.

À voir l'air qui s'affiche sur son visage, tu lâches, intérieurement, un immense soupir de soulagement.

— Dans ce cas monsieur... Je vous laisse.

Il lui faut juste le temps de ramasser ses affaires et d'enfiler son manteau.

— À demain monsieur.

À peine a-t-elle franchi le pas de la porte que tu fonces dans le dressing, prends une valise, décroches trois pantalons, saisis quelques chemises, ainsi que le nécessaire en sous-vêtements, puis tu te diriges vers la salle de bains pour y rafler tout ce qui t'est utile et remplir ta trousse de toilette. Tu montes au premier étage, attrapes l'escabeau et la lampe-torche rangés derrière l'escalier et accèdes au grenier. Tu en retires une boîte à chaussures de chez Church's. À l'intérieur une enveloppe en papier kraft contient de l'argent liquide, que tu emportes avec toi. 500 livres sterling. De quoi tenir quelque temps.

Avant de fermer ta valise, tu erres dans la maison en contemplant l'acte que tu t'apprêtes à commettre, perdu dans tes pensées. Mais le temps presse. Rappelé à la réalité, tu te précipites dans ton bureau. Carte d'identité, permis de conduire, passeports diplomatiques : tous tes papiers sont conservés dans un tiroir en bois lourd et profond que tu dégages du meuble pour aller le déverser directement dans ton bagage.

Tu lorgnes ta Patek… 13h07.

Il ne reste que huit minutes. Juste le temps d'effectuer une dernière tâche. La plus délicate. La plus honteuse.

À nouveau, la mine réjouie d'Éléonore se rappelle à toi. À nouveau, tu te sens vaciller… Ne lâche pas. Secoue-toi. Concentre-toi.

Huit minutes plus tard, tu quittes les lieux en laissant sur ton bureau une enveloppe en évidence. Il y est écrit : *Pour Claire.*

« *Ma chère Claire,*
Je quitte Tientsin et ne reviendrai pas.
Je pars retrouver Margot Midway. Ce n'est pas une relation passagère. C'est elle que j'aime et je veux passer ma vie à ses côtés.
Paul. »

*

— Billet s'il vous plaît.

Le train commence à peine à s'éloigner de la gare de Tientsin et le contrôleur est déjà en action.

— Vous descendrez au terminus.

— Deux jours de voyage, c'est bien cela?

— C'est bien ça: 2 475 kilomètres... quarante-huit heures de trajet... et vous serez à Hong-Kong.

C'est la première fois que tu voyages sans être en mission ou en famille. La première fois que tu n'appartiens ou ne dépends de personne et que tu te retrouves intégralement seul.

Tout le monde l'ignore encore, mais tu es en passe de devenir un dissident. Dans quelques heures, ta femme, tes collègues, le consulat, ton ministre de tutelle et peut-être même l'ensemble du gouvernement de Vichy sauront que tu es en fuite.

Tu seras alors recherché pour trahison.

11.

Paul, 7 août 1940

Elle vient se poser là, sur la chaise, à moins d'un mètre de distance, ses yeux sombres et globuleux paraissant fixés sur les tiens.

En équilibre sur le barreau, elle reste immobile pour reprendre de l'énergie et guetter ta réaction. Une seconde… Deux secondes… Trois secondes… Elle craque à la troisième et s'agite à nouveau, cherchant désespérément ton attention. Elle tournicote, voltige, sautille de point en point. Un coup sur la poubelle. Un coup sur l'oreiller. Un coup sur l'un de tes slips. Elle longe le mur moisi, survole le papier peint, s'attarde par endroits sur les taches de gras et les traces de crasse puis redécolle, son corps poilu propulsé en avant, pour foncer, puante, droit vers ton visage. Plus elle se rapproche, plus le sifflement de ses ailes bourdonne dans tes oreilles.

Mais ce bruit t'indiffère. Tu es allongé sur un matelas jaunâtre, les yeux grands ouverts en direction de la fenêtre. Tu es aussi insensible à la saleté des lieux qu'à cette mouche à merde qui tourne, depuis des heures, autour de toi.

Tu es absent, isolé, ailleurs… et ressasses nerveusement les événements de ces derniers jours. Le Japonais, la fuite, la trahison. Éléonore dévalant les marches du perron pour s'engouffrer dans la voiture noire pendant que tu te planques, le cœur déchiré. L'image muette de ta propre fille est le dernier souvenir que tu as d'elle. Et tu commences à réaliser avec horreur l'ampleur du gouffre qui a dû se creuser en elle quand Claire lui a annoncé ce soir-là que tu ne reviendrais plus jamais.

À mesure que tu t'enfonces dans tes pensées ton souffle se fait court, ta respiration saccadée. Une douleur se loge dans ton thorax. Une sensation d'oppression au niveau de la poitrine.

Puis plus rien.

Tu ne ressens brusquement plus rien.

Toute ton angoisse est balayée par la violence d'un choc. Une rafale de vent cogne contre la fenêtre et te fait sursauter. Le fracas est tel qu'il détourne ton anxiété.

Tu t'arraches d'un coup au matelas et te précipites vers la vitre pour voir s'il y a de la casse. Aucun dégât.

Des trombes d'eau s'abattent sur la baie sans discontinuer.

Le vent qui vient de se lever envoie des rafales de pluie à plus de quatre-vingts kilomètres-heure. L'averse est si puissante qu'une fine couche d'eau se forme sur le bitume et ruisselle sur la chaussée. Toute la ville semble assommée par la noirceur du ciel et le vacarme de la pluie. La foule a disparu. Les rues se sont vidées. Ni voiture, ni piéton ne circulent plus dans les environs.

Hong-Kong est accablé par l'orage.

Une aubaine pour sortir tranquille… Tu vas enfin pouvoir sonder la colonie britannique autrement qu'à travers la fenêtre de ton cagibi. Et cela va t'aider à te changer les idées.

Tu n'as pas mis le nez dehors ces dernières 24 heures et tu te sens comme un lion en cage dans ce réduit. Rien qu'avec la chaise contre le papier peint gris déchiré (sur laquelle tes affaires dégoulinent de ta valise) et le matelas pourri sur un sommier en bois trop court pour ta taille, la pièce déborde de partout. On dirait un débarras.

Tu t'es déjà cogné une bonne dizaine de fois contre le toit mansardé depuis ton arrivée, et pourtant tu n'as pas hésité une seconde quand, hier en fin d'après-midi, à la sortie du train, Geraldine Britney, cheveux gras sur teint laiteux, propriétaire du Lager Pub & Inn, t'a proposé cette soupente humide aux murs qui suintent au-dessus de son bar, un endroit lugubre face à la gare reconnaissable à ses épais vitraux opaques rouges, orange et jaunes.

— C'est simple et minuscule. Mais si vous cherchez la tranquillité, on ne peut pas trouver mieux à Hong-Kong, cher monsieur. Ici, personne ne viendra vous déranger.

L'argument a fait mouche.

Tu as pris la fuite il y a trois jours. Toutes les ambassades et représentations françaises en Extrême-Orient ont inévitablement été alertées. Tout le monde sait parfaitement qu'un haut fonctionnaire qui abandonne son poste en pleine guerre est recherché par les autorités. Tu n'as donc pas d'autre choix que de te faire tout petit et te terrer là où personne n'imaginera te trouver avant de pouvoir entrer en contact avec un réseau fiable. Et cela risque de prendre du temps. À ta connaissance, la plupart des personnels consulaires et diplomatiques en Chine et à Hong-Kong ont fait allégeance à Vichy. Difficile de savoir si un mouvement est en cours de formation dans la région. L'option britannique paraît plus sûre. Et Margot, une parfaite clef d'entrée.

— La seule chose que vous devrez partager, c'est la salle de bains. Elle est au bout du couloir. Mais vous n'êtes que deux clients à cet étage. Donc pas de risque d'embouteillage.

— Je vois.

— Ah j'oubliais : les toilettes...

À cet instant, Geraldine a fait une pause. Puis avec un léger sourire, elle a ajouté :

— ... Elles sont dans la salle de bains.

Sur cette sympathique et réconfortante nouvelle, Geraldine a laissé un jeu de clefs tomber dans le creux de ta main. Elle a recompté, billet par billet, les 20 livres sterling, puis a disparu dans les escaliers.

Une fois à l'intérieur, tu n'as plus bougé.

L'orage a vidé les rues. Mais Hong-Kong compte plus d'un million d'habitants, et tu n'as pas la moindre idée de l'endroit où Margot peut se trouver. Tu ne lui connais ni famille ni amis sur le territoire britannique et tu ne peux pas te permettre de visiter tous les hôtels de la ville. Trop risqué pour un type en fuite...

Soudain, la solution te saute aux yeux. Tu farfouilles dans tes affaires pour en retirer une carte de visite et descends à la réception demander à Geraldine d'utiliser le téléphone. « Ce sera facturé sur votre note », répond-elle du tac au tac, les yeux plongés sur son journal, en te passant le combiné.

*

Ton rendez-vous est fixé dans une demi-heure à Queens Road, un des quartiers les plus fréquentés et les plus populaires de Hong-Kong.

En prenant un pousse-pousse, tu devrais y être dans les temps sans te faire remarquer. En période de mousson, les carrioles circulent capote baissée sur la banquette arrière pour protéger les passagers. Personne ne pourra t'identifier sous cette pluie battante.

Seul le chauffeur, qui tire le rickshaw au pas de course, est découvert. Cent cinquante kilos trimballés à bout de bras, sous l'orage. Un tour de force.

Il a le visage ridé, rectangulaire et émacié d'un gringalet vieillissant d'une cinquantaine d'années. Sa puissance physique est saisissante. Il démarre en tirant péniblement le pousse-pousse où tu es installé. Mais au bout d'une trentaine de mètres, ses fines jambes accélèrent, et son corps trempé se propulse vers l'avant en concentrant toute sa force sur ses avant-bras pour tirer avec lui l'ensemble du chariot.

Le long de la baie, face aux centaines de bateaux qui sous l'averse naviguent tant bien que mal sur la mer de Chine, le rickshaw fonce sur la chaussée et slalome entre les autres chars. Dès qu'un pousse-pousse tente de le dépasser, ton chauffeur accélère le pas pour garder l'avantage. À l'arrière du véhicule, tu es entièrement concentré sur la course. Une intense poussée d'adrénaline t'envahit lorsqu'un concurrent prend de la vitesse pour vous devancer.

— *Go, go. Let's get them, sir!*

Ton chauffeur augmente la cadence en entendant tes hurlements d'encouragement.

Tu files sur le bitume avec l'impression de glisser au-dessus de la route et tu te sens grisé, empli de cette même sensation de légèreté que tu as éprouvée à Changchun après ton rendez-vous avec le Nippon.

Tu es débarrassé d'une chape de plomb ; affranchi d'une épouse castratrice aux ambitions trop convenables ; délivré du conformisme suicidaire d'une vieille garde au pouvoir dont les compromissions conduisent le pays au déshonneur.

Pour l'heure, tu es en fuite, sans savoir ce qui t'attend, dans une aventure vers l'inconnu. Et tu as peur. Peur de partir en résistance, peur de ne pas savoir où et avec qui tu vas te battre. En l'espace de quelques jours, tout ton monde s'est écroulé. Le diplomate brillant et respecté n'est plus qu'un passager clandestin livré à lui-même dans une gigantesque cité. Mais pour la première fois tu as la conscience heureuse… légère… exaltée.

Tu te sens libre !

*

Au bout d'une demi-heure, ton chauffeur ralentit. L'orage a fini par s'arrêter et l'air, encore humide, s'est réchauffé. Étonnamment, la pluie a cessé sur Hong-Kong presque au même moment qu'est tombée la nuit.

Vous entrez maintenant dans Queens Road. L'artère est immense, deux fois plus large par endroits que le boulevard Haussmann à Paris. Ton œil est immédiatement accroché par les panneaux lumineux d'enseignes chinoises et britanniques qui se succèdent sur les façades des immeubles Art déco.

Mais une impression étrange se dégage de l'endroit. L'avenue est déserte. Entièrement vide. Et pourtant les lumières des boutiques et leurs panneaux rouges et verts et jaunes continuent de clignoter comme si la ville avait été vidée en urgence de ses habitants.

— Vous êtes certain que c'est ici?

— Oui monsieur. Nous sommes arrivés à Queens Road.

— Mais que s'est-il passé? On dirait qu'il y a eu un tremblement de terre.

— La pluie, monsieur. Elle fait disparaître tout le monde.

Tu quittes le rickshaw et t'acquittes de la course.

— Merci d'avoir été si rapide. Bonsoir monsieur.

Seul au milieu de la route, tu remontes l'avenue comme le dernier survivant d'une cité dépeuplée. Toute crainte d'être reconnu s'est envolée.

115

Ton esprit dérive : si les Japonais décidaient d'envahir Hong-Kong, ils auraient intérêt à lancer leur offensive un jour d'orage pour éviter les mouvements de foule et de résistance. « Réflexion absurde et inutile. » Tu reviens à la raison et te concentres pour rejoindre le lieu de ton rendez-vous.

Tu quittes l'avenue et t'enfonces dans un passage obscur à la chaussée défoncée, où dégoulinent poubelles et dépotoirs des arrière-boutiques et restaurants. Au bout de ce qui se révèle être une impasse abandonnée, tu tombes enfin sur le 333 Delancey.

Aucun panneau, juste une porte en bois noir avec en son centre un œil-de-bœuf et, sur le côté, un bouton de sonnette. Tu sors la carte de visite de ta veste pour vérifier l'adresse. Le Jimmy's. Tu ne t'es pas trompé.

— Paul de Promont ?

L'élocution est lente, le timbre grave. Une voix rassurante, d'un certain âge, retentit derrière la porte. Un œil bleu, aussi gros que le calot d'un jeu de billes, surgit dans l'œil-de-bœuf, trois longues minutes après que tu as appuyé sur la sonnerie.

— Oui c'est moi. J'ai cru que vous m'aviez oublié !

— Désolé… un problème à régler.

Tu as une brève et imperceptible hésitation lorsqu'en franchissant la porte, tu découvres le visage de la voix de velours : un crâne rond et lisse posé sur un corps trapu et massif. L'homme est endimanché et porte une attention toute particulière à l'uniformité des couleurs. Chemise crème, veste crème, pantalon crème. Un rapide coup d'œil sur ses pieds confirme ton impression. Des chaussures à lacets brillent sur un cuir verni de couleur… crème.

— Jimmy Saval, enchanté. J'ai beaucoup entendu parler de vous.

— Moi aussi. Ravi de vous rencontrer.

En lui serrant la main, tu réalises que c'est la première fois depuis des années que tu fais la connaissance d'un ami de ton père.

Émile de Promont et Lucien Saval s'étaient connus en classe de seconde au lycée de Saint-Brieuc, dans les années quatre-vingt. Le premier est devenu notaire, tandis que le second a rejoint la marine marchande avant de débarquer à Hong-Kong dix ans plus tard, d'y ouvrir une boîte de nuit, et de lâcher son prénom pour celui de son club. Pourtant Lucien-devenu-Jimmy et Émile ne se sont jamais perdus de vue. Alors quand tu es parti t'installer en Chine, il y a dix ans, ton père t'a donné la carte de visite de son ami pour que tu puisses le contacter en cas de problème. Tu te souviens avec précision qu'il t'a dit : « À Hong-Kong, Jimmy connaît tous ceux qu'il faut connaître, et c'est un homme digne de confiance. »

— Suivez-moi. On sera plus tranquilles dans mon bureau.

Tu évolues dans la pénombre, essayant tant bien que mal de talonner le costume crème. Jimmy Saval est difficile à suivre. Il dévale deux par deux les vingt-cinq marches d'un escalier puis avance à grands pas dans un sous-sol étroit, obscur et sinueux avant de heurter avec son épaule une porte battante qui s'ouvre en grand, laissant entrer une mélodie.

« ... *There's no sun up in the sky...* »

Tu découvres une salle de cabaret lumineuse, aménagée autour d'une scène. Sur l'estrade, en pleine répétition pour le numéro du soir, cinq chanteurs reprennent a capella « Stormy Weather ». Tu reconnais immédiatement la chanson, découverte récemment grâce à Margot. En te concentrant sur la mélodie, tu as l'impression d'entendre des gospels noirs...

« ... *Since my man and I ain't together...* »

... plutôt que des crooners d'origine chinoise.

— Je les ai dénichés dans les faubourgs de Kowloon, de l'autre côté de la baie. Ils n'ont jamais mis les pieds aux États-Unis. Et ils ont la voix de Louis Armstrong. Ces gosses sont incroyables!

À peine vous êtes-vous arrêtés pour regarder le groupe chinois que Jimmy Saval a de nouveau la bougeotte.

— Scotch?

— Volontiers.

Il passe une tête derrière le bar, attrape deux verres et une bouteille de Cutty Sark puis t'entraîne dans ses quartiers. Le terme *PRIVATE* apparaît en épaisses lettres capitales rouges au centre de la porte grise qu'il referme derrière toi.

Tchang Kaï-chek, Duke Ellington, Olivia de Havilland, Francis Scott Fitzgerald, John Huston. Tu passes de photo en photo sans immédiatement te rendre compte que Jimmy pose sur chacune d'elles, l'air complice et décontracté, comme s'il était un ami de longue date de toutes les célébrités qui ont fréquenté le Jimmy's. Il y a partout des photos encadrées, accrochées sur les murs vert foncé de son bureau. Au milieu de la pièce, une table en acajou et or massif de style Louis XV trône devant une large bibliothèque qui ne semble contenir que des livres anciens. On est loin de l'ambiance night-club de la pièce voisine. Par curiosité, tu jettes un œil sur les ouvrages. Et tu constates en souriant que les couvertures des livres ne sont en fait rien d'autre que des décorations en carton – avec des titres de romans imaginaires écrits en lettres d'or, comme *Les Pitoyables* de Victor Fugo. Le tout protège sa collection de boîtes à cigares.

— Des Cohibas. Des vrais! Ils viennent tout droit de La Havane. Servez-vous, ça vaut le détour.

— Merci, je ne fume pas le cigare.

— Ah, c'est un défaut que vous ne partagez donc pas avec Émile.

Ton père te vient subitement à l'esprit avec un mélange de tendresse et de regret. En regardant Jimmy, tu ne peux t'empêcher de t'interroger. Pourquoi le notaire rigide de Saint-Brieuc s'était-il, toute sa vie durant, donné tant de mal pour dissimuler son côté lumineux, ce goût pour l'extravagance incarné avec tant de délices par son ami d'enfance? Espérait-il que tu rencontres Jimmy Saval pour découvrir cette part de lui qu'il a refoulée jusqu'à sa mort?

— Il aurait adoré être là, avec vous, à ma place.

— Vous n'imaginez pas à quel point votre père me manque, Paul.

Silence. Une gêne s'installe. Le signe d'une certaine pudeur devant ce qui pourrait s'apparenter à de la sensiblerie.

Les secondes passent, le silence perdure, inconfortable. Pour dissiper la tension, tu attrapes le verre posé sur la table basse entre les deux fauteuils club dans lesquels vous vous êtes affalés. Tu laisses le whisky couler intégralement au fond de ta gorge et aussitôt une intense chaleur se propage. Tes muscles se décontractent. Ton système nerveux se relâche.

— Je suis en fuite.

— Pardon ?

— J'ai quitté le consulat de Tientsin et j'ai pris la fuite.

— Pourquoi ?

— Compliqué.

— Mais encore ?

— Pour me battre et retrouver mon pays... celui d'avant Pétain. Et pour une femme.

— Vous êtes en dissidence avec l'État français et vous avez quitté votre épouse pour une autre femme, c'est bien ça ?

— Oui.

— Et en quoi puis-je vous être utile, Paul ?

— Je dois retrouver cette femme.

Tu te mets à lui raconter ta vie. Ton mariage. Éléonore. L'ambition de Claire pour ta carrière. Ton refus de la défaite et de l'armistice. Ta rencontre avec Margot. Sa lettre. Hong-Kong aujourd'hui. L'Angleterre demain. Ton angoisse de la perdre.

— Voilà ce qu'on va faire. Vous allez rester à votre hôtel sans bouger et attendre que je vous contacte. Et moi je m'occupe de savoir où elle se trouve.

— Comment allez-vous vous y prendre ?

— L'hôtellerie. Tous les artistes qui jouent dans les palaces et les hôtels de Hong-Kong viennent du Jimmy's. Je suis le premier fournisseur de musiciens et de crooners de toute la ville. Vous avez besoin d'un pianiste de jazz pour ce soir ? Vous venez me voir et dans quatre heures exactement, vous aurez l'un des meilleurs de toute l'Asie du Sud-Est à votre disposition. Magique, non ?

— Effectivement. Et grâce à vos musiciens vous savez exactement tout ce qui se passe dans les hôtels... Belle méthode de renseignement !

— Je connais sur le bout des doigts la vie de tous les hôtels, même de ceux qui n'ont pas recours à mes services. Je sais quand les stars sont là avant même qu'elles n'arrivent à Hong-Kong. Je sais qui est la maîtresse de qui et qui est l'amant de qui.

— Des informations extrêmement précieuses, j'imagine.

— Vous n'avez pas idée !

12.

Margot, 9 août 1940

À chaque fois, j'ai la même appréhension lorsque s'ouvrent les portes coulissantes de l'ascenseur. Un haut-le-cœur me saisit juste avant de franchir la sortie. C'est le vertige. Le lieu est stupéfiant.

Un immense plafond de verre, en forme de voûte, surplombe le rez-de-chaussée à 30 mètres au-dessus du sol. La coupole repose sur trois rangées de six colonnes d'un marbre légèrement rosé. Des poutres métalliques, installées à mi-hauteur, traversent la structure d'un extrême à l'autre sur une vingtaine de mètres. Je me sens si minuscule, on dirait un hall de gare conçu pour des géants. Dès que je lève les yeux vers le ciel, le vertige est immédiat. J'ai beau y passer plusieurs fois par jour, j'ai toujours du mal à me souvenir que cette cathédrale futuriste n'est autre que le rez-de-chaussée de mon hôtel, le Gloucester.

De l'extérieur, c'est plus saisissant encore. En marchant quelques minutes sur le trottoir sous une chaleur écrasante, je constate qu'a lieu ici une course au gigantisme.

Des grues et des échafaudages en bambou se dressent devant la mer tout au long de la baie et font pousser, nuit et jour, des monstres de plus de vingt étages. Ces gratte-ciel verront le jour dans quelques semaines ou quelques mois et viendront concurrencer les géants de plus 30 mètres qui règnent déjà en maîtres un peu partout dans la ville, surtout là où la fièvre urbaine est la plus folle : le port.

— Bienvenue dans la ville du futur, Margot !

Je ne suis pas près d'oublier les mots de John Powell quand il est venu me chercher à la sortie du bateau, il y a six jours.

— C'est la première fois que vous venez à Hong-Kong ? Ça va vous changer de Tientsin. Vous allez voir, Hong-Kong est la capitale asiatique de la démesure.

Powell avait du mal à cacher sa joie d'avoir quitté Tientsin pour être muté à Hong-Kong. Une promotion toute récente qui explique sans doute son enthousiasme pour la ville. Depuis maintenant quinze jours, il est chargé d'y coordonner le travail de renseignement de l'ensemble des consulats britanniques installés en Extrême-Orient.

Par courtoisie, il a décidé de venir m'accueillir alors que rien ne l'y obligeait. La mission qu'il m'avait assignée concernant Paul s'étant soldée par un échec, j'avais été appelée à rejoindre le Royaume-Uni sous les drapeaux comme m'en avait menacé Powell.

Lui est désormais occupé à bien d'autres choses. Et une fois arrivés dans le gigantesque hall du Gloucester Hotel, il a rapidement pris congé.

— Si vous avez besoin de quoi que ce soit d'ici votre départ, je vous laisse ma carte. Vous pouvez me joindre au quartier général du gouverneur de Hong-Kong. Et au cas où je ne vous reverrais pas, je vous souhaite bonne chance Margot.

J'avais une semaine à passer ici. Une semaine dans une cité en mouvement permanent, qui semblait inconsciente du chaos extérieur, épargnée des tourments du monde… Une semaine à balancer entre exaltation et angoisse. Une semaine avant d'embarquer vers une Europe en guerre, désormais convaincue que seule la lutte pour la liberté vaut la peine d'être vécue…

J'ignore quand et si je reverrai un jour ceux que j'aime. J'ai abandonné mon père sur le quai à Tientsin. Je revois son visage et je ressens une douleur au creux de l'estomac en songeant à son regard. Le regard d'un homme qui se tient et se contient devant sa fille, mais dont le sourire est empreint d'une tristesse inconsolable en voyant ce qu'il a de plus cher lui murmurer, avec la douceur d'un enfant, ces derniers mots : « Ne t'inquiète pas Papa. Je t'en prie. »

Une larme aussi sobre et discrète que lui se fraie un chemin le long de sa joue et je me rends compte qu'il ne connaîtra jamais la vérité. Il ne saura jamais que je pars pour avoir échoué à manipuler l'homme que j'aime et à l'entraîner dans une mission pour les services secrets britanniques. Il ne saura jamais que ce départ me servira aussi à faire le deuil de ce même homme, qui a choisi de rester avec sa femme. Ma mobilisation n'avait pas tant surpris mon père, qui se tenait scrupuleusement au courant de la situation sur le vieux continent.

Ma mère, elle, n'est pas venue. Elle avait gardé le lit depuis le matin, prétextant de terribles migraines. Je savais bien qu'elle devait se réjouir, au fond d'elle-même, du départ de cette «petite princesse» qu'elle considérait comme une rivale. Je la quittais sans regret, un peu inquiète sachant que mon départ ne réglerait pas tout, mais surtout soulagée à l'idée de ne plus subir ses remontrances perpétuelles.

*

— Mademoiselle Midway!... Mademoiselle Midway! Vous m'entendez?

— Euh oui... oui je vous entends. Quelle heure est-il?

— Il est minuit et demi. Je suis désolé de vous avoir réveillée à cette heure-ci. Mais il y a un pli pour vous qui vient d'arriver à la réception.

— Un pli?

— Une lettre, plutôt. La personne qui l'a déposée m'a dit que c'était très urgent. J'ai pensé qu'il fallait que je vous avertisse avant votre départ demain matin.

Qui peut bien vouloir m'envoyer un pli ou un paquet? Personne, à part Powell, ne sait que je me trouve dans cet hôtel.

— Je descends.

13.

Paul, 12 août 1940

Le claquement est sourd, de plus en plus fort, désagréable. Il vibre et couvre progressivement tous les autres sons qui pénètrent dans tes oreilles.

Le volume du piano chute. Le vibrato de la chanteuse s'éloigne. Tu regardes aux alentours pour essayer de comprendre ce qui se passe sans même te rendre compte que ce bruit si irritant, c'est toi qui en es la cause.

Ta mâchoire passe tes ongles à la moulinette, rongés pour certains pratiquement jusqu'au sang. Le craquement de tes dents sur l'ongle de ton index fait, dans tes oreilles, un tel boucan qu'il finit par t'empêcher d'entendre la musique. Tu es fébrile. L'endroit est désert. Les clients ont vidé les lieux il y a longtemps. À part toi, il ne reste plus qu'un seul serveur ainsi que le pianiste et la chanteuse. Tu examines les aiguilles sur l'horloge au-dessus du bar. Deux heures du matin. Cela fait donc deux heures que tu es assis, fatigué et tendu, à attendre ton rendez-vous.

— Monsieur, nous devons en principe fermer dans trois quarts d'heure s'il n'y a pas plus de clients.

126

Tu l'entends mais ne portes aucune attention à la remarque du serveur lorsqu'il s'approche de ta table pour y poser ton quatrième gin tonic de la soirée. Près de la baie vitrée où tu es installé, tu es concentré sur l'extérieur. Tu guettes en espérant déceler une présence. Rien. Pas le moindre mouvement. Dehors, tout est désert. Tu es figé sur ton siège, le verre aux lèvres, et tu fais couler, par saccades, des filets de gin.

Tu attends, tu t'ennuies, mais tu n'as pas le choix. Tu ne peux plus rentrer chez toi comme avant, quand ivre mort tu revenais dormir quelques heures en t'affalant dans le canapé du salon pour éviter de réveiller Claire. Puis à l'aube, une ou deux heures plus tard, tu repartais ensuqué et encore aviné rejoindre ton bureau et reprendre la routine du consulat pour rentrer, repu le soir, retrouver ta petite fille.

C'est fini Paul. As-tu déjà oublié que tu as tout largué en quelques minutes ? Alors arrête de ressasser ces souvenirs, tu veux ? Tiens, c'est maintenant Thérèse Bonen de Promont, en personne, qui s'incruste dans tes pensées. Ta propre mère... qui te ramène vers de lointains souvenirs. En Bretagne. Dans ta chambre. Un jour d'août, il y a dix ans.

Tu la vois encore tourner autour de toi tandis que tu enfiles la jaquette gris anthracite de ton habit devant le grand miroir de l'armoire. Tu entends même le son de sa voix, ferme et grave, qui te sermonne.

— Fais un effort Paul. Ce n'est pas n'importe quel jour. Fais un effort, bon sang. C'est quand même pour toi qu'on fait tout ça.

Tu te tournes vers elle pour la regarder fixement.

— Pour moi ? Certainement pas.

— Écoute, tu sais très bien ce que tout ça va t'apporter.

— Et vous, ça ne vous apporte rien, peut-être ?

Tu marques une pause pour te retenir. Et tu reprends sur le même ton. Distant et glacial.

— Épouser Claire de Villerme, fille du directeur de cabinet du président du Conseil, de qui est-ce l'idée au juste ? La mienne ou la vôtre ?

— Paul, si c'était une mauvaise idée tu ne m'aurais jamais suivie.

— Je vous suis pour des raisons qui n'ont rien à voir avec elle. Des raisons de carrière et d'ambition que vous m'imposez depuis des années. Vous vouliez que je fasse Sciences-Po, j'ai eu mon diplôme de Sciences-Po. Vous vouliez que je devienne diplomate, je rentre au Quai d'Orsay. Vous vouliez que…

— … que tu épouses la fille de mon amie d'enfance et tu l'épouses ! Oui c'est exact Paul. Tu épouses Claire de Villerme parce que j'ai organisé les choses.

— Alors comment pouvez-vous affirmer que vous faites tout cela pour moi ?

— Parce que c'est la vérité. Je veux ce qu'il y a de mieux te concernant. Et je crois que tu mérites mieux que de faire ta vie à Saint-Brieuc dans l'étude de notaire de ton père.

Tu la revois te soûler de paroles avant de quitter la chambre avec toi pour t'accompagner jusqu'à la chapelle de la propriété, histoire de s'assurer que tu ne fasses pas faux bond à la mariée. Sur le sentier boueux, au bras de la Reine

Mère comme la surnomment les domestiques, tu marches lentement, la tête recroquevillée sous ton pardessus pour te protéger de la pluie battante, les yeux rivés sur les flaques d'eau pour éviter qu'elles n'éclaboussent tes chaussures vernies et le bas de ton pantalon de flanelle. Tu remontes l'allée avec ta mère tel un petit garçon se laissant guider contre son gré pour sa première communion alors qu'il n'a pas la foi. Tu pénètres dans la petite chapelle et remarques qu'elle déborde d'invités. Hagard, tu avances droit vers l'autel en fixant le voile en dentelle blanc qui recouvre la chevelure de Claire de Villerme. Tu la vois de dos et tu te demandes comment tu pourrais bien t'échapper. C'est alors qu'elle se retourne et que brusquement, face à ce visage sévère, tu chasses enfin de tes pensées le sombre souvenir de ton mariage pour revenir à Hong-Kong, dans la réalité.

Ton verre est vide. En moins de dix minutes tu as avalé ton gin tonic. Tu jettes un rapide coup d'œil sur l'horloge au-dessus du bar – deux heures vingt – et tu tournes à nouveau les yeux, vers l'extérieur. Du mouvement!

Au loin, enveloppée dans un imperméable beige, une silhouette avance le long de la rue déserte comme une tache mouvante et lumineuse au fond de la nuit. Le pas est rapide, la posture droite. À mesure qu'il se rapproche, l'imperméable devient de plus en plus imposant dans ton champ de vision. Sous la lumière d'un lampadaire, à moins d'une dizaine de mètres, un visage émerge au-dessus du trench-coat. Quand tu distingues enfin son regard, tu te tournes tout sourires vers le barman épuisé pour passer une énième commande.

*

— Quel champagne, Paul! Une merveille.

— Dom Pérignon, 1929. Le meilleur cru de ces vingt dernières années. Je pensais que notre rencontre valait bien cela, non?

— Très bonne idée. D'autant qu'à partir de demain, vous pourrez faire une croix sur le champagne.

— Trinquons à mon grand plongeon, alors!

Tu brandis ta coupe et l'entrechoques avec la sienne. Alors que les verres tintent, de larges sourires s'esquissent. Face à toi, encore vêtu de son trench-coat, John Powell tient sa coupe fermement en main.

— *Cheers* Promont! À vous et à votre nouvelle vie parmi nous!

— J'ai hâte, et je compte sur vous pour me guider.

À peine as-tu fini ta phrase que Powell plonge ses mains dans sa sacoche en cuir et en ressort une volumineuse enveloppe de papier kraft qu'il pose devant lui. Il la pousse ensuite délicatement avec son index pour la faire glisser à travers la table.

— Chose promise, chose due. Il y a tout. Vous pouvez vérifier.

Tu retires de l'enveloppe un épais dossier noir avec ton nom écrit en lettres capitales sur la couverture. PAUL DE PROMONT. MATRICULE 72.

— Que signifie ce matricule, John?

— Que vous êtes le soixante-douzième Français de toute l'Asie à vous engager auprès de nous.

130

Tu détaches la sangle du dossier pour découvrir à l'intérieur une dizaine de chemises comportant de nombreux documents.

Tu inspectes, un à un, ceux qui se présentent dans la première chemise : une attestation officielle du Foreign Office à ton nom ; un mémo d'instruction tapé à la machine sur quatre pages recto-verso ; une liasse d'argent liquide ; une lettre de recommandation rédigée par Powell à l'intention d'un certain général Edward Spears.

— Qui est Spears ?

— Le général Spears est chargé de faire le lien avec la Résistance française installée à Londres. Il a été nommé par Churchill. Tous les Français qui se rendent en Angleterre sont automatiquement déclarés auprès de ses services. Ce sera également votre cas.

— Combien y a-t-il de Français ?

— De plus en plus. Il y en avait à peine une centaine il y a deux mois. Aujourd'hui il y en a près de sept mille. C'est un mouvement qui grossit de jour en jour. On commence même à en parler dans la presse, jusqu'ici, en Asie. Vous n'avez pas lu les journaux ?

— Je n'ai pas eu cette chance ces derniers jours.

Powell sort de sa sacoche un grand article paru la veille à la une du *South China Morning Post*. «*Free French Agreement With Britain*». Sur trois colonnes, l'article raconte comment la France libre, un minuscule mouvement de résistance créé dans l'indifférence générale au mois de juin dernier, à Londres, vient d'être reconnue par Winston Churchill en personne comme la seule incarnation légitime de l'État français. L'article cite le Premier Ministre britannique interpellant théâtralement le général Charles de Gaulle, le fondateur de la France libre, devant les journalistes. « *You are alone. Well, I shall recognize you alone.* »

Tu regardes Powell et tu remarques un sourire de fierté sur son visage alors qu'il se met à traduire en français la déclaration de Churchill.

— Vous êtes tout seul. Eh bien je vous reconnais, vous seul... mon cher Paul !

Tu exploses de rire en même temps que Powell et dans la foulée vides presque cul sec ta deuxième coupe avant de poursuivre l'examen de ton dossier. Les musiciens ont fini par s'en aller et le silence est tombé d'un coup sur le cabaret.

Tu t'arrêtes sur la dernière pièce figurant dans la chemise. Il s'agit du voyage pour l'Angleterre, dont le départ est prévu, en principe, pour le soir même à 19 heures. C'est ce qui a été décidé avec Powell. Un billet en première classe sur le paquebot *Le Calcutta* en partance de Hong-Kong. Mais en regardant de plus près, tu t'aperçois que tu ne pars ni pour Southampton, ni pour Douvres, ni pour Bristol. Le billet affiche Hanoï comme destination... et le départ doit avoir lieu dans un mois et demi.

— Attendez... Je ne comprends pas ! Qu'est-ce que c'est que cette histoire ?

— Il y a un changement de programme, Paul.

— C'est bien ce que je constate. Et je trouve extrêmement désagréable d'être mis devant le fait accompli. Ce n'est pas du tout ce qui était convenu, lors de notre première rencontre. Vous vous en souvenez j'espère.

— Parfaitement.

Tu te raidis d'un coup sur ta chaise, tandis que Powell s'explique, impavide.

— Notre gouvernement travaille main dans la main avec de Gaulle et la France libre. Nous sommes alliés. Et votre mission à Hanoï sert justement les Alliés. Votre départ pour Londres n'est que partie remise. Vous partirez pour l'Angleterre à votre retour du Tonkin.

— Et vous allez me faire croire que vous avez changé d'avis en quelques heures?

— Ce n'est pas moi qui ai changé d'avis. Les ordres viennent de Londres.

— Et qu'attendent les Alliés... au juste?

La priorité actuelle, poursuit Powell, est de rassembler le plus grand nombre de Français et d'aller les chercher là où ils se trouvent – dans l'Hexagone comme dans les colonies – pour les convaincre de rejoindre les rangs de la Résistance.

— Nous voulons que vous rentriez en contact avec les Français du Tonkin – hauts fonctionnaires comme vous mais aussi chefs d'entreprise ou simples employés – et que vous les poussiez à faire comme vous : entrer en dissidence et s'opposer à Vichy.

— Et comment imaginez-vous le déroulement d'une telle opération alors que je n'ai aucune expérience dans ce domaine ?! C'est absurde!

Plus tu t'énerves, plus Powell est calme. Il tient à se montrer rassurant.

— Il n'est pas question de vous laisser partir seul dans la nature. Voilà comment les choses vont se passer.

Il se met alors à dérouler les différentes phases de l'opération. Celle qui précède le départ pour Hanoï, insiste-t-il, est essentielle.

— Vous allez d'abord être envoyé un mois à Singapour où se trouve une base du Secret Intelligence Service britannique en Extrême-Orient.

» C'est là que vous allez être formé aux techniques de propagande et de manipulation. Un programme d'instruction intense qui vous sera indispensable par la suite, sur le terrain, pour identifier et approcher vos cibles.

» Après cette formation du SIS à Singapour, votre mission elle-même sera très encadrée à Hanoï. Elle sera coordonnée avec les correspondants que nous avons sur place. Tous les détails de cette mission vous seront transmis au cours de votre instruction.

Tu restes silencieux pour bien retenir ce que tu viens d'entendre, avant de le relancer.

— Vous voulez me transformer en espion britannique, c'est bien cela Powell?

— C'est une façon de voir les choses. Vous êtes surtout en train de passer du côté de ceux qui continuent à se battre. Quant à moi, je ne suis qu'un diplomate travaillant au bureau du contrôle des passeports à Hong-Kong et chargé de vous transmettre les ordres venant de mes supérieurs à Londres.

Inutile d'insister. Powell botte en touche avec des réponses toutes faites. Il est tard et tu fatigues. L'horloge au-dessus du bar indique quatre heures trente. Dans moins d'une heure, il fera jour. Au loin, les premières lueurs de l'aube commencent à transpercer la nuit.

Tu te lèves pour t'acquitter de l'addition et laisses la monnaie en évidence près de la caisse tandis que le bar-man dort sur son tabouret, le dos calé contre le mur, n'ayant pas fermé le bar à l'heure annoncée. À la sortie, Powell te tend la main pour te saluer. Tu l'interpelles une dernière fois.

— Que se passe-t-il si je refuse cette mission ?
— Vous ne refuserez pas.
— Qu'est-ce qui vous fait dire cela ?
— Parce que Margot. Bonne nuit, Promont.

Il a filé sans que tu aies eu le temps de réagir.

Tu hèles un taxi et prends la direction de ta planque, l'hôtel miteux de Geraldine Britney. Pendant tout le tra-jet, tu te repasses l'intégralité du rendez-vous en t'arrêtant sur la dernière phrase de John Powell, *Parce que Margot.*

*

Et à cause de cette dernière phrase, tu ne parviens pas à trouver le sommeil. La chambre est entièrement plon-gée dans l'obscurité depuis que tu es rentré au lever du jour, que tu as fermé les volets et scotché la couverture de ton lit contre la fenêtre de la soupente pour bloquer toute infiltration de lumière. Mais malgré l'épuisement, tu n'arrives pas à dormir. Il y a quelque chose qui te dérange, quelque chose qui cloche, dans la phrase de Powell : *Parce*

135

que Margot. Elle tourne en boucle dans ton cerveau et les interrogations tombent en rafale.

Ce qui semble à peu près certain, c'est qu'en employant cette expression, Powell t'a fait comprendre qu'il sait tout sur toi et qu'il te tient. Mais Margot et Powell sont censés à peine se connaître... C'est ce qu'elle t'avait affirmé quand, pour la première fois, elle t'avait parlé de lui. Cet instant est gravé dans ta mémoire. L'instant où vous vous êtes retrouvés, il y a trois jours.

*

Tu avais attendu ce moment depuis ton arrivée clandestine à Hong-Kong. Après ta soirée au Jimmy's, tu étais resté enfermé dans ta soupente jusqu'à ce que ta logeuse vienne taper à ta porte il y a 72 heures, pour t'informer qu'à la réception, un certain Jimmy Saval t'attendait au bout du fil.

— On sait enfin où se trouve Margot. Elle réside au Gloucester. C'est un grand hôtel, au bout de la baie. Vous ne pouvez pas le louper. C'est un des bâtiments les plus élevés de la ville.

— Entendu. Merci infiniment, Jimmy.

— Dernière chose, Paul. Elle est censée quitter l'hôtel demain matin.

Tu avais aussitôt lâché le combiné pour sauter dans un taxi et débarquer une demi-heure plus tard, en pleine nuit, dans l'immense hall du Gloucester.

Moyennant finance, tu avais obtenu un coup de pouce du concierge de nuit.

— Mademoiselle Midway!…Mademoiselle Midway! Vous m'entendez? Il est minuit et demi. Je suis désolé de vous réveiller à cette heure-ci. Mais il y a un pli pour vous qui vient d'arriver à la réception.

Le concierge était resté un instant silencieux.

— Une lettre, plutôt. La personne qui l'a déposée m'a dit que c'était très urgent. J'ai pensé qu'il fallait que je vous avertisse aussitôt, avant votre départ demain matin.

Il avait raccroché et t'avait adressé un hochement de tête d'un air entendu.

Tu gardes un souvenir étrangement précis de la scène qui a suivi alors que tu n'en n'as presque rien vu.

Pour éviter qu'elle te repère, tu t'étais caché derrière une colonne, à l'écart du hall d'entrée, le dos appuyé contre le marbre, par terre sur le sol froid. Tu avais fermé les yeux afin de te laisser guider par les sons et les bruits de son arrivée : le ronflement de l'ascenseur se posant au rez-de-chaussée.

Le crissement des portes métalliques au moment de leur ouverture.

Le murmure de pas réguliers, enveloppés dans des ballerines.

Le déchirement d'une enveloppe sous des mains agitées…

Puis le silence. Les yeux toujours clos, tu la devinais plongée dans les quatre lignes que tu lui as écrites.

« J'ai traversé la Chine pour vous trouver.
J'irai jusqu'au bout de la terre s'il le faut.
Je vous aime.
Et je suis là, maintenant, juste là, avec vous. »

Silence. Tu n'avais plus entendu que le son du vide, profond et pesant, qui flottait sur l'immense hall du Gloucester. Tu guettais, à l'oreille, la présence de Margot sans pouvoir distinguer ses mouvements. Rien. Ni la gesticulation de ses mains, ni le bruit de sa respiration. Était-elle même encore présente ?

Dans le doute, tu l'avais imaginée, à quelques mètres, son regard – comme le tien – perdu dans le vide, prise d'un saisissement qui déréglait sa respiration. Douloureux. Éprouvant. Mais jubilatoire.

Et tandis que derrière la colonne tu te demandais si elle était encore bien là et à quoi elle pouvait songer, un froissement s'était fait entendre. On aurait dit le bruit du papier à lettres glissant dans une enveloppe. Ensuite un souffle, puis une longue inspiration, et de nouveau un bref silence. À ce moment précis, tu as de nouveau senti sa présence.

— Ce n'est pas vrai Paul. Vous êtes un sacré menteur.

Sa voix te bouleversa. Des nœuds dans l'estomac, pesants et pénibles, t'empêchaient de te lever. Une sensation familière. Le trac. Le même trac qui t'avait paralysé, il y a quelques mois, lors de votre première nuit, à Tientsin, juste avant de la rejoindre dans la chambre d'hôtel qu'elle occupait. Derrière la colonne de marbre où tu t'es caché, le souvenir refaisait surface. Le reflet de ton visage dans la plaque en or accrochée sur la porte de la suite 243. L'attente avant d'entrer. Le souvenir t'apaisait. Tu retrouvais ton calme, ton souffle, ton courage et tu te décidas à te lever pour t'approcher d'elle par-derrière, en silence...

— Non Margot, je ne mens pas! Je suis là! Je suis bien là, juste là, avec vous.

Le souvenir de ce moment reste encore flou, partiel, inexact. Sans que tu saches pourquoi, les traits de son visage se sont déjà perdus dans ta mémoire.

*

Et maintenant, trois jours plus tard, tu cherches à retrouver le souvenir de son visage.

Tu es étendu sur le lit trop court de ta soupente, les yeux rivés sur un point fixe au hasard – un lambeau de papier peint déchiré d'une vingtaine de centimètres du plafond.

Ton regard est braqué sur le papier, mais tu vois entièrement flou, toute ton attention concentrée sur le déroulement de la scène que tu repasses inlassablement dans ton cerveau pour retrouver l'expression exacte du visage de Margot au moment où elle a brutalement pivoté en entendant le son de ta voix.

— Je suis bien là, juste là, avec vous.

Tu te tenais à moins d'un mètre de distance. Lorsqu'elle a fini son mouvement pour se fixer devant toi, tes yeux ont accroché les siens pour ne plus les lâcher. Mais tu n'as conservé que des bribes de ce moment: la profondeur de l'émeraude… sa bouche contre la tienne… le claquement de vos dents… la caresse de vos langues… l'interminable chemise de nuit en soie blanche réfugiée dans tes bras…

— Je vous l'ai dit, Margot. J'irai jusqu'au bout de la terre s'il le faut.

Enfin, son visage apparaît, du fond de ta mémoire.

Mais la scène, le lieu et l'atmosphère ont changé. Il est plus tard, la nuit touche à sa fin. Les yeux verts de Margot sont à présent éclairés par la lueur des premiers rayons du soleil qui pénètrent dans sa chambre, à travers les persiennes. Vous êtes nez à nez, collés l'un à l'autre – une sorte d'hydre à deux têtes, immobile et horizontale –, tes jambes enroulées dans les siennes, son corps détendu et lâche en repos sur le tien, allongés sur l'immense lit qui trône au milieu de la suite.

Il y a quelques heures de cela, vous avez fini par quitter le hall et filer dans l'ascenseur pour grimper jusqu'au sommet de la ville et atteindre, au douzième étage du Gloucester, la chambre de Margot. Tu l'as collée au mur. Vous avez fait l'amour. Mangé. Fumé. Fait l'amour. Bu du scotch. Observé la fin de la nuit. Fait l'amour. Et maintenant silence. Chacun dans ses pensées.

— Paul, comment voyez-vous l'avenir ?

— L'avenir, c'est ce qui se passe ici et maintenant.

— Et Tientsin ? Qu'est-ce qui se passe à Tientsin ?

— Il n'y a plus de Tientsin.

Tu as insisté sur chaque détail en reprenant toutes les étapes de ta fuite depuis le début. Le ton désinvolte pour dire au revoir à ta secrétaire. Le départ faussement nonchalant du consulat. Le pas rapide pour regagner ton domicile.

Mais à cette étape de l'histoire tu as changé le scénario. Et gommé tout ce qui te fait honte : l'attente en embuscade devant chez toi ; le visage de Claire ; celui d'Éléonore. Et tu as raconté tout autre chose à Margot. Au fur et à mesure de la narration, tu as trafiqué le récit de ta fugue pour inventer une histoire plus digne, plus convenable, plus acceptable. Une histoire séduisante, mais fausse.

— Je les ai d'abord observées longuement puis, avant qu'elles ne quittent la maison pour se rendre au déjeuner d'anniversaire d'une camarade de classe d'Éléonore, je suis rentré. J'ai dit à Claire qu'il fallait que je lui parle seul à seule. Nous nous sommes enfermés dans le bureau et je lui ai expliqué que je partais pour rejoindre les Anglais et parce que j'en aimais une autre. Elle n'a rien ajouté. Elle n'a pas pleuré. Elle est restée stoïque. Ensuite nous avons appelé Éléonore, et je lui ai raconté que je partais en voyage pour une mission de la plus haute importance. Je l'ai prise dans mes bras. Je l'ai serrée de toutes mes forces et j'ai quitté la maison.

En t'entendant improviser ce mensonge, tu as eu honte. Honte de refaire l'histoire et de passer sous silence la réalité : ta planque dans l'impasse, ton attente avant qu'elles sortent pour éviter de les croiser et pouvoir fuir sans les affronter. Pathétique.

— Vous regrettez ?

— D'être parti ? Non.

— Je ne parlais pas de ça.

— Je sais. Et alors Margot, qu'y a-t-il à ajouter?

Tu es totalement bloqué, incapable de partager ton désarroi. Incapable de confier tes doutes et ta douleur à la seule personne qui aurait pourtant pu t'écouter sans jamais te juger. Mais tu t'es renfermé, et tu es reparti dans tes pensées, en la regardant fixement.

— Je dois vous dire quelque chose d'important.

— Qu'y a-t-il, Paul?

— Il fallait que je vous retrouve. C'était vital, Margot, vous comprenez?

Elle acquiesça silencieusement.

— C'est avec vous que je veux continuer à me battre. C'est avec vous que je veux entrer en résistance. Il y a un instant, vous évoquiez l'avenir... Margot, c'est avec vous que je veux construire cet avenir!

Ses yeux se sont mis à briller. Un léger sourire s'est esquissé sur ses lèvres avant que son visage, rapidement, ne se referme.

— Mais je vais devoir partir, Paul! Je n'ai pas le choix. Je vous l'avais écrit quand vous étiez en Mandchourie. J'ai été appelée à rejoindre les forces britanniques. Tout le monde est réquisitionné. Je dois quitter Hong-Kong ce soir pour rentrer en Angleterre. J'ai un billet réservé sur le *Victoria* à 19 heures pour Southampton.

— Ce n'est pas possible, il faut qu'on trouve une solution. Maintenant que nous sommes ensemble, il n'est pas question que je vous quitte.

— Et si vous preniez le bateau avec moi, ce soir?

— Je n'hésiterais pas une seconde, mais il y a la question des visas... Obtenir un laissez-passer pour l'Angleterre est impossible en si peu de temps !

C'est à ce moment-là qu'elle a mentionné pour la première fois le nom de John Powell.

Margot s'est assise en tailleur face à toi. Après un bref moment de réflexion, elle a lâché qu'il y avait peut-être une carte à jouer avec un diplomate dont elle venait de faire la connaissance.

— Il s'appelle John Powell, il travaille au bureau du gouverneur. Je l'ai rencontré en arrivant à Hong-Kong. Il m'a laissé sa carte en me disant de le contacter en cas de problème.

En un rapide coup de téléphone, Margot a en effet obtenu que le diplomate britannique accepte de vous recevoir dès l'ouverture de ses bureaux, moins de deux heures plus tard. Et d'un coup l'espoir d'un départ le soir même a pris le pas sur tout autre réflexion.

*

Le bureau de Powell se trouvait dans une charmante maison victorienne de trois étages, avec deux grandes colonnes blanches de chaque côté de la porte principale. À l'extérieur, contre la façade peinte à la chaux, une plaque en bois indiquait que la maison abritait l'administration en charge du contrôle des passeports.

Pour trouver Powell, l'hôtesse d'accueil vous avait indiqué le grand escalier lustré, en bois foncé.

143

— C'est au dernier étage mais ne craignez rien. Il n'y en a que trois à grimper. Monsieur Powell vous attend dans son bureau.

Tu ne t'étais pas méfié de Powell. Mais en examinant la situation de près, tu te rends compte que tu as fait preuve d'une naïveté honteuse...

Son bureau était entièrement vide, une pièce carrée aux murs blancs avec pour seul mobilier un grand tapis beige sur lequel trônait un bureau en bois tout neuf, impeccablement lustré. C'est à cette table que Powell était assis lorsqu'il vous a reçus et à part la feuille blanche sur laquelle il prenait des notes, il n'y avait rien sur le bureau ; pas un dossier, pas un papier, pas un stylo.

À la réflexion, il est à peu près certain que l'endroit ne servait que de lieu de rencontres, de débriefings, voire d'interrogatoires. En aucun cas il ne pouvait abriter le bureau d'un diplomate.

Tu n'y as pas prêté la moindre attention, entièrement concentré sur l'enjeu du rendez-vous : obtenir de Powell un laissez-passer pour l'Angleterre et partir le soir même avec Margot.

À force de passer et repasser le film dans ta tête, tu réalises qu'au-delà du bureau de John Powell, un point beaucoup moins anecdotique aurait dû te sauter aux yeux : l'attitude de Margot. C'était manifeste, maintenant que tu y penses. Dès ses premiers mots à Powell, au début du rendez-vous.

— Je ne me serais jamais permise de vous solliciter si vous ne m'aviez pas dit... lors de notre première rencontre...

il y a six jours de cela… quand je suis arrivée à Hong-Kong que… que je pouvais vous contacter en cas de problème.

Cette façon trop appuyée de rappeler à Powell leur propre rencontre… Comme si, faute d'avoir pu le prévenir, elle se sentait obligée de formuler une version officielle de leur premier échange pour éviter qu'il ne fasse une gaffe devant toi.

— Vous avez parfaitement bien fait, Margot. Naturellement, en tant que diplomate, je suis au service des citoyens britanniques.

La réponse de Powell était courtoise, calme, maîtrisée. Aucune raison d'éveiller ta méfiance. Et Margot a enchaîné la discussion avec beaucoup plus de naturel.

— Il ne s'agit pas de moi, dans ce cas précis. Mais de monsieur Paul de Promont. Monsieur de Promont est un ami de mon père qui vient d'arriver à Hong-Kong.

— Et que puis-je faire pour vous, monsieur?

Tu lui as résumé les grandes étapes de ton parcours : ton ascension diplomatique jusqu'à Tientsin ; ta rupture avec Vichy ; ton engagement à continuer le combat ; ton besoin urgent de gagner l'Angleterre.

— Si je comprends bien, vous êtes prêt à entrer en résistance, et à devenir *de facto* un ennemi de l'État français ?

— La défaite est inacceptable. Pétain est en train de trahir les Français en collaborant avec Hitler. La collaboration m'est impossible. Aujourd'hui, seule l'Angleterre est décidée à résister à Hitler. Voilà pourquoi je suis prêt à m'engager.

— Et vous voudriez partir le plus vite possible, c'est bien cela?

— C'est exact.

— Soit. Mais il m'est matériellement impossible de vous fournir un laissez-passer en si peu de temps. Il me faut l'accord du Foreign Office à Londres. Et avant de vous délivrer le moindre document, notre ministère des Affaires étrangères va devoir vérifier tout ce que vous m'avez dit et faire une enquête. Cela peut être assez rapide. Mais pas moins de 48 heures.

Margot a alors pris la parole. Le ton de sa voix s'était transformé. Il était plus sec, moins mélodieux qu'au début de l'entretien. Toute émotion avait disparu.

— Monsieur Powell, je dois partir pour l'Angleterre à la demande des autorités. Je n'ai choisi ni mon corps d'affectation ni la date de mon départ. Aujourd'hui, je vous ai amené un haut fonctionnaire français qui a tout quitté pour entrer en résistance. Un diplomate, dissident du régime de Vichy! Et vous, vous nous dites que pour des problèmes administratifs... des problèmes liés au temps nécessaire à la vérification de ce que monsieur de Promont vient de vous expliquer... il nous est impossible de partir sur le même bateau alors que nous ne voulons qu'une chose: rejoindre le Royaume-Uni et prendre part au combat?

Elle marque une pause. Lui ne bronche pas. Il la regarde fixement, attendant qu'elle finisse sa tirade.

— Est-ce que vous pouvez entendre que tout cela est très difficile à comprendre?

Silence. Powell resta muet, comme pour prendre acte de la véhémence de Margot, avant de réagir.

— Mademoiselle Midway, j'entends ce que vous dites. Que les règles vous semblent absurdes ou pas, il ne m'appartient pas de les commenter. Je n'ai aucune leçon à vous donner, bien entendu. Mais comprenez que les désagréments que vous éprouvez, si difficiles soient-ils, restent bien dérisoires au regard de ce qui se passe actuellement en Europe.

Sa voix était calme. Basse. Powell poursuivit l'exposé de la procédure mécaniquement, sur un ton monocorde et las.

— Il ne s'agit en aucun cas d'un problème administratif. Il s'agit de savoir qui est monsieur de Promont. Le Foreign Office va passer au peigne fin son histoire. Les conclusions devraient nous être remises d'ici deux jours. Et rien ne pourra se faire avant cela, que cela vous plaise ou pas. En attendant, voilà ce qui est envisageable : toute la logistique de votre retour en Angleterre est gérée ici, à Hong-Kong. Je peux donc suspendre votre voyage et retarder votre arrivée en Angleterre le temps que Londres éclaircisse la situation de monsieur de Promont.

— Très bien. Avant de vous laisser, une dernière question.

— Allez-y, mademoiselle Midway !

— Sachant que l'enquête va rapidement confirmer ce que Paul vient de vous dire, peut-on d'ores et déjà envisager la suite ?

— Attendons d'abord les résultats de l'enquête, voulez-vous. Je vous le répète, Londres va vérifier tout ce qui a été dit. Ensuite, si les affirmations sont vraies, on va regarder s'il est possible que vous partiez ensemble pour l'Angleterre après-demain soir, sur le paquebot *Elizabeth*.

Ce furent les derniers mots de John Powell lors de ce rendez-vous.

Puis vint ensuite la rencontre deux jours plus tard pour te remettre ton laissez-passer, ton billet et le dossier préparé par le Foreign Office. Mais, tu le sais désormais... rien ne s'est passé comme prévu.

*

Vous vous êtes donc retrouvés cette nuit, à l'abri des regards, dans un piano-bar du quartier chinois de Hong-Kong. Il est arrivé avec deux heures de retard. Vous étiez les seuls spectateurs d'une jolie crooneuse et de son pianiste. C'est là qu'il t'a annoncé le changement de programme.

Parce que Margot.

Quelques heures plus tard, allongé sur le lit trop court de ta soupente, cette phrase résonne. Depuis des heures, les mêmes séquences vont et viennent dans ton cerveau. Tu n'as pas dormi, la fatigue te trouble. Les images se brouillent. Tu superposes les scènes. Le cabaret chinois... Le Dom Pérignon 1929... Le bureau vide du diplomate... Le numéro de Margot lors de sa rencontre avec Powell... Sa sortie sur «le haut fonctionnaire français en dissidence»...

Tout sonne faux.

Margot et Powell n'ont en aucun cas pu se rencontrer il y a quelques jours à Hong-Kong. Quant à John Powell, aucun doute là-dessus, il n'est pas diplomate…

Tu te précipites vers la fenêtre pour déscotcher la couverture qui servait de rideau occultant et faire rentrer la lumière du jour dans la soupente. Tu enfiles un pantalon et une chemise puis dévales les escaliers pour demander le téléphone de l'hôtel.

« Ce sera facturé sur votre note. »

Tu t'isoles aussitôt dans le bureau de ta logeuse.

— Gloucester Hotel… Ne quittez pas. Nous allons vous passer la chambre de mademoiselle Midway.

Le combiné collé à ton oreille, tu sens ton cœur battre la chamade.

— Paul. Vous allez bien ?

— Non. J'ai besoin de vous parler d'urgence.

Une demi-heure plus tard, vous êtes les seuls clients du Speakeasy, un bar aux boiseries très sombre, situé au sous-sol d'un immeuble discret à quelques minutes du Gloucester. Margot a choisi cet endroit obscur pour t'éviter d'être repéré. Il est 9 heures du matin et à cette heure-ci, le Speakeasy est désert.

— Qu'y a-t-il ?

Margot est nerveuse depuis que tu l'as retrouvée. Mais pas un instant elle ne se doute de ce qui l'attend.

— J'ai tout compris, Margot. Pourquoi m'avez-vous menti ?

— À propos de quoi ? Je ne comprends pas, Paul.

149

— Je parle de John Powell.

Tu cites volontairement ce nom pour la mettre sur la voie en espérant qu'elle ait le courage d'avouer.

— Je ne comprends absolument rien à ce que vous racontez, Paul. En quoi vous aurais-je menti?

... Elle persiste dans le déni. Alors tu n'as d'autre choix que de devenir pugnace, pour la confondre.

— Quand avez-vous rencontré Powell pour la première fois?

— Je vous l'ai dit. C'était à mon arrivée à Hong-Kong, il y a quelques jours.

— Bon, je vois. Je vous repose la question: quand avez-vous fait la connaissance de Powell?

— Mais pourquoi me posez-vous cette question?

— Je ne m'arrêterai que lorsque vous me direz la vérité. J'ai vu Powell cette nuit et je sais maintenant que vous le connaissez depuis bien plus longtemps que ce que vous affirmez. Alors je répète: quand et comment l'avez-vous rencontré?

Elle te regarde fixement, balbutiant des mots sans logique ni construction comme si elle ne savait comment s'y prendre. Une larme coule sur son visage.

Puis elle se redresse, immobile et silencieuse, ses yeux émeraude plongés dans les tiens pendant un long moment, avant de pouvoir s'exprimer.

— Très bien Paul. J'ai compris. Puisque vous voulez le savoir, voilà ce qui s'est passé. Il y a plusieurs mois de cela, à Tientsin, un homme qui se présentait comme le directeur du contrôle des passeports au consulat britannique m'a convoquée à son bureau pour le renouvellement de mes papiers.

— Quand ? Avant ou après notre rencontre ?

— Après. Quelques semaines après notre rencontre, mi-juin, en pleine canicule.

— Pourquoi ne m'en avoir jamais parlé s'il ne s'agissait que d'un rendez-vous de routine ?

— Parce que ce n'était pas un rendez-vous de routine.

Elle s'arrête de nouveau... Comme si elle était effrayée à l'idée de dérouler le reste de son récit.

— Je vais tout vous dire Paul ; mais c'est difficile, si difficile... Je vous demande une faveur : d'écouter l'intégralité de l'histoire avant de m'interrompre.

— Soit. Allez-y.

— Ce n'était pas un rendez-vous de routine. Il s'agissait en fait d'une mission. Et je ne l'ai découverte qu'une fois dans son bureau. Une mission pour les services de renseignements britanniques. John Powell en était le responsable pour tout le nord de la Chine, et il était basé au consulat de Tientsin. Son titre officiel est « directeur du contrôle des passeports ». Mais c'est une couverture. Son vrai métier, c'est le renseignement.

» Et aujourd'hui à Hong-Kong, il s'occupe des services secrets pour l'ensemble de l'Asie du Sud-Est. Sa couverture est la même : responsable du contrôle des passeports.

» Bref, ce jour de juin Powell m'avait convoquée pour deux raisons qu'il m'a exposées à peu près en ces termes : d'une part, il était au courant – je ne sais comment – que nous nous fréquentions et donc que le vice-consul de France Paul de Promont comptait parmi mes amis proches.

» D'autre part : Powell souhaitait m'utiliser pour vous approcher, vous sensibiliser à la cause des alliés contre celle de Pétain… et *in fine* vous pousser à passer dans notre camp.

— Et vous avez accepté ?

— Pas vraiment.

— Comment ça, pas vraiment ? Qu'est-ce que ça veut dire ?

— Cela veut dire que je n'ai jamais accompli la mission. J'étais convoquée tous les lundis dans le bureau de Powell pour lui raconter nos échanges. Et à chaque fois c'était la même histoire : je ne lui racontais que des futilités. Les restaurants où nous allions. Les bars que nous fréquentions. Rien de plus. J'étais muette à propos du reste.

— Je ne vous crois pas une seconde ! Je me souviens de toutes ces conversations que nous avons eues à propos du gouvernement de Pétain et de la collaboration. Je me souviens de vos discours sur le besoin de continuer le combat. Je me souviens encore aujourd'hui vous entendre me dire que seuls les Anglais avaient le courage de faire front face à Hitler.

— Oui, car ce sont mes convictions. Et j'étais totalement sincère avec vous. Je n'ai jamais tenu le moindre discours sur commande.

— Et lorsque vous m'avez demandé de vous suivre à Londres, lorsque vous m'avez demandé de tout abandonner pour partir avec vous ?

— Jamais je n'ai joué de double jeu avec vous. Jamais! Je n'ai jamais donné la moindre information aux services de renseignements. Powell a essayé de me forcer la main, en me menaçant: si je n'obtenais pas de résultat, a-t-il fini par me dire, je serais appelée sous les drapeaux en Angleterre. Et c'est ce qui se passe aujourd'hui. Je vous ai écrit lorsque vous étiez en Mandchourie que je quittais Tientsin car j'étais réquisitionnée pour participer à l'effort de guerre. La réalité, c'est qu'il s'agit d'une mesure de rétorsion pour avoir refusé de jouer le jeu de Powell.

— Alors, pourquoi m'avoir menti pendant tout ce temps?

— Paul, soyons honnêtes. Auriez-vous continué à me voir si vous aviez su que j'étais missionnée par les services britanniques dans le but de vous faire passer du côté des Anglais? Jamais. Vous n'auriez jamais accepté de poursuivre notre relation sachant cela – quand bien même je vous aurais juré mes grands dieux ne pas prendre part à la mission. Vous auriez toujours eu des doutes à mon sujet.

— Et aujourd'hui? Ne croyez-vous pas que mes doutes sont encore bien plus fondés?

— Je n'avais pas d'autre choix que de me taire. Ou alors je risquais de vous perdre. Mais aujourd'hui je peux vous démontrer que je n'ai jamais triché avec vous.

— Pardonnez-moi Margot mais vous ne m'avez rien démontré. J'ai en mémoire notre rendez-vous dans le bureau de Powell. Et je me souviens parfaitement de ce que vous lui avez dit pour le convaincre de m'accorder, en urgence, un laissez-passer pour l'Angleterre. Vous lui avez dit *Je vous ai amené un haut fonctionnaire français.*

Le coup de grâce.

Elle reste muette, les yeux à nouveau remplis de larmes. Il émane de Margot une détresse qui déclenche en toi une irrépressible envie de te précipiter vers elle. La serrer contre toi. Lui dire que tu lui pardonnes. Lui chuchoter que rien... absolument rien n'est suffisamment fort pour l'emporter sur cette chose indomptable qui a bouleversé à jamais le cours de votre vie. C'est ce que tu veux lui dire, au mot près. Mais cela ne sort pas. Tu es immobile. Sans voix. Sur tes gardes. Incapable de lâcher prise. Comme gagné par la peur. Celle de perdre le contrôle. Et de souffrir.

— Je sais maintenant pourquoi Powell m'a dit que je ne pouvais pas refuser la mission à Hanoï en ajoutant *Parce que Margot.*

Margot, figée, attend que tu poursuives.

— Si j'accepte la mission, vous ne partirez pas en Angleterre et vous pourrez rester ici.

— Comment ça ?

— Eh bien, dans l'hypothèse où je décide d'aller en mission en Indochine pour les services de renseignements britanniques, Powell n'a plus aucune raison de vous infliger de sanction. Car dans ce cas, vous aurez rempli votre mission.

DEUXIÈME PARTIE

1942

14.

Margot, 5 janvier 1942

Je vais finir par exploser si je reste ici trop longtemps. Les cloisons en bois m'étouffent. Impossible d'allonger mes jambes ou mes bras. L'endroit fait à peine plus d'un mètre carré – juste l'espace nécessaire pour l'emplacement du tabouret en bois sur lequel je suis assise et immobile, depuis quelques minutes. Le bout de mon nez est quasiment collé à la paroi qui se trouve face à moi. Il n'y a ni lumière, ni lucarne. Et l'obscurité commence à m'oppresser. Seule la voix derrière le minuscule rideau noir occultant installé sur la paroi de gauche me rappelle que je ne suis pas enfermée, vivante, dans un cercueil.

— Est-ce que vous m'entendez bien ?

— Oui parfaitement bien, mon père.

Le confessionnal est une étuve. L'atmosphère y est pesante. Chacun de nos chuchotements est suivi d'un court silence.

— Qu'est-ce qui vous amène à vouloir vous confesser, ma fille ?

157

Dans l'obscurité, il m'est impossible de distinguer son visage. Quant à sa voix, elle est dissimulée par les messes basses. Instant de panique. N'importe qui – prêtre ou pas prêtre – peut se trouver derrière le rideau. Je suis incapable de savoir si j'ai affaire au bon interlocuteur.

— Mon père, ce dont il est question est très doulou-reux. Et de ce fait, il m'est difficile de trouver les mots pour exprimer ce que j'ai sur le cœur.

— Je comprends. Prenez votre temps. N'ayez crainte. Je suis là pour vous venir en aide. De quoi s'agit-il au juste, mon enfant ?

Sa réponse est tout aussi creuse que le propos fausse-ment dramatique que j'ai inventé. La conversation ne peut manifestement aller nulle part de cette façon. Il n'y a donc qu'un moyen pour savoir si je fais fausse route : dire le message.

— La chose simplement d'elle-même arriva...

Silence.

Aucun mouvement derrière le rideau.

Je sens l'inquiétude monter en moi.

Mon interlocuteur ne réagit pas au code de recon-naissance : La phrase des *Misérables* est volontairement incomplète. S'il ne la termine pas, cela signifie que je dois très vite trouver une issue pour m'échapper. Le silence est continu. Ma gorge se serre. Je manque d'air. L'agitation m'envahit. Toujours aucune réaction. Je dois agir main-tenant. Et alors que je m'apprête à me propulser hors du confessionnal, j'entends enfin un toussotement de l'autre côté du rideau.

— Euh… La chose simplement d'elle-même arriva… comme la nuit se fait, lorsque le jour s'en va.

Un long souffle de soulagement se libère de mes poumons. Mes muscles, d'un coup, se décontractent. Sur ma gauche, s'entrouvre le rideau noir occultant. Dans la pénombre je devine un visage rectangulaire, aux cheveux blancs clairement séparés par une raie sur le côté droit. Les yeux bleu turquoise correspondent en tout point à ceux que j'ai vu sur la photo avant de venir. Il s'agit bien de mon contact, le père Henri Brunswick. L'homme est silencieux et me fixe de longues secondes avant de m'interroger.

— Que puis-je faire pour vous, à part vous déclamer du Victor Hugo ?

— Je travaille pour le gouvernement britannique auprès du Secret Intelligence Service en Asie du Sud-Est. Je m'appelle Margot Midway. Un de nos agents a été envoyé en mission, ici en Indochine, il y a plus d'un an pour monter un réseau. Et nous n'avons plus aucune nouvelle. Selon nos informations, vous avez été l'un de ses contacts sur le terrain.

— Comment s'appelle-t-il ?

— Paul de Promont.

— Je connais Paul en effet. Je l'ai aidé lorsqu'il est arrivé à Hanoï. Mais je n'ai plus aucun contact avec lui depuis des mois.

— Je dois le retrouver. J'ai été envoyée par le QG du SIS de Singapour pour le chercher et le ramener. D'après les autorités britanniques, vous faites partie des correspondants les plus précieux que nous ayons en Indochine. J'ai besoin de votre aide.

— Je crois que vous ne saisissez pas bien l'ampleur de la tâche. La région où Paul a opéré est reculée, vaste, dangereuse. C'est à l'extrême nord, vers le fleuve Rouge, près de la frontière chinoise, au pays des ethnies Hmong et Dao, là où les Japonais ont fait le plus de ravages. S'il ne donne aucun signe de vie, je ne vois pas comment nous pourrions le retrouver. C'est une aiguille dans une botte de foin.

Je reste impassible, mais intérieurement je m'agace en l'entendant déployer tous ses efforts pour me décourager. S'il le pouvait, il évoquerait l'existence de monstres dans la jungle et les rizières. J'en viens à me demander s'il s'agit d'un simple a priori misogyne de la part d'un homme – fût-il prêtre et résistant – qui pense que le courage ne peut être que masculin ou s'il est juste en train de tester ma ténacité.

— J'ai bien compris, mon père. Si je dois partir seule à sa recherche, je le ferai. Mais dans ce cas j'aurais besoin d'établir une liste de contacts de Français – résistants ou non – que vous avez pu lui transmettre avant qu'il ne se rende dans le Nord pour monter le réseau. Je vous l'ai dit : j'accomplirai ma mission jusqu'au bout.

— D'accord mademoiselle. Je vais réfléchir.

La conversation prend fin, j'ai le sentiment que je vais devoir me débrouiller seule et ne pourrai, en aucun cas, compter sur Henri Brunswick pour retrouver Paul. Mais alors que je m'avance pour sortir du confessionnal, le prêtre écarte en grand le rideau occultant et m'interpelle à nouveau. Il est énigmatique et sibyllin.

— Dernière chose. Soyez vigilante.

— Comment ça ?

— Je ne peux pas vous en dire davantage. Mais tenez-vous prête au cas où vous seriez sollicitée.

En sortant, je me précipite vers ma bicyclette garée juste devant la paisible église du père Brunswick, une minuscule paroisse de couleur ocre posée au bord du Hoan Kiem, l'un des lacs de Hanoï. Je vais quitter ce havre de paix et me retrouver, quelques centaines de mètres plus loin, au cœur de la folie urbaine et ses dangers.

Je prends la route, la peur au ventre, en slalomant le mieux possible entre les milliers de vélos qui fourmillent partout dans la ville – dans les grandes artères comme dans les plus petites ruelles bondées. La crainte d'un accident me fait soudainement oublier le danger de m'aventurer dans une ville administrée par Vichy et occupée par les forces japonaises. Le risque d'un contrôle policier est pourtant bien réel. Des check-points ont été installés aux abords de chaque district devant lesquels se forment d'immenses queues de Viets cherchant à rentrer chez eux. Et à l'entrée du Quartier français, en cette fin d'après-midi, nous sommes un petit groupe d'Occidentaux à attendre pour passer le contrôle. À mon passage, un des deux gendarmes en poste m'apostrophe avec un accent chantant qui vient probablement de Marseille.

— Papiers, s'il vous plaît.

L'inquiétude me saisit au moment de me présenter comme à chaque fois que je passe un contrôle.

— Tenez, voici ma carte d'identité.

— Mademoiselle Sylvie Duchemin, c'est bien cela ?

Je me le répète à chaque passage : avoir l'air naturelle, s'approprier une autre identité, oublier l'existence de Margot Midway, devenir Sylvie Duchemin. Et compter sur l'absence d'accent lorsque je passe au français.

— C'est exact monsieur l'agent.

— Et vous habitez 33, rue Paul Bert ?

— Oui monsieur.

— Bien. Vous pouvez circuler, bonne fin de journée.

Je rentre dans le Quartier français et je change de monde. Les avenues sont aérées, désertes, paisibles. D'imposantes et luxueuses villas blanches et ocre, aux larges toitures en tuiles rouges, se succèdent. Aucune autre bicyclette ne circule ici. Les pousse-pousse et les tractions avant rutilantes noir – et parfois blanches – semblent être les seuls moyens de locomotion visibles dans le quartier.

Au bout de dix minutes d'une route tranquille, je me gare devant le petit immeuble de deux étages du 33 rue Paul Bert où je me suis installée le temps de ma mission.

Un parfum d'épices, d'herbes, de fenouil et de citronnelle se répand et devient de plus en plus intense à mesure que je m'enfonce dans le long couloir qui m'amène à la cuisine.

— Ça sent bon n'est-ce pas, Sylvie ? J'espère que tu as faim.

Aux fourneaux je trouve le propriétaire des lieux, Daniel Nguyen, à qui je sous-loue la deuxième chambre

162

de l'appartement. Daniel est issu d'une famille franco-viet et travaille comme sténo au consulat britannique depuis trois ans. Il est de taille modeste (à peine plus grand que moi), les traits fins, d'un physique juvénile qui, malgré ses 32 ans, lui donne un air d'éternel d'adolescent.

— Ça a l'air exquis Daniel. Que nous prépares-tu au juste?

— Un Pho Ga. Une soupe de poulet tonkinoise. Il n'y a rien de meilleur.

Quelques minutes plus tard, dans le grand salon qui surplombe la rue paisible, Daniel et moi dégustons, verres de blanc à la main, le délicieux repas qu'il a préparé.

— Je me régale, Daniel, quel délice.

C'est ainsi depuis mon arrivée en Indochine, il y a trois semaines. Tous les soirs, Daniel déploie des talents culinaires hors du commun pour que je me sente le mieux possible chez lui. Et tous les soirs je fais un effort surhumain pour dissimuler l'immense sentiment de solitude qui m'envahit à devoir jouer la comédie.

Daniel ignore tout de moi. Il me croit d'origine française, élevée à Madagascar, étudiante en anthropologie à l'école française d'Extrême-Orient de Hanoï, comme le stipule officiellement ma carte d'étudiante et l'inscription à la faculté qui me sert de couverture.

— Alors comment se sont passés tes cours aujourd'hui?

— Très intéressants. D'ailleurs, il est probable que je fasse un petit voyage d'étude avec ma classe, au nord du

Tonkin, pour aller observer les ethnies Hmong et Dao, près de la frontière chinoise.

— Formidable, c'est une région magnifique. Quand dois-tu partir?

— Pas tout de suite. D'ici quelques semaines, je crois. Je dois voir cela demain avec les profs.

*

Chaque matin, en arrivant dans la grande bâtisse coloniale de l'école, j'ai pour habitude de me rendre au bureau des étudiants où se trouve mon casier.

Ce matin, je passe au bureau prendre mes affaires avant de rejoindre le vieil amphithéâtre pour le cours magistral d'anthropologie sociale. Presque machinalement, je sors un trousseau de clefs, ouvre mon placard, attrape deux livres, saisis mon bloc-notes et glisse le tout dans mon sac avant de refermer le casier et de courir vers l'amphithéâtre pour prendre place parmi les 150 étudiants massés sur les gradins en arc de cercle autour du grand tableau noir. Le professeur a déjà démarré son cours.

— Mademoiselle... Merci d'arriver à l'heure la prochaine fois.

Je m'installe à la hâte et sors nerveusement mes affaires de mon sac. La trousse et les deux livres, d'abord. Puis j'attrape le bloc-notes et j'ouvre la couverture cartonnée marron foncé pour noter le cours magistral.

Stupeur!

La page est déjà noircie par un texte écrit à la main. La suivante également. Il s'agit d'un mémo qui m'est destiné, avec son titre souligné en noir. Le texte est rédigé au crayon à papier en lettres capitales.

INSTRUCTIONS À SUIVRE

— VOUS DEVEZ SUIVRE CES INSTRUCTIONS RIGOUREUSEMENT.

— VOUS ALLEZ RESTER DANS CET AMPHITHÉÂTRE JUSQU'À LA FIN DU COURS D'ETHNOLOGIE SOCIALE À PRENDRE SCRUPULEUSEMENT DES NOTES SUR L'EXPOSÉ DU PROFESSEUR.

— UNE FOIS LE COURS TERMINÉ, VOUS RETOURNEREZ À VOTRE CASIER POUR Y DÉPOSER VOS AFFAIRES COMME VOUS LE FAITES HABITUELLEMENT.

— ENSUITE VOUS PASSEREZ À VOTRE DOMICILE RUE PAUL BERT FAIRE VOS BAGAGES. VOUS AUREZ UNE HEURE. VOUS Y TROUVEREZ UN BILLET DE TRAIN AU NOM DE SYLVIE DUCHEMIN EN DIRECTION DE LANG SON AU NORD DU TONKIN.

— VOUS TROUVEREZ AUSSI UN DOCUMENT OFFICIEL ÉMANANT DU LYCÉE FRANÇAIS LOCAL POUR VOUS AUTORISER À VOYAGER DANS LA RÉGION.

— À 16 HEURES VOUS VOUS RENDREZ À LA GARE DE HANOÏ POUR REJOINDRE LA VOIE « A » OÙ SE TROUVE LE TRAIN 2357. DÉPART 17H.

— UNE FOIS LU, CE TEXTE DOIT ÊTRE IMPÉRATIVEMENT EFFACÉ.

Le texte n'est pas signé. Personne d'autre que le père Henri Brunswick n'a pu écrire ce mémo. Mais comment lui ou ses complices m'ont-ils pistée jusqu'à l'École française d'Extrême-Orient ? Comment ont-ils accédé à mon casier ? Pendant tout le reste du cours, je m'interroge sur ce prêtre qui est aujourd'hui mon seul lien possible avec Paul. Comment ne pas me méfier d'un homme qui, un jour, m'explique que ma mission est irréalisable et dangereuse, et le lendemain exige que je le suive, à l'aveugle, dans un jeu de piste qu'il est le seul à maîtriser, sans que je connaisse les risques encourus et sans savoir jusqu'où ce voyage peut me mener.

J'ai beau gamberger, ma réflexion aboutit systématiquement à la même conclusion : je n'ai pas le choix.

*

16 heures, gare de Hanoï.
Je n'avais encore jamais connu pareil embouteillage à cette heure de la journée. Tout le monde se pousse pour essayer d'avancer, mais rien ne bouge depuis plus de vingt minutes. Éreintant. La chaleur est écrasante. Je dégouline, prise en étau au milieu de la foule, le bout de mon front frôlant par à-coups le dos de ma voisine, une vieille dame, juste devant moi, bardée de quatre gros sacs pour un voyage qui semble être un départ définitif. Tout autour de moi, des centaines de sacs et de valises s'accumulent. La gare est noire de monde, immobile, bloquée de toute part, figée dans un impressionnant silence sous la surveillance

166

de dizaines de soldats japonais postés à toutes les issues. L'armée est manifestement sur les dents. Un check-point a été installé tout au bout du hall, juste avant l'entrée menant sur les quais. Chaque passager y est contrôlé de la tête aux pieds.

Je suis étrangement calme, concentrée mais sereine, loin de ce que j'éprouve quand je passe les check-points de la gendarmerie française. Sans doute me suis-je persuadée que l'Indochine est encore aux seules mains de l'État français et non du Japon qui l'occupe pourtant depuis dix-huit mois. Ma désinvolture est risquée mais psychologiquement fort commode. Tout danger me semble, à tort, écarté et aucune émotion ne parvient à me troubler lorsque je présente aux gardes japonais le contenu de mon gros sac à dos et prétends partir pour un voyage d'observation auprès des ethnies Hmong et Dao, document officiel du Lycée français de Lang Son censé m'accueillir à l'appui. Le passage du contrôle dure moins d'une minute puis je reprends lentement mon chemin vers le train, au milieu de la marée humaine.

Alors que je me dirige vers l'avant du quai, je remarque une silhouette qui se hisse au-dessus de la foule. En la voyant de dos, au loin, à une cinquantaine de mètres devant moi, mes battements cardiaques s'envolent d'un coup. La ressemblance est parfaite. Carrure massive. Chevelure en bataille. Nuque épaisse mais gracieuse. Gratte-ciel.

Qui d'autre que lui ?

— Poussez-vous, poussez-vous, s'il vous plaît.

Nerveuse, j'accélère le pas, sans réfléchir.

– Pardonnez-moi.

Je progresse, piétine, me fais insulter de toutes parts. Je parviens avec peine à avancer. Alors qu'il est encore loin devant moi, je pousse un hurlement.

— Pauuuul!

Pas de réponse. Peut-être ne m'entend-il pas dans le brouhaha assourdissant de la gare.

— Pauuuuul! Vous m'entendeeeeeeez?

Il continue sa route sans se retourner et j'en viens à croire que son attitude est volontaire. Et s'il refusait sciemment de tourner la tête en entendant le son de ma voix? Et si son amertume était restée intacte au point de ne pas me répondre? En regardant sa silhouette s'éloigner au milieu du quai, notre dernier échange me revient brutalement en mémoire: Hong-Kong, il y a un an et demi.

Je me souviens de cet instant, le 12 août 1940. Nous nous trouvions tous les deux au Speakeasy, entièrement vide. Paul m'interrogeait. Il insistait sur mes liens avec John Powell, le chef des services secrets britanniques à Tientsin, au début de notre relation. Face à l'avalanche de ses questions, j'avais adopté une stratégie: nier toutes ses accusations de manipulation. Malgré son insistance, je savais que jamais Paul n'aurait supporté la vérité. Aujourd'hui encore, je me souviens parfaitement de ses yeux chargés de colère et de tristesse lorsque, malgré mes dénégations, il percevait que je mentais. Je me rappelle de ce qu'il m'avait dit à ce moment précis.

— Dans l'hypothèse où je décide d'aller en Indochine pour les services de renseignements britanniques, Powell n'a plus aucune raison de vous infliger de sanction. Car dans ce cas, vous aurez rempli votre mission.

À court d'arguments, je n'avais pas répondu. Il avait conclu la conversation par ces derniers mots :

— Margot, je vais accepter cette mission au Tonkin. Et je vais également accepter de partir en formation à Singapour au quartier général du SIS. Vous n'avez aucune crainte à avoir du côté de Powell. Vous ne subirez aucune sanction. Et vous n'aurez pas à partir en Angleterre rejoindre l'effort de guerre. En revanche, il y a une chose que je dois vous dire. Je partirai seul pour Singapour. Et je partirai seul pour l'Indochine. C'est fini, Margot. Je vous aime. Mais vous m'avez trahi. Vous m'avez menti. J'ai brisé ma famille, j'ai quitté mon enfant pour vous. Je vous aime follement. Mais vous avez perdu ma confiance.

Il était abattu et résigné. j'étais en larmes, incapable de prononcer le moindre mot. Je me souviens encore de la sensation physique qui me submergeait : l'impression que mes jambes me lâchaient. Mes muscles tremblaient comme si le sol se dérobait sous mes pieds. Je me sentais aspirée vers le bas, absorbée par mes regrets, mes mensonges, mon devoir de silence. Et je ne cessais de ressasser les mêmes questions : que faire ? Désobéir aux consignes de Powell et avouer à Paul que je lui avais menti ? Ou bien me taire, le laisser partir et risquer de le perdre ? Je n'avais qu'un instant pour décider. En quelques secondes, il s'agissait de tout remettre en cause, transgresser l'ordre, cracher le morceau… et surtout, reconnaître l'avoir manipulé tout au long de notre relation pour qu'il entre en résistance. J'étais paralysée. Il m'était impossible de lâcher prise en si peu de temps.

Devant un tel silence, il s'était levé et avait quitté les lieux sans se retourner. Alors la douleur m'avait envahie. Et l'empreinte de cette souffrance reste intacte aujourd'hui, dix-huit mois plus tard.

Et à présent, dans la marée humaine de la gare de Hanoï, je le vois partir sans se retourner, comme au Speakeasy. Sans réfléchir, je me mets à courir après lui. Je veux le surprendre, capter son regard, le toucher, respirer son odeur, sentir ses lèvres posées sur les miennes.

J'accélère. Je joue des coudes, bouscule les passagers, me fraye un chemin dans la foule. Je me rapproche. Je suis à moins de dix mètres. Je vais le rattraper.

— Paul !

Il s'arrête net, pivote. Et avant même qu'il soit face à moi, j'intercepte son regard pour me plonger aussitôt dans la profondeur de ses yeux gris. Étrange. Je ne vois que du noir. Deux billes noires qui me fixent avec étonnement.

— C'est après moi que vous criez ?

— Je vous demande pardon. Je vous ai pris pour quelqu'un d'autre.

Comment ai-je pu confondre Paul avec cet homme alors qu'ils n'ont rien de commun ? Comment ai-je pu croire un seul instant que l'homme de ma vie se trouvait sur ce quai alors que je sais parfaitement qu'il est perdu quelque part au fin fond de la jungle, mort ou vivant ?

*

Installée dans la cabine de première classe du train 2357 à destination de Lang Son, je me rends compte à quel point, un an et demi après qu'il m'a quittée, je suis encore rongée par le remords et absorbée par le manque du seul homme que j'aie aimé à ce jour. C'est pour ces raisons qu'il y a plusieurs mois j'ai demandé à John Powell de tout faire pour que le SIS m'envoie avec cette mission en Indochine. Je veux être celle qui le retrouvera, je veux être celle qui parviendra à le sortir de là. C'est ainsi que j'ai insisté auprès de Powell.

— Vous me le devez, John. Je ne vous ai jamais trahi, je n'ai jamais rien dit à Paul. J'ai obéi aux règles.

— C'est une mission dangereuse, Margot. Une mission de toute autre nature que le travail de renseignement que vous avez réalisé jusqu'à présent à Tientsin et Hong-Kong. Il ne s'agit pas de rapporter de l'information via les cercles feutrés de la diplomatie ou de la haute société mais d'aller en zone de guerre et de ramener un agent. Les relations avec les autres agents et les correspondants sur place sont extrêmement compliquées à gérer, alors même que nous faisons tous partie du même camp. Vous êtes une femme et vous ne pouvez avoir confiance en personne. Même de vos alliés, sur le terrain, vous devrez vous méfier.

171

— Certes, mais si je suis sélectionnée pour cette mission, vous savez très bien que je serai un atout.

— Pourquoi dites-vous cela?

— Parce que j'ai un besoin vital de le retrouver.

C'est la seule fleur que Powell m'ait faite. Quelques jours plus tard, il m'a démobilisée de l'emploi au bureau du contrôle des passeports de Hong-Kong que j'avais fini par intégrer, pour être envoyée au centre de formation du SIS à Singapour pendant quatre mois. Enfin, il y a trois semaines, j'ai pris le bateau pour l'Indochine et débarqué à Hanoï.

Maintenant, dans le train qui me conduit tout au nord du Tonkin, j'avoue avoir bien du mal à évaluer le danger de cette mission.

Paradoxalement, j'éprouve une intense sensation de douceur en cette fin de journée. Je suis assise dans ma cabine, le nez collé à la vitre, devant les immenses rizières qui défilent paisiblement sous mes yeux. Le soleil est bas, il rase la campagne et s'apprête à se retirer derrière les imposantes collines en forme de pain de sucre qui s'élèvent sur la plaine. Dans la plate lumière du soleil couchant, les plantations de riz scintillent comme de vastes champs dorés et flamboyants. Tout est calme. Ce spectacle m'apaise et me distrait. Je m'échappe, accaparée par tant de splendeur, oubliant un instant Paul et ma mission, jusqu'à ce que le soleil achève définitivement sa course derrière les montagnes et disparaisse dans l'obscurité.

En allumant la lampe de chevet, je m'aperçois qu'une enveloppe à mon nom est posée en évidence sur la tablette attenante à ma couchette. Je ne l'avais pas remarquée en arrivant dans la cabine. Je lis :

« Chère Sylvie, venez me rejoindre à 19 heures au restaurant qui se trouve dans la voiture suivante. Vous me trouverez aisément. »

Le mot, là encore, n'est pas signé. Je jette un œil sur le réveil. 18 h 40. Je fonce dans la salle de bains, passe une robe noire longue et discrète, puis file rejoindre le restaurant.

En entrant dans le wagon, je suis frappée par le luxe de l'endroit. De chaque côté, se succèdent cinq rangées de banquettes de quatre à six places, épaisses et capitonnées, en velours rouge. Les tables sont recouvertes d'une longue nappe en lin blanc d'un grand raffinement : deux verres à pied en cristal, gravés de fines rangées de motifs en forme de losanges horizontaux, trônent devant les assiettes en porcelaine blanche, encadrées par une argenterie étincelante ; trois fourchettes à gauche, trois couteaux à droite, deux petites cuillères au-dessus de l'assiette. Une fine fleur de lys blanche à peine éclose se tient avec élégance tout droite, puis légèrement en biais en haut de la tige, sur chaque table, dans un vase en cristal. Le restaurant est bondé. Deux maîtres d'hôtel en uniforme blanc s'agitent autour de la trentaine de clients installés à table. Comment identifier mon contact au milieu de ce capharnaüm ? Comment savoir, en un coup d'œil, quel résistant peut bien se cacher parmi tous les « smokings » en train de dîner ici ce soir ? En balayant minutieusement les lieux du regard, j'aperçois au fond de la salle une table où un homme est installé seul. Je croise furtivement son regard. Contact.

Je me dirige aussitôt vers lui et en m'approchant je remarque que son habit entièrement noir tranche avec l'uniforme masculin en vigueur, le smoking.

— Bonsoir mon père… Je vous prie de m'excuser pour mon léger retard.

En gentleman, le père Henri Brunswick se lève aussitôt en tenant fermement le bas de sa soutane entre ses mains.

— Bonsoir Sylvie. Vous êtes évidemment toute excusée. Je ne suis moi-même arrivé qu'il y a quelques minutes. Puis-je me permettre de vous commander un verre ?

— Avec plaisir. Je prendrai un Cutty Sark, s'il vous plaît.

Les yeux bleu turquoise sont souriants, le visage charmeur, à l'opposé de l'homme froid et distant rencontré hier dans le confessionnal de son église. Le contraste est si saisissant que j'en viens à me demander si cette affabilité n'est pas un jeu pour ne pas éveiller les soupçons des tables voisines.

— Comment êtes-vous installée dans votre cabine ?

— Fort bien. Le train est si confortable et luxueux qu'on a du mal à imaginer que nous sommes en pleine guerre.

— C'est vrai. Une sorte de parenthèse hors du temps que nous sommes peut-être les derniers à avoir le privilège de connaître, ici, en Indochine.

Le prêtre guide ainsi la conversation, en évitant soigneusement d'aborder le seul point qui nous rapproche : la traque de Paul. Il passe la majeure partie du dîner à évoquer d'autres sujets, légers et distrayants, comme son parcours et son arrivée en Indochine il y a dix ans.

— J'avais la foi et je rêvais d'aventure. Alors, après Sciences-Po et le séminaire, je suis venu dans cette partie du monde. Et aujourd'hui je m'occupe de la congrégation de Hanoï et de Lang Son.

Je l'écoute attentivement et donne le change dans le jeu d'une conversation mondaine et détachée.

— La France ne vous manque pas?

— Si, si, évidemment. Je n'exclus pas de rentrer, un jour, lorsque la guerre sera finie.

Il baisse soudainement la voix et se rapproche.

— Mais d'ici là, je reste. Et je me bats… à ma façon… en utilisant ma congrégation comme couverture.

— Avec les Anglais, ici, dans une colonie française plutôt qu'avec un réseau français?

— La raison est toute simple. Les Anglais sont les seuls à qui j'ai pu proposer mes services en juin 1940, quand la France a arrêté de combattre. C'est donc avec eux que j'ai opéré. Il se trouve que je connais parfaitement le Tonkin. Y compris les régions les plus reculées, dans la jungle et la montagne, à la frontière chinoise. En tant que prêtre, j'arrive à m'aventurer sur tout le territoire. Pour les Anglais, c'est un atout conséquent. C'est pour cela que j'ai été appelé en renfort sur cette mission.

Le dîner touche à sa fin. Le wagon se vide progressivement. Les aiguilles de la pendule au-dessus de la porte d'entrée frôlent minuit pile. Brunswick et moi sommes

175

les derniers clients du restaurant, avachis chacun de notre côté sur la banquette rouge.

— Je vous offre un dernier verre ?

— Volontiers.

Moins de trois minutes plus tard, le serveur pose deux verres de whisky sur la table. À part le bruit sourd du train qui roule dans nuit, la salle de restaurant est entièrement plongée dans le silence. Il n'y a plus personne. Après un rapide coup d'œil dans le wagon, le prêtre se raidit sur la banquette et se rapproche de la table. Il change de posture et je remarque que le sourire dans son regard a disparu.

— Comme je vous l'ai dit hier, je ne sais pas où Paul se trouve. Je ne sais même pas s'il est encore vivant. Le seul moyen de le découvrir est de retrouver ceux avec qui il a été en contact. Il faut qu'on parvienne à les interroger pour savoir où il est allé avec son réseau, où il a agi et ce qui s'est passé. Pour espérer localiser Paul, nous allons mener l'enquête et remonter sa filière.

— Et par où devons-nous commencer ?

— Par là où il a démarré. Paul est parti dans la région de Lang Son il y a plus d'un an, au mois de décembre 1940. L'idée était de fédérer les Français installés dans cette région pour monter un réseau face à l'occupant japonais. Donc il faut qu'on aille là où il est allé.

— Et en avez-vous une idée ?

— Oui.

— Où est-ce ?

— Vous verrez bien.

Mon air devient brusquement froid et cassant en découvrant que, devant moi, le curé des services secrets se révèle si méfiant.

— Margot, j'ai accepté de vous aider parce que j'obéis aux ordres que m'ont donnés les gens du SIS au consulat britannique de Hanoï, après votre venue hier à l'église. Mais il est hors de question de vous donner mes contacts ou mes infos. Question de prudence.

— Je suis du SIS, comme vous. Et vous n'avez pas confiance en moi ? La misogynie ne s'arrête donc jamais, même en temps de guerre ?

— C'est à la fois plus compliqué et plus simple que cela, Margot. Je vous expliquerai le jour venu. Je vous le garantis. Mais quoi qu'il en soit, je tiens à avoir la main sur cette mission.

— Et c'est pour garder le contrôle que vous m'avez imposé ce jeu de piste à Hanoï, à l'École française d'Extrême-Orient, n'est-ce pas ?

— Je ne sais pas si le terme « jeu de piste » est l'expression adéquate. Mais au risque de me répéter, je préfère être prudent, oui.

— Eh bien soyez prudent mon père. Quant à moi je vais me coucher. Bonne nuit.

Je me lève en évitant soigneusement de croiser son regard. Comme une somnambule, assommée par la fatigue, je déambule entre les tables jusqu'à la sortie du restaurant puis hors du wagon, le long du couloir, et d'un pas lent et nonchalant je regagne ma cabine où je m'écrase sur le lit.

Pong, pong, pong. Les coups sont sourds, lointains, répétitifs. Mais ils ne parviennent pas à m'extirper de mon sommeil. Le bruit s'ajoute à ceux du rêve dans lequel je suis plongée. Cela cogne de partout, de façon continue, une sorte de musique de fond, vague et distante, tandis qu'au même moment j'entends une voix appeler au loin.

— Mademoiselle... Mademoiselle, vous m'entendez?

Cette voix se superpose à une autre, toute proche, plus familière, plus profonde, plus sensuelle, que j'entends murmurer dans le creux de mon oreille.

« Comment pourrais-je un jour vous croire? J'aimerais connaître votre réponse, Margot : Comment pourrais-je vous croire? Je vous aime, je vous veux. Mais comment pourrais-je de nouveau vous croire? »

Il est allongé sur moi, ses mains plaquées contre les miennes et je le sens s'introduire doucement et m'envahir de toute part. Je voudrais l'en empêcher mais une fusion absolue emporte tout. Il se propage, me possède, et je lui cède tout ce que je suis. Dans la pénombre, il m'est impossible de percevoir son visage mais je sais que c'est lui.

Pong, pong, pong. Les coups se succèdent à un rythme continu en arrière-plan, comme un fond sonore, puis diminuent progressivement jusqu'à devenir un lointain murmure.

Je suis ailleurs, transportée, sous l'emprise de cette masse sans visage. Je renifle son odeur, lèche sa sueur, colle mon bassin contre ses hanches, enlace mes jambes entre les siennes. Bloquée par la force de ses mains, je suis tout entière à sa merci. Je m'abandonne dans son va-et-vient. Et me cabre soudainement alors que je m'entends pousser un long et puissant gémissement.

Pong, pong, pong. Les coups pleuvent à nouveau, mais cette fois ils sont pressants, pesants, précipités, comme si un marteau-piqueur s'était subitement immiscé dans ma cervelle pour me faire revenir à la surface.

Pong, pong, pong.

Et tout s'écroule.

Sa masse, sa peau, son ventre, son sexe, sa sueur d'un coup disparaissent. Je garde les yeux entièrement clos pour essayer d'agripper ses mains, le retenir en moi, l'empêcher de partir mais c'est trop tard. Il a disparu, son image envolée. Je me réveille sonnée par le bruit, troublée par le rêve et sa vraisemblance.

— Mademoiselle, vous m'entendez? Il faut vous lever. Le train va arriver en gare de Lang Son dans 20 minutes. Un petit déjeuner vous attend dans le restaurant.

De l'autre côté de la porte, le contrôleur n'a donc pas cessé de frapper, manifestement inquiet de mon silence.

— Oui j'ai bien compris, merci.

Je me précipite hors du lit, l'odeur de Paul fermement inscrite dans la mémoire de mes sens, et m'habille à toute vitesse avant de foncer avaler un toast et une tasse de thé dans le wagon-restaurant vide. 9 h 09 précises. Le train

179

s'arrête net devant le minuscule bâtiment colonial blanc de la gare de Lang Son. Une chaleur étouffante me surprend à la sortie du wagon. Mes mains, mon cou, ma nuque sont aussitôt saisis par l'humidité. Je suis liquide.

À quelques mètres sur le quai, coiffé d'un panama pour s'abriter du soleil, le père Henri Brunswick m'attend déjà, vêtu de sa soutane.

— Bien dormi ?

— Superbement.

— Cela tombe bien car à partir de maintenant, nous rentrons dans un monde où le sommeil va devenir un luxe.

À la sortie de la gare, nous nous dirigeons vers une traction avant noire, garée en contrebas. À distance, je remarque qu'une silhouette occupe le siège du conducteur, sans que je puisse clairement l'identifier. Brunswick prend place côté passager, moi sur la banquette arrière, et le chauffeur se retourne pour me saluer.

— Bonjour Sylvie, Vous avez fait bon voyage ? Comment allez-vous ?

En le reconnaissant, je prends sur moi pour dissimuler mon étonnement.

— Bonjour Daniel.

Daniel Nguyen fait donc partie de la mission depuis le départ !

De toute évidence, c'est lui qui a mis en place tout le jeu de piste du père Brunswick et introduit, à l'école, le mémo d'instructions dans mon bloc-notes. Powell m'avait prévenue. Nous sommes tous du même côté, mais tout est cloisonné et tout le monde se méfie de tout le monde. L'ennemi contre lequel nous nous battons n'efface pas les rivalités et les coups bas au sein de notre camp. Je n'en prends clairement conscience que maintenant, dans cette voiture, au fin fond de l'Indochine, et je ne peux m'empêcher d'enrager intérieurement en repensant à toutes ces semaines passées à Hanoï. Il a dû bien se marrer, le Daniel, en m'observant jouer piteusement la comédie de la jeune étudiante française, la gentille Sylvie Duchemin, alors qu'il savait parfaitement qui j'étais. Un magnifique bizutage, a-t-il dû se dire. Oui, tout le monde se méfie de tout le monde. Même chez les résistants. Et les sourires tels que celui de Daniel à présent, dans la voiture, ne sont que de façade.

— Je suis ravi de vous retrouver. Ça va vous changer de Hanoï et de l'appartement de mes parents. Vous allez voir, cette partie du Tonkin est fascinante.

Il est temps que je réagisse. Brunswick me prend pour une marionnette. Si je ne m'impose pas maintenant, la mission va m'échapper. Ma voix est calme. Lente. Détachée.

— Je ne crois pas, Daniel.

— Pardon ?

— Je ne crois pas que je vais voir quoi que ce soit. Je n'irai nulle part.

Brunswick se retourne aussitôt. Il y a de la menace dans son regard turquoise.

— Qu'est-ce qui vous prend ?

— Je crois que vous avez parfaitement compris, mon père. Je n'ai aucune intention de travailler de cette façon, sans visibilité et sans la moindre information. J'ai des comptes à rendre au SIS. J'ai une tâche à mener. Alors les choses sont simples : soit on commence dès maintenant à travailler ensemble, ce qui implique de me briefer sur ce que vous avez en tête et les contacts sur place. Soit cela vous est impossible, et dans ce cas j'appelle tout de suite Hong-Kong pour rendre compte de l'état de ma collaboration avec vous. Qu'en pensez-vous ?

Brunswick ne me quitte pas du regard. Au bout d'un long silence, il s'adresse à notre chauffeur, sans jamais cesser de me fixer :

— Daniel, pouvez-vous nous laisser seuls un instant, s'il vous plaît ?

— Oui mon père.

Daniel quitte la voiture sans que le père Brunswick détourne un instant son regard du mien. Les fenêtres sont closes. La chaleur est écrasante. La nausée me gagne. Mais je lutte de toutes mes forces pour apparaître impassible alors que dans les yeux de Brunswick se dessine une violence et un mépris que je n'avais jamais perçus jusque-là.

— Je crois qu'il est temps de mettre les points sur les i, Margot.

— Je vous écoute.

— Je sais qui vous êtes, d'où vous venez et ce que vous avez fait pour les services secrets. Je connais vos méthodes et votre façon de fonctionner. Je sais jusqu'où vous pouvez aller pour obtenir une information, manipuler une source, retourner une cible. Et j'ai bien conscience qu'à ce titre vous avez la confiance de votre hiérarchie. Mais voyez-vous, il y a un problème.

182

— De quel problème parlez-vous?

— Paul de Promont.

— Pardon?

— Je sais tout, Margot. Tientsin, votre rencontre avec Paul, son coup de foudre, votre manœuvre pour qu'il quitte le régime de Vichy, l'abandon de Claire, de sa propre fille, sa fuite à Hong-Kong, la façon dont vous l'avez manipulé... Paul m'a tout raconté.

La surprise et la violence du déballage sont telles que je suis sidérée, muette. Je l'écoute, impuissante, et je m'interroge. Paul lui a-t-il vraiment parlé? A-t-il caricaturé à ce point notre histoire? Et surtout, pourquoi se serait-il livré à un inconnu, fût-il curé, alors que Paul est par nature un homme particulièrement prudent?

— Margot, il y a beaucoup de choses que vous ignorez à propos de Paul. Évidemment, vous ne pouviez pas savoir que lui et moi, nous nous connaissons de très longue date, depuis nos études à Sciences-Po où nous étions tous deux passionnés par l'Asie. Paul est mon ami. Nous n'avons jamais cessé d'être en contact. Je lui ai rendu visite à Tientsin à plusieurs reprises jusqu'à que tout bascule au printemps 1940. À lui, et à Claire bien sûr. Voilà pourquoi il m'a tout raconté lorsqu'il a débarqué à Hanoï. Et voilà comment j'ai compris que vous l'aviez manipulé et poussé à briser sa vie et sa famille pour qu'il rejoigne la Résistance. Alors, vous comprendrez aisément qu'il m'est impossible de vous accorder la moindre confiance.

» Je ne suis pas un enfant de chœur et je connais moi-même parfaitement les règles du renseignement. Et en l'occurrence, je sais bien qu'il n'y en a aucune. Seul compte le résultat. La fin justifie les moyens, n'est-ce pas ? Mais voyez-vous, je ne suis pas qu'un honorable correspondant des services secrets britanniques. Et en tant qu'homme d'Église et ami fidèle de Paul, je sais une chose : il ne se remettra jamais de la décision qu'il a prise. Vous l'avez certes poussé à faire un choix politique courageux – et qui sait, peut-être même héroïque si nous parvenons à gagner la guerre. Mais croyez-moi, il ne pourra jamais assumer cette décision. Jamais. Car au nom de ce choix, et à cause de vous, il a commis l'irréparable. Il a abandonné son enfant. Vous avez exploité sa principale faiblesse : la passion. La passion qui conduit à la lâcheté. Il n'a pas fait le choix d'entrer en résistance par courage politique. Mais parce qu'il ne voulait pas vous perdre. Et vous le savez très bien. Vous avez parfaitement manœuvré pour qu'il n'ait plus qu'une obsession : aller là où vous vous trouviez. Au fond, peu importe le lieu ou le camp politique. Il vous aurait retrouvée n'importe où. La passion que vous avez suscitée en lui l'a aveuglé, j'en ai la conviction… au point d'abandonner son enfant. Ce dont l'homme d'Église que je suis vous tient pour responsable.

Ces dernières phrases, les plus éprouvantes de son monologue, me sortent de la torpeur où je m'enfonçais.

— Je ne sais pas de quel abandon vous parlez. Paul est parti en mission. Il le leur a dit, et il n'a jamais pensé ne pas revenir. Lorsqu'il sera retrouvé, vous verrez que la première chose qu'il fera, ce sera de se manifester auprès de sa fille.

» Je ne peux donc pas imaginer que Paul ait pu vous raconter une histoire aussi absurde, mais je ne souhaite aucunement entrer dans une polémique avec vous à ce sujet. Pas plus que je n'ai à me justifier ou à vous démontrer que je ne suis pas celle que vous décrivez.

» Ce que je veux vous dire est simple : je vais aller chercher Paul. Et je vais le retrouver. Les raisons qui me poussent sont strictement personnelles et je pense qu'elles sont claires.

» Néanmoins, je suis chargée de mener à bien cette mission. J'en ai la pleine responsabilité pour le gouvernement britannique. Alors nous allons collaborer, mon père. Vous allez devoir partager vos informations et je vais devoir vous faire part de mon point de vue. Et nous allons ensemble, je dis bien ensemble, retrouver sa trace. Si en revanche, vous ne l'envisagez toujours pas de cette façon, si vous souhaitez m'exclure, qu'à cela ne tienne. J'en prendrai acte. Et dans ce cas je quitterai cette voiture sans plus attendre. À vous de me dire.

Le regard de Brunswick est chargé de violence mais le désarroi se lit sur son visage. Il reste silencieux le temps de rassembler ses idées et soupeser les options. Je le vois enfin se ressaisir et sortir de l'état de confusion dans lequel mon discours l'a plongé. Son ton est volontairement sec et cassant, mais il cède.

— Vous ne l'emporterez pas au paradis, Margot. La vie est longue. Un jour on se retrouvera.

— En attendant, mettons-nous au travail, voulez-vous ?

*

La route est étroite, sinueuse, escarpée et la progression lente vers le col de Mau Son. Le sommet culmine à 1 500 mètres d'altitude au-dessus de la jungle et, à l'allure où nous allons, il me semble inaccessible. Depuis des heures, la traction avant grimpe péniblement, en longeant les pentes d'un ravin vertigineux, dans une interminable succession de virages en épingle à vous rendre malade.

À perte de vue, les courbes spectaculaires de centaines de rizières en terrasse s'imbriquent harmonieusement les unes dans les autres, comme d'immenses marches d'escalier menant avec grâce jusqu'aux sommets des collines et des montagnes.

— Nous devrions atteindre le col de Mau Son d'ici une heure. Et ensuite ce sera plus simple, si toutefois nous ne sommes pas en retard.

Le père Brunswick a les yeux rivés sur la carte routière qu'il tient fermement en main pour nous guider depuis que nous avons pris la route à la sortie de la gare de Lang Son, il y a environ quatre heures. Agrippé au volant et concentré sur la route, Daniel ne dit pas un mot. Son stress est palpable lorsque depuis la banquette arrière, à travers le rétroviseur, je croise furtivement son regard inquiet et fuyant.

Nous avons rendez-vous au col de Mau Son à 18 heures précises. Or la nuit est déjà en train de tomber et elle freine notre avancée. À entendre le père Brunswick, en cas de retard, notre contact ne patientera pas.

— Ce serait trop risqué. La région est infestée de Japonais. Il y a aussi une base militaire française pas très loin. Notre contact ne prendra pas le risque de rester à découvert si nous ne sommes pas là au bon moment.

— Il s'agit d'un Français, c'est bien cela, mon père ?

— Oui, Margot. C'est le résistant dont je vous ai parlé tout à l'heure.

Nous atteignons péniblement le col dans la nuit. En arrivant sur le haut plateau, pour éviter d'attirer l'attention, Daniel éteint ses feux puis commence à ralentir. Après quelques dizaines de mètres dans l'obscurité, il finit par garer la voiture à l'endroit précis du rendez-vous, devant la seule borne routière qui indique que nous sommes bien au col de Mau Son.

Le prêtre regarde sa montre. Nous sommes à l'heure.

— Il n'y a plus qu'à guetter et patienter, marmonne Brunswick qui, pour la première fois, malgré le stress du trajet, paraît détendu.

Après notre querelle, son attitude a radicalement changé. Il s'est montré beaucoup plus transparent. Et depuis, c'en est presque étrange, j'ai l'impression d'avoir affaire à un autre homme. Pendant le trajet, il m'a briefée en détail sur la situation en m'expliquant sa stratégie : s'appuyer en priorité sur les colons français de la région qui ont choisi la Résistance pour savoir comment Paul a organisé son réseau et où il a mené ses opérations.

Et ce soir, le contact avec qui nous avons rendez-vous est, selon Brunswick, particulièrement précieux.

— Il a 19 ans. C'est le fils d'une famille de riches propriétaires qui possèdent des centaines d'hectares de rizières et de forêts. Avoir une immense exploitation comme la sienne dans cette région perdue, c'est un atout énorme pour organiser des actions clandestines.

— Comment ça?

— Ils connaissent par cœur le terrain, la jungle, la montagne. Et les gens! Ils connaissent les Hmong et les Dao qui savent comment se cacher dans cette nature sauvage, et tromper l'ennemi.

— Mais pourquoi entrent-ils en résistance alors qu'ici personne ne semble touché par la guerre et les événements?

— Détrompez-vous. Même ici, au milieu de nulle part, la guerre a une incidence sur la vie quotidienne. Quand les Japonais ont envahi l'Indochine, ils ont augmenté considérablement les taxes sur le riz, le bois et toutes les matières premières. Pour les producteurs, qui sont tous français, et pour les populations locales, c'est terrible. L'impact est considérable.

Alors que nous parlons, un rayon de lumière apparaît au loin dans la nuit et avance progressivement vers nous. Il s'agit d'une torche derrière laquelle se dessine la silhouette d'un homme. En l'apercevant, je ne peux m'empêcher de m'exclamer:

— Le voilà, il est là-bas!

Aussitôt Brunswick tape sur l'épaule de Daniel qui démarre en trombe. Tandis que la voiture se lance à pleine vitesse, j'ouvre la portière arrière en grand et lorsque nous arrivons à sa hauteur, l'homme à la torche plonge la tête la première et se jette à l'intérieur du véhicule.

Puis nous filons dans la nuit, tous feux éteints.

— Tout va bien? Vous êtes entier?

Le jeune homme semble surpris d'entendre la voix d'une femme en guise de bienvenue. Quand il me découvre, il marque un très léger temps d'arrêt qui révèle son étonnement.

— Euh… oui… je suis bien entier.

— Je m'appelle Margot Midway, bonsoir.

— Et moi Julien Basé, enchanté. Bonsoir mon père, bonsoir Daniel.

Brunswick et Daniel répondent de concert. Les salutations sont brèves.

J'avoue être moi aussi décontenancée en découvrant la tête du jeune homme. Sous une boule foncée de cheveux frisés apparaît un visage joufflu bourré d'acné. On dirait un adolescent prépubère à qui on aurait greffé les cordes vocales d'un fumeur de 35 ans. Mais l'envie de sourire disparaît dès lors qu'il évoque la suite des événements.

— Bon, il y a un petit changement de programme.

— Qu'y a-t-il? s'alarme Brunswick.

— Vous accueillir à la maison serait trop risqué. Depuis quelques jours, les « Japs » sont sur les dents, ils intensifient la surveillance. Ma famille est dans le collimateur. Une quinzaine d'ouvriers agricoles qui faisaient

189

de la Résistance ont été arrêtés et déportés hier soir à la suite d'une descente de la Kenpeitai, la police politique de l'armée japonaise. Il est plus sûr d'aller ailleurs. Nous avons déplacé le rendez-vous dans un village au cœur de la jungle.

Sur instruction de Julien, Daniel ralentit et se met à suivre une piste qui descend tout droit, sur plusieurs kilomètres, jusqu'aux abords de la forêt. Enfin nous arrivons à une planque derrière une armée de bambous et y garons notre voiture.

En file indienne, barda sur le dos, nous pénétrons dans la jungle, guidés en pleine nuit par la torche de Julien. La lampe n'éclaire le sentier qu'à quelques mètres devant nous et c'est la seule source de lumière dont nous disposons. La lune est dissimulée sous un épais ciel nuageux. On ne voit rien derrière nous ni sur les côtés. L'obscurité est totale.

Mais le plus saisissant, c'est le vacarme et le bourdonnement tonitruant des insectes superposés à toutes sortes de crissements, sifflements, murmures et ronflements. Impossible de reconnaître un seul animal tant le brouhaha est décousu, saccadé, anarchique. Un tintamarre frénétique et envoûtant où mon esprit vagabonde. Alors que nous avançons en silence, les uns derrière les autres, Paul s'immisce, par surprise, dans mes pensées.

Des questions en rafales, désordonnées, s'imposent à moi. Où peut-il bien se trouver dans cette vaste jungle et dans quelles conditions parvient-il à survivre? S'attend-il à ce que je sois à sa recherche? Le souhaiterait-il seulement?

Et brusquement je m'aperçois qu'étrangement, jamais jusqu'à maintenant je ne m'étais posé la question de ses sentiments. Pour la première fois, j'en viens à me demander si ce que j'éprouve pour lui est réciproque. Et si je m'étais fait un film, inventé une grande histoire? Depuis Hong-Kong, Paul a complètement disparu. Je ne sais rien de sa vie, j'ignore quelles rencontres il a pu faire, et rien ne me prouve que mon entêtement à le retrouver relève d'autre chose que de prendre mes désirs pour des réalités.

Ce qui me sidère encore davantage, c'est qu'à aucun moment avant ce soir ces questions ne m'avaient traversé l'esprit, moi dont la nature est pourtant à la prudence plutôt qu'à l'emballement. J'ai beau chercher, je n'arrive pas à comprendre comment j'ai pu à ce point me voiler la face et agir aussi aveuglément. Je me souviens seulement de ma réaction lorsqu'il y a quelques mois j'ai su, de la bouche de Powell, que Paul avait disparu en mission. La peur qu'il soit mort m'avait glacé les sangs. Puis une fureur animale, intuitive, incontrôlable s'était emparée de moi. Un besoin viscéral et irréfléchi de le retrouver coûte que coûte m'avait alors saisie.

— Je suis vraiment piquée!

— Pardon?

Julien Basé marche juste devant moi et il se retourne, pensant que je m'adressais à lui.

— Non, rien Julien. Je parlais tout haut sans m'en rendre compte.

— C'est l'effet de la marche, ça, Margot. Nous sommes bientôt arrivés. Regardez là-bas, au loin.

Julien doit être doté d'une vue hors du commun car dans un premier temps je ne vois strictement rien. Après ce qui semble un long moment, je parviens enfin à distinguer une vague lueur.

— Oui, j'arrive à voir maintenant. Un point blanc tout flou et tout petit, au loin, derrière les feuillages, c'est bien ça ?

— Oui, c'est cela. C'est le village. Il paraît encore loin, en contrebas, mais nous y sommes presque.

Cette minuscule lumière qui éclaire le soi-disant village semble encore à des kilomètres de distance, pourtant Julien a raison, il nous faut moins de dix minutes pour y accéder. Après avoir grimpé puis dévalé une dernière colline, nous finissons notre marche dans la forêt, en traversant un ruisseau avant de passer une dernière barrière de lianes et de feuillages et de découvrir une clairière. Elle est illuminée par de très grandes torches. Je me rends compte que ce sont les flammes de ces torches que Julien était parvenu à distinguer au loin. Sentiment étrange. Tout est éclairé mais il n'y a personne. Pas âme qui vive. Au bout de la clairière se dessine un groupement d'une dizaine de cabanes en bambou sur pilotis. Les fenêtres et les persiennes sont closes. Tout semble vide. Mais en regardant avec attention, de fins rayons de lumière filtrent à travers les lamelles en bambou des habitations.

Une voix grave s'échappe d'une des cabanes.

— Vous êtes tous là ?

— Oui, nous sommes au complet, répond Julien.

Quelques secondes plus tard, trois hommes surgissent d'une des maisons pour venir nous saluer. Il y a un Tonkinois et deux Français dont l'un, rond, trapu, avec des cheveux argentés en brosse, se présente comme le père de Julien. Il colle parfaitement à l'image d'un chef de guerre dans sa saharienne et son treillis. En découvrant notre groupe, il se précipite d'abord vers celui qu'il reconnaît pour le saluer d'une accolade virile et fraternelle.

— Quelle joie de vous voir, mon père! Vous avez fait bonne route?

— Épuisante mais sans accrochage. Donc un voyage parfait.

Henri Brunswick se tourne aussitôt vers moi et, contre toute attente, il me présente en spécifiant ma fonction au sein du groupe.

— Je vous présente Margot Midway. C'est elle qui est chargée de la mission du SIS pour retrouver Paul. En somme, notre patronne.

Les yeux noirs et vifs de notre contact me transpercent dès qu'il me fixe.

— Enchanté, Pierre Basé, ravi de vous connaître. Vous devez être éreintée.

— Je savais que la route serait longue.

— Certes mais il vous faut absolument dormir quelques heures car ensuite nous avons du pain sur la planche. On va vous installer dans les différentes cabanes. Et nous nous retrouvons ici même pour faire le point à 4h30, avant le lever du soleil.

Je jette un œil sur ma montre. Une heure trente du matin. Cela nous laisse moins de trois heures de sommeil. Un des Tonkinois qui accompagnent Pierre Basé m'amène à la bicoque sur pilotis, la plus éloignée de la clairière.

Une paillasse en nattes est installée à même le sol. Je m'y laisse tomber, me tourne sur le côté pour me coucher en boule et perds connaissance aussitôt.

*

Au début, la sensation de chaleur n'est pas désagréable. Puis petit à petit, elle m'agresse au point de me tirer violemment du sommeil. En ouvrant l'œil, je découvre avec stupeur un rayon lumineux braqué sur ma paupière.

— Pouvez-vous éteindre votre lampe de poche, s'il vous plaît ? Je l'ai en pleine figure.

Mon ton est sec et le Tonkinois qui se tient droit, juste devant moi, au bout de la paillasse, retire immédiatement la torche de mon visage. Mais je comprends qu'il ne fait qu'appliquer les consignes pour réveiller les invités de Basé.

— Il est 4 heures. Du thé vous attend au briefing dans la clairière.

Humeur de chien. J'ai l'impression de ne pas avoir fermé l'œil. Ma bouche est pâteuse. La migraine monte. Un mal de cœur me saisit. Je fonce vers le lavabo, attrape le pommeau de douche et laisse l'eau glacée m'envelopper assez longtemps pour me sortir de mon état de léthargie avant d'enfiler mes vêtements puis de quitter la hutte à la hâte.

Il fait encore nuit et cette fois la jungle est plongée dans le silence. Seule la voix grave de Pierre Basé rompt la tranquillité des lieux. Au milieu de la clairière toujours illuminée de grandes torches, le groupe est rassemblé autour d'une table sur laquelle sont disposés une grande théière, des tasses en métal et des gâteaux secs. Je m'aperçois que je suis la dernière arrivée et je m'assois discrètement en saluant tout le monde de la tête tout en attrapant des biscuits et une tasse.

Pierre démarre en nous exposant le danger de la situation actuelle, ici, au nord du Tonkin, à deux pas de la frontière chinoise. Les rafles japonaises, dit-il, sont monnaie courante et tout aussi arbitraires et violentes que celles des nazis en France. Les tortures et les exécutions sommaires se multiplient. La cible des Japonais, ajoute-t-il, c'est tout qui ce qui ressemble de près ou de loin à un réseau de résistants. Nous sommes donc visibles.

— Que vous soyez français, chinois, ou viets, pour eux c'est la même chose. Vous comprenez pourquoi j'ai préféré vous recevoir ici au cœur de la jungle, plutôt que dans notre grande maison. Ma plantation est sous surveillance et la police japonaise a arrêté quinze de nos hommes hier. Ils ont très vraisemblablement été torturés puis exécutés.

Il marque une pause comme pour s'assurer d'être entendu. Personne ne semble vouloir réagir avant que Pierre n'aille jusqu'au bout et aborde la recherche de Paul.

— C'est compliqué d'avoir des infos sur Paul. Ces derniers mois, les Japs ont démantelé plusieurs réseaux, on ne sait pas combien au juste. Et surtout on n'arrive pas à savoir si celui de Paul est tombé ou pas. On est incapables de dire s'il est même encore vivant.

La froideur avec laquelle il annonce l'éventualité d'une tragédie me panique. Il me faut dissiper l'angoisse. Je décide de rompre le monologue assommant de Pierre Basé, en l'interpellant avec une série de questions dont le ton masque assez difficilement mon impatience.

— Mais est-ce qu'on sait où il a opéré? Comment il s'est organisé? Avec qui il a travaillé? Sait-on quelque chose de précis à propos de Promont?

J'évite de croiser son regard mais en face de moi, à l'autre bout de la table, je sens que le père Brunswick me fusille de son regard clair. L'insolence de mes questions a jeté un froid dans l'assemblée. Seul Pierre Basé semble indifférent à mon impertinence. Il reste concentré sur ses propres réponses.

— Il y a un an, Paul est venu me voir sur les conseils du père Brunswick pour que je l'aide à monter un réseau financé par les services secrets britanniques. Dans un premier temps, nous avons rassemblé des Français de la région, la plupart sont des agriculteurs comme moi, qui produisent du riz ou du bois, et sont installés ici depuis des générations. L'idée de Paul était de les pousser à quitter l'Indochine pour rejoindre la Résistance à Londres et se battre en Europe. Mais cette idée était impossible à réaliser.

196

— Pourquoi?

— Parce que les gens veulent se battre ici, Margot. Personne ne veut quitter le Tonkin pour aller faire la guerre ailleurs, alors qu'ici même nous subissons l'envahisseur japonais et le régime de Vichy.

— Je comprends, mais alors si les gens ont refusé de partir, qu'est-ce qui s'est passé? Qu'a fait Paul?

— Eh bien, il a décidé de faire la guerre ici avec nous, plutôt que de repartir. Il a donc monté un réseau avec quelques Français, mais il s'est surtout appuyé sur les ethnies Hmong et Dao qui connaissent cette région reculée comme personne.

— Et a-t-on une idée de ses faits d'armes?

Je remarque que Pierre Basé recule d'un pas et, suivant les règles propres à la discipline militaire, se met en retrait pour introduire l'un des hommes qui, il y a quelques heures, nous a accueillis à ses côtés. Il est français, âgé d'une trentaine d'années, se présente sous le nom de Samuel Décart et déclare être contremaître sur les plantations d'hévéa de Pierre Basé. Il affirme aussi avoir été recruté par Paul il y a un an dans son réseau. À l'entendre, il a suivi Paul dans près d'une dizaine d'opérations clandestines.

— On visait les trains et les chemins de fer entre la frontière chinoise et la ville de Lang Son. C'est un axe stratégique. Cette ligne de train est l'unique moyen de communication entre la Chine et le Tonkin. Elle permet aux Japonais d'acheminer des armes, de faire venir des troupes mais aussi de transporter des marchandises. Alors on a fait exploser les rails à plusieurs endroits. Et lors de ma dernière mission, on a carrément réussi à détruire un pont, il y a environ quatre mois.

— Et c'était quel pont?

— Celui de Dong Dong. Il se trouve à trois kilomètres de la frontière chinoise. C'est une sorte d'immense passerelle construite tout en fer, à quarante mètres au-dessus de la jungle.

— Et après ce dernier coup, vous êtes partis?

— Oui. Ça commençait à devenir compliqué. Les Japonais étaient sur les dents. On savait qu'ils avaient démantelé plusieurs réseaux. Alors j'ai voulu me mettre au vert le temps de voir ce qui se passe. La dizaine d'autres Français du groupe ont fait comme moi. On est tous partis plus ou moins au même moment.

— Et Paul?

— Lui aussi a décidé d'être plus discret et d'arrêter les opérations de sabotage le temps que les choses se calment. Mais il est resté là-bas, dans la jungle, alors que nous sommes redescendus chez nous, dans la région de Lang Son, pour reprendre une vie normale en attendant.

— D'après vous, comment peut-on le retrouver?

— Il est avec les Hmong ou les Dao. Mais je pense qu'il a dû s'enfoncer dans la jungle. Le seul moyen de retrouver sa trace est de nous rendre au village Hmong où nous campions dans la forêt, le long du fleuve Kỳ Cùng, au début.

— C'est loin?

— Sept kilomètres. Une grosse journée en pirogue.

198

*

Et en ce moment, au milieu du silence, je me demande comment j'arrive encore à contrôler ma peur. Pas un bruit, pas un signe de vie. Le clapotis de l'eau au contact de nos coups de pagaie est le seul son perceptible.

Depuis des heures nous naviguons à découvert, en remontant le fleuve Kỳ Cùng. De part et d'autre, la jungle épaisse dégouline sur la rivière. Je me sens observée, vulnérable, à la merci de n'importe quel tir ou embuscade. La mangrove est d'une telle opacité qu'il est impossible d'y déceler la moindre présence, le moindre danger. Mais je suis convaincue d'une chose. En cas d'attaque japonaise, nous sommes perdus. La mitrailleuse américaine Browning installée sur l'avant de la pirogue date de 1917 et montre des signes de rouille sur le canon. Quant aux trois pistolets mitrailleurs britanniques Enfield dont disposent Pierre Basé et ses hommes sur le bateau, ils ne feront jamais le poids face à l'artillerie nippone.

Plus on s'enfonce dans les méandres du fleuve, plus j'ai l'impression de plonger dans l'inconnu. Alors que la pirogue glisse sur la rivière, le canal se met à rétrécir pour devenir un long passage dans la mangrove, fait de multiples virages et de lacets, avant qu'à sa sortie n'apparaisse brusquement une vision fantomatique : un épais et immense brouillard flottant au ras de l'eau, comme si une sorte de mur avait été érigé à travers le fleuve pour nous dissuader de continuer la route et de découvrir ce qui semble être un autre monde.

— On est presque arrivés, me chuchote Samuel. Vous allez voir. Derrière c'est autre chose.

À très faible allure, la pirogue traverse la purée de pois blanchâtre. Il n'y a pas la moindre visibilité à plus d'un mètre, alors nous décidons de laisser le bateau dériver. La navigation est hasardeuse. Pendant près de vingt minutes, l'embarcation file lentement au rythme du cours d'eau.

D'un coup, tout s'arrête net.

— Nous venons de heurter un barrage de rondins de bois, alerte Samuel, qui s'est posté à l'avant pour nous servir de guide. Cela signifie qu'on est à la frontière de leur territoire.

Alors que nous restons immobiles, je distingue progressivement des silhouettes dans la brume. On dirait des fantômes surgis de nulle part. Des hommes maigres, vêtus de tuniques bleu foncé identiques, turban rouge vissé autour de la tête, se tiennent droit comme des i sur leurs pirogues, tous une lance à la main.

— Ce sont les Hmong, glisse Samuel. Ils sont reconnaissables à leur uniforme et leur turban.

Au début, je ne distingue que deux ou trois hommes, mais au fur et à mesure que le brouillard se dissipe, j'en vois à gauche, j'en vois à droite, j'en vois juste devant notre bateau, puis au-delà, bien plus loin, partout sur le fleuve. Une hallucinante marée humaine sur l'eau de plusieurs dizaines, peut-être plusieurs centaines d'hommes en uniforme bleu, foulard rouge sur la tête, stoïques sur leurs embarcations, qui nous regardent, muets, en bloquant l'accès au reste du fleuve.

— *Xin chào!*

Samuel hurle à l'assemblée « bonjour », en vietnamien.
Pas de réponse.

— *Xin chào!*, répète-t-il, sans toutefois susciter davantage de réaction.

Ce lourd silence ne le décourage pas. Il se met à vociférer, dans cette langue qui m'est totalement incompréhensible :

— *Chúng ta là nguoi Phap.*
Cac khang chat Phap. Ten toi là Samuel Décart.
Toi Thuoc vao mang Promont. Chúng ta hãy thử một trong chúng ta : giám đốc của chúng tôi... Paul de Promont.

En l'entendant prononcer le nom de Paul en vietnamien, je ne peux m'empêcher de murmurer à son oreille :

— J'ai entendu que vous parliez de Paul. Qu'est-ce que vous venez de leur dire ?

— Je leur ai dit que nous sommes français. Des résistants français. Que je m'appelle Samuel Décart et que j'appartiens au réseau Promont. Et que nous cherchons l'un des nôtres qui a disparu, notre chef : Paul de Promont.

Au milieu de cette foule immobile, une voix s'élève enfin au loin sans que je puisse identifier l'homme qui prend la parole. Il s'exprime dans un français parfait.

— Si vous faites partie de ce réseau, vous pouvez nous dire quel est le signal ?

— Oui, mais pas devant n'importe qui, lâche sèchement Samuel, sans savoir à qui il s'adresse.

Les dizaines de pirogues font aussitôt mouvement pour nous ouvrir le passage et nous sortons du brouillard pour nous diriger vers la rive. Sur un ponton de fortune, en contrebas d'un village de cabanes sur pilotis, j'aperçois un jeune homme au visage émacié dont les yeux souriants captent immédiatement l'attention. Il porte le même uniforme bleu nuit que ceux des Hmong sur leurs pirogues. Mais lui n'a pas de turban, ce qui semble indiquer qu'il est leur chef.

— Vous êtes bien nombreux sur une seule embarcation, s'amuse-t-il en nous accueillant sur le ponton.

Samuel continue à s'adresser au jeune Hmong et s'impose comme le porte-parole du groupe, alors que tout le monde, y compris Pierre Basé et Henri Brunswick, reste en retrait pour les écouter.

— Mon nom est Tioc et je dirige ce village. Maintenant, pouvez-vous répondre à ma question et me donner le signal réservé aux membres du réseau?

— ... Éléonore.

En entendant le prénom de la fille de Paul, j'ai un sursaut. Me revient brutalement en tête la querelle avec Brunswick à la gare de Lang Son, lorsqu'il avait affirmé que Paul avait lâchement abandonné Éléonore et sa femme pour partir à ma recherche.

Mon esprit se met à galoper à des années-lumière. Comment Paul aurait-il pu commettre une telle faute? Et pourquoi me l'aurait-il cachée, pour l'avouer ensuite à Brunswick? Des questions dont je mesure l'absurdité tandis que l'échange entre Samuel et Tioc me ramène à la réalité.

— C'est bien ça, monsieur Décart. À vrai dire, cela fait des mois que je n'avais pas croisé un membre du réseau Promont.

— C'est pourtant bien votre village qui a servi de base à Paul, puisque j'y ai moi même séjourné avec lui avant de partir pour les opérations de Chemins de fer?

— Oui c'est exact. À l'époque je terminais mes études à Hanoï. Je suis arrivé il y a deux mois. Et c'est à ce moment-là que j'ai rencontré Paul.

— Comment allait-il?

— Mal, très mal. Les Japonais étaient à sa recherche alors qu'il était tout seul, sans ses hommes, en train de se cacher. Il était blessé... et malade.

Je me demande si j'ai correctement saisi. Sans réfléchir, je les coupe net en m'adressant directement à Tioc.

— Comment ça, blessé et malade? C'est Paul de Promont qui est blessé et malade?

— Oui. Il est arrivé ici avec une balle dans la jambe. Nous avons soigné ses blessures. Mais il était aussi malade. Une fièvre très forte. Et des maux de tête paralysants. Est-ce la malaria? Nous ne savons pas. Au bout d'une semaine, on a réussi à calmer la douleur avec des plantes comme le Qing Hao qui fait baisser la fièvre. Mais je doute que la maladie ait disparu.

— Et où est-il maintenant?

— À l'abri. Là où les Japs ne peuvent pas s'aventurer. Ils sont venus ici pour essayer de le trouver mais nous l'avions déjà déplacé.

— Et comment va-t-il?

— Vous jugerez par vous-même, mademoiselle.

15.

Margot, 9 février 1942

Je ne mesure pas ce qui, dans quelques minutes, va m'arriver.

Je ne ressens plus rien, ni la douleur, ni la fatigue, ni même une émotion. Je viens de gravir les dernières marches bancales pour atteindre le haut plateau. J'avance maintenant comme un zombie sur un sol inégal, aride et rocailleux, en direction de la seule colline aux environs alors que j'aperçois les premiers rayons du soleil se lever au-dessus de la jungle et inonder d'une douce lumière orange l'enfer vert qui s'étend à perte de vue.

Je suis hagarde et je marche sans réfléchir en suivant mécaniquement les pas de Tioc, juste devant moi. Malgré l'épuisement, l'état de somnolence dans lequel je suis plongée m'est paradoxalement d'une aide précieuse pour continuer la marche. Je n'ai plus à penser ou à réfléchir. Je ne fais qu'avancer, à bout de forces, sorte de machine humaine.

Depuis que Tioc et ses hommes ont pris en main l'expédition, nous ne nous déplaçons jamais de jour. C'est la condition qu'il a fixée pour nous emmener.

— Nous n'avons pas d'autre choix si nous voulons éviter les tirs ennemis, nous avait-il prévenus avant de quitter le village Hmong près de la rivière il y a six jours, et d'ajouter : Sinon on n'a aucune chance d'y arriver.

Notre périple s'est donc déroulé sur ces six dernières nuits. Torche à la main, nous avons remonté le fleuve, arpenté la forêt, grimpé une vingtaine de collines en suivant les chemins tracés par les contrebandiers de teck, d'acajou et de toute autre sorte de bois exotiques pillés dans la jungle.

Nos journées, nous les avons passées, là encore, dans l'obscurité. Pour éviter d'être repérés en plein jour par les avions de reconnaissance japonais qui tournent sans cesse au-dessus de la jungle, nous avons trouvé refuge dans les cavernes, grottes ou galeries souterraines creusées par les Hmong, avant de reprendre la route au coucher du soleil.

Je ne saurais dire depuis combien de temps je n'ai pas dormi.

L'embuscade du village de Shin Chai, en pleine forêt, tourne en boucle dans mon cerveau et nourrit mes insomnies. L'attaque s'est passée avant l'aube, il y a trois ou quatre nuits, alors que nous marchions silencieusement depuis des heures en suivant les éclaireurs.

Et soudain, l'ordre de nous coucher.

Je me suis jetée au sol. Il était mouillé.

Tout s'est passé dans le noir, la scène était alimentée uniquement par les sons. À commencer par le boucan de mes pulsations cardiaques qui retentissaient en moi alors que j'étais par terre, le visage appuyé sur le sol humide…

Puis le bruit étouffé des pas agiles des soldats en train de se disperser par dizaines, en silence, dans la forêt, pour encercler le village… Puis rien. Plus rien pendant ce qui a semblé un temps infini… jusqu'à ce qu'un insupportable concert de hurlements jaillisse et déchire les premières lueurs de l'aube. Quelques instants plus tard, nous avons repris la marche en traversant Shin Chai, la nausée m'a envahie en découvrant d'où étaient venus les cris.

Dans la ruelle principale du village étaient étendus des corps vêtus d'uniformes gris. Ils baignaient dans le sang coulant de leurs gorges tranchées à la machette.

Je me suis arrêtée, saisie d'horreur.

Leurs visages étaient inertes, lisses, joufflus, sans aucune ride. Leur bouche et leurs yeux étaient grands ouverts, un regard plein d'innocence dirigé vers le ciel. Ils ne pouvaient pas avoir plus de 16 ans. Une dizaine de corps d'enfants en treillis, déguisés en soldats, gisaient ainsi sur le sol. Alors que nous traversions le village en contournant les cadavres, il m'a été impossible de retenir la nausée qui m'étouffait. Le massacre de cet escadron japonais ne comptait aucun survivant. Lorsqu'à la sortie du village j'ai remarqué la machette ensanglantée que le guerrier Hmong qui marchait devant moi portait à sa ceinture, je me suis écroulée d'un coup. Mes entrailles se sont vidées jusqu'à ce que je m'épuise.

Et maintenant sur le haut plateau, tandis que le jour apparaît, je continue d'avancer, bouleversée, sans savoir ce qui, dans quelques minutes, va m'arriver.

Brusquement, Tioc arrête le convoi pour me prendre à part.

— On y est presque, Margot. Promont est dans un endroit sécurisé quelque part à moins de 300 mètres d'ici. Le lieu où il se trouve est très exigu et difficile d'accès. Alors, nous allons y aller vous et moi. Et personne d'autre. Le reste de l'expédition ira se planquer en contrebas du plateau dans des galeries, avec mes hommes.

— C'est entendu.

Le père Brunswick est juste à côté. Pendant tout le périple à travers la jungle, il a marché derrière moi, dans la file indienne. Et malgré tous mes efforts pour le lui dissimuler, il doit percevoir mon état d'épuisement.

Je quitte le groupe et suis Tioc en luttant pour ne pas m'écrouler. Le soleil poursuit son ascension au-dessus de la forêt et déjà je me sens écrasée sous la chaleur. Mes jambes sont lourdes, mon pas hésitant. Chercher de l'ombre sur le plateau est inutile, rien ne pousse à cette hauteur. Le sol est aride, désertique, jonché de pierres et de débris de roches provenant probablement d'éboulements de la colline caillouteuse qui se dresse devant nous. Je remarque alors qu'à divers endroits apparaissent de toutes petites cavités, comme si un peu partout de minuscules ouvertures avaient été creusées dans la roche. À bien y regarder, la colline est en fait percée comme un gruyère. Tioc les pointe du doigt.

— Sans les trous, il n'y a pas d'oxygène.

— C'est-à-dire?

— La colline est creusée de galeries souterraines et elles sont gardées par les Hmong. La roche contient des métaux qui ont beaucoup de valeur, notamment du fer. Et personne ne veut que les Japonais mettent la main dessus.

— Et donc certains Hmong vivent ici?

— Pour garder l'endroit, oui. Voilà pourquoi il y a des trous. Sinon sous terre, ce serait invivable.

Après cinq minutes de marche dans cette chaleur étouffante, nous parvenons de l'autre côté de la butte et Tioc finit par s'arrêter. Il s'éloigne puis s'approche au plus près de la colline et se met à chuchoter.

— *Bạn nghe tôi không? Tôi tên là Tioc. Và tên mã Eleonor. Bạn nghe tôi không? Tôi tên là Tioc. Và tên mã Eleonor.*

Quelques secondes plus tard, on perçoit un frottement au ras du sol. Une pierre, rejointe bientôt par une deuxième puis une troisième, bouge au pied de la colline.

— Ils sont en train d'ouvrir. Allons-y!

À ma grande surprise, j'obéis sans opposer la moindre résistance. L'effroi qui m'a saisie ne disparaît pas pour autant. Je m'en rends compte bien après m'être faufilée dans la minuscule voie d'accès ouverte par le complice de Tioc.

Une fois à l'intérieur de la colline, il m'ordonne de le suivre pas à pas dans une galerie souterraine qui descend très profond. Le tunnel est étroit, soutenu tout le long par de maigres et fragiles rondins de bois. Quasi accroupie, j'avance dans l'obscurité en suivant le faible rayon de lumière de la lampe de poche de Tioc dont les piles donnent quelques signes d'épuisement. Je n'éprouve aucune sensation d'étouffement ou d'asphyxie. Ce qui me ronge est plus simple et bien plus effrayant. La peur de retrouver Paul. La peur de son regard, de sa réserve, de son rejet. Et si j'avais fait tout cela pour rien ? Et si vouloir à ce point le sauver ne relevait que d'une pure folie ? Comment ai-je pu croire que le temps n'avait pas eu de prise sur nos sentiments ? Comment ai-je pu envisager que cette passion qui me dévore encore soit intacte également chez lui malgré près de deux années de séparation ?

En me voyant brusquement ralentir, Tioc s'arrête pour me laisser reprendre de l'oxygène.

— Prenez votre temps. Nous sommes presque arrivés.

Nous parvenons rapidement en bas du tunnel devant une porte close. Après trois coups de poing bruyants contre la paroi, Tioc se fait ouvrir. En passant la porte, je suis stupéfaite par ce que je découvre : un grand espace en forme de cercle, creusé dans la pierre et illuminé par deux torches. Dans le mur, à divers niveaux, on distingue une dizaine de trous probablement reliés à ceux que j'avais vus à l'extérieur et qui apportent l'oxygène nécessaire pour respirer.

Un Hmong armé d'un pistolet mitrailleur est chargé de faire le guet. C'est lui qui nous a ouvert. Un autre soldat se trouve de l'autre côté de la pièce. Il veille sur tout autre chose, assis sur un tabouret à proximité d'un seau d'eau et d'un lit de camp sur lequel est allongée, inerte, une forme humaine. Un bandage taché de sang entoure la jambe gauche, au niveau du mollet. Un drap blanc recouvre le

209

corps, du bassin jusqu'au cou. Les yeux sont clos. Alors j'avance tout doucement sans faire de bruit.

Je lui prends la main et vois surgir une larme le long de son visage. Puis je m'approche tout près de lui pour chuchoter dans le creux de son oreille.

— Je suis là, juste là, auprès de vous. Et j'aurais été jusqu'au bout de la terre pour vous retrouver. Vous êtes mon ange. Et je vous aime.

Alors que ses yeux demeurent clos, je crois deviner l'esquisse d'un sourire.

TROISIÈME PARTIE

1944 – 1948

16.

« *Dalton Hall, le 29 juillet 1944*

Ma tendre Éléonore,

J'envoie cette lettre chez tes grands-parents, en Bretagne, en espérant que ce courrier te parviendra — même s'il restera probablement sans réponse, comme tous ceux que je t'ai envoyés.

Au moment où je t'écris ces lignes, la pleine lune éclaire les côtes du sud-est de l'Angleterre et les dizaines de navires qui s'apprêtent à prendre le large. Dans quarante-huit heures, je monterai à bord de l'un d'entre eux pour traverser la Manche et débarquer à l'aube sur les plages de Normandie, avec des milliers d'autres soldats.

Comme je te l'ai déjà écrit, j'ai rejoint les Alliés en août 40 pour prendre part à la Résistance dans le golfe de Chine. Les services secrets britanniques m'avaient confié une mission : rallier le plus de Français possible de la zone à la cause. J'ai fini par être fait prisonnier, mais ils ont réussi à m'exfiltrer via l'Inde.

En tant qu'officier de l'armée de la France libre, je fais partie des forces de la 2ᵉ DB. Et après avoir mené bataille en Afrique et repris le contrôle de nos colonies, nous partons enfin à l'assaut de l'occupant nazi sur les côtes normandes pour libérer notre pays.

Cette campagne de France me remplit autant d'espérance que d'inquiétude. Nul ne sait ce que le front et les combats vont nous faire endurer, ni le sort qui me sera réservé sur le champ de bataille.

Les informations arrivées de la première vague de troupes qui ont débarqué en Normandie au mois de juin sont assez effrayantes. Aussi il me paraît important de te parler et de te livrer ma part de vérité. À 14 ans tu es en âge, je crois, de comprendre ce que j'ai à te dire.

J'ai bien conscience qu'il t'est impossible de me pardonner. Comment pardonner à un père qui disparaît d'un coup en abandonnant ce qu'il a de plus cher au monde : sa fille ?

Je suis inexcusable. Il ne se passe pas un jour, depuis ce 4 août 1940, sans que je ne repasse le film de mon départ et ne ressente le poids toujours plus grand de ma culpabilité.

Je n'aurais jamais été capable de partir si je t'avais affrontée.

Cette faute est irréparable, elle est ma prison et je sais que je vais le payer jusqu'à mon dernier souffle.

Mais quatre ans plus tard il est temps de te faire part de ce que je n'ai pas eu le cran de te dire : les raisons de mon départ.

214

À l'époque, j'étais comme tu le sais diplomate et vice-consul de Tientsin, promis à un brillant avenir. La perspective de devenir à court terme ambassadeur n'avait rien de farfelu, si j'en crois les informations qui circulaient au ministère. Et cela aurait probablement été le cas si le gouvernement français n'avait pas soudainement choisi de pactiser avec Hitler. Au lieu de continuer de se battre, il a pris l'initiative de collaborer avec les nazis. Il s'est volontairement couché devant l'Allemagne.

Du jour au lendemain, nos ennemis sont devenus nos alliés. Et dans le même temps, nous avons tourné le dos aux Britanniques, aux côtés desquels nous combattions l'Allemagne nazie.

Au début j'ai essayé de continuer à faire mon devoir comme si de rien n'était. Comme tout le monde, je me suis tenu à carreau. J'ai tenté de me convaincre que mes supérieurs m'en seraient reconnaissants et ma carrière récompensée. Une carrière fondée sur le renoncement et la compromission. Les semaines passant, il m'est devenu de plus en plus difficile de jouer le rôle du fonctionnaire zélé, docile, discipliné. Le cynisme, l'imposture et la sensation de déshonneur me sont devenus insupportables.

Pour autant, j'étais incapable de faire le moindre choix. Et je me suis demandé quelle autre alternative que la Résistance il pouvait y avoir. J'ai cherché. Sans rien trouver. Car je me suis tout simplement rendu compte qu'il n'y en a pas.

Il n'existe aucun entre-deux entre la collaboration et la Résistance. Et même si certains prétendent appartenir à une troisième catégorie en étant passifs, inertes et apathiques, ils s'aveuglent. Leur inaction les rend complices. Et de cela je ne

voulais pas. Il n'y avait donc pour moi que ces deux solutions :
rester en place en reniant tout ce que je suis, ou refuser d'être
résigné et me battre.

Je pourrais évidemment te faire croire que j'ai compris tout
cela seul.

Je pourrais te faire croire que j'ai tout quitté au nom de
mes seules convictions et idéaux.

Je pourrais te faire croire au mythe du père héroïque.

Je pourrais... mais ce serait te mentir.

Or il est important que tu connaisses la vérité, même si
cela me coûte de te la dire.

Je n'avais jamais imaginé qu'il soit possible d'aimer une
autre personne que ta maman. La famille que nous formions
tous les trois était heureuse. Elle semblait inébranlable.
Mais il arrive que les certitudes, les projets, les schémas de
vie, soient bouleversés par une rencontre qui balaie tout sur
son passage. Une rencontre qui apparaît alors comme une
évidence et contre laquelle on ne peut rien. C'est ce qui m'est
arrivé lorsque j'ai croisé Margot pour la première fois.

Margot est anglaise et à l'époque, elle travaillait au
consulat britannique de Tientsin. Nous avons commencé à
nous fréquenter fin mai 1940, alors que la France se battait
encore aux côtés des Anglais contre l'Allemagne. Puis Pétain
est arrivé au pouvoir, et en quelques semaines tout a changé.
Comme la plupart des Anglais, Margot ne supportait pas
l'idée de la défaite et du renoncement. Rien de tout cela ne se
serait passé si je n'avais rencontré cette femme.

Tout a fini par basculer le 4 août 1940. Ce jour-là j'ai
décidé de m'évader. Ça me paraissait le seul moyen d'échapper

à la collaboration et entrer en résistance. Comme un fugitif, j'ai donc tout quitté et sauté dans le train pour Hong-Kong.

Dans un premier temps, j'ai rejoint les forces britanniques en Asie pour organiser des réseaux de résistance au nord de l'Indochine. Et puis de là je suis parti pour Londres rejoindre la France libre du général de Gaulle. J'ai alors intégré les forces militaires de la 2e DB et pris part au combat contre l'Allemagne sur le front d'Afrique du Nord. Et me voilà maintenant en Angleterre, à la veille de mon départ pour la campagne de France.

La fierté que j'éprouve à l'idée de partir me battre en France pour retrouver notre liberté et notre honneur est considérable. Mais cette joie ne sera jamais aussi immense que la honte qui me hante. Du fond du cœur, je te demande pardon.

Je ne peux hélas changer les événements que j'ai moi-même provoqués. Mais je me dois de t'apporter des explications. Cette lettre est un début. Je ne compte pas m'arrêter là.

Envoie-moi, si tu le veux bien, quelques nouvelles de toi.

Papa »

*

« La Haye-du-Puits, le 2 août 1944

Margot,

En vous écrivant ces lignes, assis derrière un pupitre, dans la salle de classe de la petite école de la mairie de La

Haye-du-Puits en Normandie, je ne parviens pas à retenir les larmes qui tombent sur le papier à lettres.

Ces larmes sont celles de l'immense émotion que j'éprouve à vous écrire ici, seul, comme un homme libre, dans une petite école d'un village de France sur laquelle, il y a quelques semaines encore, flottait le drapeau nazi.

Nous y sommes, Margot! Ce jour que je n'ai cessé d'espérer depuis mon départ de Tientsin, le 4 août 1940, est arrivé. Quatre ans plus tard, quasiment jour pour jour, ce rêve se réalise enfin.

À l'aube hier, j'ai posé le pied sur la France, en débarquant à Utah Beach dans le Cotentin avec le général Leclerc et la 2ᵉ DB.

Quelques semaines seulement après le D-DAY, l'armée française à laquelle j'appartiens est revenue sur sa Terre. Nous étions 16 000 hommes à sortir des barges et envahir la plage. Sans compter les chars, les camions, les Jeep ou les remorques. Au total, plus de 5 000 véhicules. Si vous aviez vu cette armada!

En touchant le sable de Normandie, je me suis rappelé ce que vous m'aviez dit, en 1940. Vous m'aviez volontairement bousculé en me posant ces deux questions:

Cela vous semble-t-il acceptable que la France se résigne et supporte d'être dominée par les Allemands?

Cela vous semble-t-il juste qu'il n'y ait plus que les Britanniques pour résister à Hitler?

Et aujourd'hui je me rends compte que sans vous je n'aurais pu faire tout ce chemin.

J'ignore si cela pourra un jour effacer toutes les souffrances et les trahisons du passé. Mais je sais que celui que je suis *aujourd'hui n'a plus grand-chose à voir avec celui que j'étais en 1940. Et fouler la plage de Normandie me confirme que quelles que soient les peines endurées, le choix de la liberté doit toujours l'emporter sur celui du conformisme et du renoncement.*

Paul »

*

« Dalton Hall, le 10 août 1944

Paul,

En lisant votre lettre, je mesure l'émotion qui est la vôtre.

J'aurais tellement aimé être à vos côtés pour vivre cet événement qui appartient sans nul doute déjà à l'Histoire.

Mais quelle ironie, tout de même !

Alors que j'ai tant œuvré pour que nous allions rejoindre ceux qui se battent pour délivrer le continent du joug nazi, me voilà maintenant dans l'incapacité de prendre part aux combats.

Qu'importe, au fond, car rien ne me rend plus heureuse que de partager vos exploits, en lui faisant la lecture.

J'ignore s'il peut m'entendre, mais je sens ses petites jambes me donner de sacrés coups dans le ventre dès que je me mets à lire votre lettre à voix haute. Le signe sans aucun doute d'une sensibilité aiguë aux actes de bravoure de son papa.

Je le sens partout en moi. Il bouge, s'agite, s'installe à son aise. Sa vie est manifestement trépidante et pour moi parfois épuisante. Pourtant, le savoir en moi me plonge dans un état que je n'avais encore jamais connu : celui de me sentir enveloppée par une sensation indicible de plénitude. Rien ne semble pouvoir me perturber. Rien à part vous.

Et les trois mois qui me séparent de son arrivée vont être longs sans vous, Paul. Ni vous ni moi ne pouvons prédire si vous serez présent pour sa naissance. La campagne de France va durer des mois, peut-être plus. Et nul ne sait quand nous nous reverrons. Cette perspective me rend mélancolique.

Vous êtes parti il y a moins d'une semaine et votre absence a déjà créé un vide épouvantable que je n'avais jamais éprouvé jusqu'à présent lors de nos multiples séparations. Il faut dire que les quatre derniers mois que nous avons passés ensemble dans la campagne anglaise, pendant que vous suiviez votre entraînement, m'ont habituée à une vie conjugale qui me manque désormais affreusement. Je sens votre parfum, je sens votre présence en permanence dans la maison. J'ai un besoin constant de vous avoir près de moi.

Je vous aime.

Margot »

*

« Sarcelles, le 23 août 1944

Margot,

Aujourd'hui, pour la première fois, j'ai perdu des hommes. Des soldats de ma section ont été pris au piège et je n'ai rien pu faire.

Cela s'est passé au soleil couchant, vers 19h30, alors qu'on entrait dans les faubourgs de Sarcelles. La ville était calme, les rues désertes.

Et soudain... le bruit sifflant puis mat du feu des snipers.

Une poignée de tireurs invisibles, planqués dans des immeubles et maisons dévastés, au premier carrefour, se mettent à canarder. Les tirs simultanés tombent en rafales, partout autour de nous. J'entends encore le bruit des balles qui font "chtouk!" au moment de heurter la carlingue du char derrière lequel je cherche à me cacher. La scène est effrayante. Elle m'a plongé dans une peur panique, une peur incontrôlable que dans les pires moments d'embuscades en Indochine ou en Afrique du Nord je n'avais pas éprouvée.

Je me suis accroupi, en position fœtale, les yeux fermés, la tête coincée entre mes jambes. Je tremblais comme un enfant, saisi par la panique, en priant pour ne pas être pris pour cible. J'ai été sauvé. Ils ont visé ceux qui étaient à découvert : deux fantassins et un conducteur de char juché sur son tank. Balles dans la tête. Morts sur le coup. Ils n'avaient pas 20 ans.

Je suis plein de haine. La peur m'a paralysé. Je n'ai rien fait pour empêcher le carnage. Je suis plein de haine, Margot, contre moi-même.

Paul »

*

221

« *Londres, le 25 août 1944*

Paul,

Comme vous dites, c'était un piège imprévisible. Seule la chance a joué en votre faveur. La chance de vous trouver au bon endroit, au bon moment et d'échapper à la mort.

Oui, Paul, comme n'importe quel être humain, vous avez été saisi par l'angoisse de vous retrouver face à l'ennemi. Vous avez tremblé, planqué derrière ce char alors que tombaient vos propres soldats. Mais quelle aurait été la bonne conduite : sortir à découvert pour tenter en vain de récupérer vos hommes et vous faire vous aussi trouer la peau ?

Seul le combat peut nous permettre d'en finir avec cette épouvantable guerre. Ne perdez jamais de vue que c'est pour cette raison que vous êtes sur le front, que vous vous battez — mais vous ne pouvez rien contre les injustices et atrocités de cette guerre.

Margot »

*

« *Londres, le 27 août 1944*

Paul,

Quel bonheur, en parcourant le Times *ce matin, de vous découvrir au milieu de la foule avec le général Leclerc, en train de descendre les Champs-Élysées derrière de Gaulle. Sur* la photo, j'ai reconnu ce sourire de fierté qui éclatait sur votre visage, la joie d'avoir libéré Paris.

En vous voyant déambuler au milieu de cette foule délirante, les larmes me sont montées aux yeux. Combien de fois avons-nous évoqué ensemble ce rêve de pouvoir se balader un jour tous les deux dans Paris libéré ? Vous y êtes, Paul. La croix gammée ne flotte plus sur les Champs-Élysées.

Je vous envie. J'aurais tellement aimé vous tenir la main hier sur la plus belle avenue du monde.

Je vous aime,
Margot »

*

« Le 20 octobre 1944

Margot,

Cela fait près d'une semaine que je suis plongé dans l'obscurité. La fièvre et les maux de tête sont revenus avec une violence inédite et me paralysent depuis plusieurs jours.

La douleur – plus forte encore que celle que j'avais ressentie dans la jungle en Indochine – a frappé de façon sournoise alors que nous rentrions d'opération. J'étais assis à l'arrière d'un camion militaire, lessivé par la violence des derniers combats, lorsque je fus saisi par un mal insupportable.

Toute la journée avait été consacrée à reprendre un village stratégique dans les Vosges, l'un des derniers remparts allemands proche de Strasbourg.

223

Avant l'offensive, nous avions sommé les habitants de faire leurs valises et de quitter les lieux au plus vite. En attendant, nos chars avaient encerclé le village et se tenaient prêts à envahir.

Puis nous avions bombardé sans discontinuer pendant trois heures, jusqu'à ce que les soldats allemands hissent le drapeau blanc et demandent à sortir d'une ferme où ils s'étaient retranchés. Nous étions alors convaincus que plus rien n'était à craindre.

Nous avions tort.

L'opération s'était déroulée un dimanche, et en cette fin d'après-midi une poignée d'entre nous avaient souhaité se recueillir dans la chapelle, près du cimetière.

La porte d'entrée était ouverte mais nous ne nous sommes pas méfiés. Aucun de nous ne savait que le dimanche, jour du Seigneur, est le seul jour de la semaine où la chapelle reste fermée après 13 heures pour que le prêtre de la paroisse puisse faire son office de l'après-midi dans une église plus grande, à quelques kilomètres.

Nous étions donc rentrés et nous étions dispersés à gauche et à droite, sur les quelques bancs disposés devant l'autel.

Le silence du recueillement n'a duré qu'un court instant. Moins d'une minute après notre arrivée, quatre Boches ont surgi du fond de la chapelle. Et avant qu'ils aient le temps de nous tirer dessus, j'ai vidé le chargeur de mon pistolet mitrailleur sur les quatre hommes. Je me suis aussitôt précipité à l'autre bout de la chapelle, là où ils étaient tombés. Leurs corps étaient criblés de balles. En m'approchant, je me suis alors rendu compte qu'aucun d'eux n'était armé. Ils avaient juste voulu se rendre.

C'est bien plus tard que j'ai ressenti le choc de mon épou-
vantable bavure.

Dans le camion militaire qui me ramenait à la base,
j'ai commencé à sentir la migraine m'envahir tandis que
je revoyais la scène : le visage d'un des Allemands, ses yeux
effrayés, ma haine et mon désir de meurtre en croisant son
regard. Comme si j'avais voulu venger les camarades que je
n'avais pas su défendre l'été dernier.

Alors que la scène tournait en boucle, je sentais la douleur
monter progressivement et se répandre partout dans ma
cervelle. Mon crâne était brûlant, mes tempes en surchauffe
sous la pression de mes mains qui tentaient en vain de
circonscrire le mal. Je me souviens d'avoir poussé un hurle-
ment. Puis rien. Plus rien. Le noir.

Lorsque j'ai rouvert les yeux deux jours plus tard, j'étais
à l'infirmerie, plongé dans l'obscurité. La douleur avait
disparu, mais la fièvre n'avait pas baissé. Pas plus que les
Hmong dans la jungle, le médecin militaire n'a été capable
de trouver ce que j'avais. Là où les Tonkinois parlaient de la
malaria, lui pense à un malaise lié à la fatigue.

Pour calmer la douleur, il m'a administré un traitement
de cheval à base de morphine. J'ai dormi plusieurs jours d'af-
filée. Ma température est quasiment revenue à la normale.

Je ne cesse de penser à cette folie qui m'a saisi lorsque j'ai
vu cet Allemand et ses camarades. Je ne sais pas comment me
remettre de cette pulsion de meurtre qui m'a poussé à les abattre.

Mais je crois que le mal qui va et vient en moi depuis
l'Indochine dépasse le cauchemar indélébile que je viens de
vivre. Et ne pas savoir de quoi il s'agit commence à m'effrayer.

Paul »

17.

Paul, 31 août 1945

Ça suinte de partout, pénètre dans les narines et donne la nausée. La pièce entière sent une odeur âcre de tabac froid qui flanque une irrépressible envie de vomir.

Perdu au fond d'un interminable couloir au quatrième étage du bâtiment, l'exigu bureau 108 n'a manifestement pas été nettoyé depuis plusieurs jours. Tu es avachi dans un fauteuil inconfortable en tissu gris-vert, imprégné d'odeur de nicotine, légèrement en contrebas de la table. Face à toi trône un cendrier dans lequel gît un tas de mégots crasseux de vieilles Gitanes. Tu luttes pour faire abstraction de cette puanteur et te concentrer sur ton hôte assis derrière son bureau, qui déblatère des amabilités de façade.

— Mon cher Paul, c'est un immense plaisir de vous revoir. Cela fait si longtemps. Quoi?... Cinq ans?... Oui à peu près... Et vous n'avez pas changé le moins du monde.

— Le plaisir est entièrement partagé, Jacques. Vous non plus, vous n'avez pas pris une ride, depuis Tientsin.

226

Tu joues la comédie et essaies de donner le change à Jacques Lestrade, cette ordure de Jacques Lestrade.

— Vous savez Paul, la Chine est tellement loin qu'elle me semble une autre vie. D'ailleurs je ne veux garder que les bons souvenirs de ma vie au consulat de France à Tientsin : ceux d'avant-guerre.

— Je comprends.

Il ne perd pas de temps, Lestrade. Le message est parfaitement clair. Il faut éviter de raviver certains souvenirs, ceux qui font très mal ces temps-ci sur un CV car ils pourraient gommer son image du super résistant, membre des FFI, qui a risqué sa vie et reçu deux balles dans la jambe, boulevard Saint-Germain, le 25 août dernier. N'a-t-il d'ailleurs pas ostensiblement exposé sur la bibliothèque de son bureau deux photos de lui pendant la libération de Paris, fusil en main, brassard FFI au bras gauche, posant tout sourires, cigarette au bec, devant l'objectif, en compagnie d'un camarade. La panoplie du parfait résistant de la dernière heure !

Compte tenu de son passé, il n'a évidemment aucune envie qu'on écorne la légende qu'il a façonnée et qu'on lui rappelle l'autre Lestrade, le conseiller culturel au consulat de France à Tienstin en 1940 qui a basculé dans le camp de Pétain du jour au lendemain, quand le vieux a décidé de se compromettre avec l'ennemi.

Tu le revois encore, ce 23 juin 1940, quelques heures seulement après que le gouvernement du Maréchal a signé l'armistice avec les nazis. Vous preniez un petit déjeuner au consulat à Tientsin pour préparer les festivités du 14-Juillet. Il était aux affaires comme si de rien n'était, indifférent au séisme politique qui venait de s'abattre et déjà prêt à servir, par calcul et par ambition, un gouvernement de collaboration avec l'ennemi. À cet instant, tu as vu que, sans aucun état d'âme, il avait basculé.

Cinq ans plus tard, tu n'en reviens toujours pas. En examinant les clichés qui trônent sur la bibliothèque, tu te demandes jusqu'où l'homme au visage émacié en chemise avec son brassard a bien pu se compromettre avant de rejoindre les rangs de la Résistance. Plus tu regardes les photos, plus tu es intrigué : de quelle habileté Jacques Lestrade a-t-il fait preuve pour retourner ainsi sa veste et sauver sa peau au point de retrouver un poste ici, au ministère des Affaires étrangères, son administration d'origine ?

Certes le bureau miteux qu'il occupe au dernier étage du Quai d'Orsay est à l'opposé du faste et des ors de la République auxquels les diplomates sont habitués. Mais c'est bien le minimum : la modestie de son bureau est l'unique sanction qu'on lui a infligée pour ses errements avec Vichy. Une sanction somme toute très légère et dont il sait bien qu'elle est de courte durée. Avec le temps, les choses finiront par rentrer dans l'ordre, et Lestrade retrouvera les belles lumières du Quai d'Orsay. D'ailleurs, rien qu'à son humeur et au timbre de sa voix, on voit bien qu'il est confiant. Il bombe déjà le torse.

— C'est tout de même fou de se retrouver de nouveau tous les deux dans mon bureau au Quai d'Orsay, après toutes ces années. Je vous avoue, Paul, que je ne pensais pas que ce moment arriverait. Et ce n'est pas désagréable.

Sa voix nasillarde – copie conforme de celle des commentateurs des actualités de la TSF – renforce l'impression de suffisance qui émane de son ton. Quelque chose de pathétique transparaît physiquement chez lui. Il ne ressemble plus du tout aux photos de la bibliothèque prises il y a un an. Le visage a enflé, il a pris de l'embonpoint. Il sera sans doute bientôt chauve. Ses yeux s'enfoncent dans les orbites dissimulées par d'épaisses lunettes noires de forme carrée. Mais c'est son teint qui te frappe le plus. Il est verdâtre, quasiment ton sur ton avec le tissu du fauteuil imbibé de nicotine froide et humide. Il te répugne.

Mais en même temps, tu ne peux t'empêcher d'éprouver une certaine fascination en l'observant. Il est tout de même fortiche le Lestrade, quand tu penses aux milliers de fonctionnaires qui, comme lui, ont fricoté avec Vichy. Bon nombre d'entre eux risquent en ce moment de se faire limoger au nom de l'épuration légale menée par les autorités pour purger l'administration de ceux qui ont participé aux gouvernements de collaboration, entre 40 et 44. Depuis le début de la Libération, l'année dernière, des commissions ont été mises en place un peu partout dans les ministères, préfectures et collectivités locales, afin de faire le tri parmi les fonctionnaires et procéder aux sanctions, mises à pied, révocations.

Mais la tâche est particulièrement compliquée quand la continuité de l'administration doit être assurée. Le pouvoir en place ne peut pas se permettre de virer tous ceux qui se sont compromis, sauf à paralyser l'ensemble de l'appareil d'État. Voilà pourquoi des milliers de collabos fonctionnaires comme Lestrade sont passés entre les gouttes.

Certes, il n'a plus le privilège d'être en poste à l'étranger. Certes, il est privé de toutes ses fonctions de conseiller culturel rattaché à un consulat ou une ambassade. Mais il a trouvé un moyen de se recaser au sein de la direction du personnel du ministère des Affaires étrangères. Moins prestigieux, mais stratégique! La direction du personnel recense une cinquantaine de hauts fonctionnaires chargés des avancements, affectations, promotions des diplomates qui, comme toi, cherchent à retrouver un poste au moins équivalent à celui d'avant-guerre.

Lestrade fait donc partie aujourd'hui de cette grande direction. Et comble de l'ironie, c'est lui qui va évaluer ta situation.

Tu l'as découvert il y a tout juste quelques minutes lorsque tu as frappé à la porte de son bureau. Tu as dû être sacrément drôle à voir quand, une fois passé le seuil, tu es resté bouche bée alors qu'il t'accueillait. Le courrier reçu la semaine dernière t'invitant à te rendre au Quai d'Orsay ne comportait aucune signature. Il s'agissait d'une courte lettre émanant de la direction du personnel. Le rendez-vous indiqué sur la convocation ne mentionnait ni le nom de Jacques Lestrade, ni celui d'aucun autre fonctionnaire. Tu étais juste convié à 15 heures, ce 31 août 1945, bureau 108, au quatrième étage du ministère. Le bureau, tu t'en rends compte à présent, est celui d'un ancien collabo. Haut fonctionnaire avant la guerre. Haut fonctionnaire à Vichy. Haut fonctionnaire aujourd'hui sous un gouvernement de la Résistance. Surréaliste. Et tu comprends l'impensable : c'est à une ordure que tu as connue en Chine que le résistant de la première heure que tu es doit désormais faire des courbettes pour espérer obtenir un poste. À cet instant, alors que tu te trouves en face de lui, tu commences à mesurer l'absurdité de la situation et le danger qui guette.

Jacques Lestrade ne te lâche pas du regard. Ce regard est hostile. Les lunettes carrées te fixent sans bouger. Il te jauge. Que peut-il bien avoir en tête ?

Malgré les apparences d'un bureau crasseux et minable dans les étages peu reluisants du ministère, il est clair qu'il a conscience du petit pouvoir que ses nouvelles fonctions lui confèrent, et qu'il a bien l'intention de l'utiliser.

— Alors mon cher Paul, savez-vous que vous faites l'objet d'une attention toute particulière au Quai d'Orsay ?

— Vraiment ? Dois-je m'inquiéter ou être flatté ?

— Je vois que vous êtes toujours aussi sarcastique, mon cher Paul.

Pas facile, Lestrade. Avec une petite pointe de mépris, il te remet aussitôt à ta place.

Pour te faire bien comprendre que c'est lui qui a la main, il se met à tapoter avec deux doigts sur une épaisse chemise noire en carton posée en évidence, sur son bureau. Il tapote légèrement en te fixant, sourire aux lèvres.

— Vous avez été convoqué à mon bureau parce que nous sommes en train d'analyser votre dossier. Vous avez demandé Londres, c'est bien cela ?

— C'est exact, le consulat de Londres.

— Bien. Et ce serait votre premier poste en tant que consul, n'est-ce pas ?

— Oui, mais je ne vois pas en quoi cela peut poser des difficultés. Plusieurs autres diplomates, en ce moment, sont nommés consuls alors qu'ils n'ont jamais exercé cette fonction par le passé. Je ne vois pas en quoi je serais moins légitime pour un tel poste alors que je m'y suis longtemps préparé en occupant la fonction de vice-consul à Tientsin.

— Vous avez parfaitement raison, Paul. Vous avez le bon profil. Et votre candidature ne peut pas mieux tomber en ce moment puisqu'à la demande du général de Gaulle, le consul de Londres va être renouvelé et une nomination va avoir lieu dans les prochains mois. Or vos états de service sont excellents. Votre parcours est un sans-faute.

— Puis-je en conclure que les choses sont plutôt bien engagées ?

Il marque une pause.

— Pas totalement.

— Comment ça, pas totalement ?

Jacques Lestrade ne répond pas immédiatement. Il reste muet un long moment, cherchant ses mots pour trouver la bonne façon d'annoncer une nouvelle désagréable.

— Comme vous pouvez l'imaginer, le poste auquel vous vous portez candidat est très convoité. Une dizaine de diplomates ont retenu l'attention en haut lieu. Et nous examinons maintenant les dossiers, un par un. Le poste de Londres est très sensible et très exposé. Alors pour faire ce choix, on ne se limite pas aux critères habituels comme le parcours de chaque diplomate, la solidité de son expérience, ou les évaluations de sa hiérarchie. On analyse aussi la dimension humaine, le caractère, la stabilité et la fiabilité de l'homme. Des questions qui côtoient la sphère privée, d'une certaine façon.

— En quoi ma vie privée peut-elle vous éclairer sur le choix du consul de Londres ? Je ne vois pas bien.

— Au contraire, c'est très intéressant et très utile.

— C'est-à-dire ?

— Voyez-vous Paul, comme je le disais il y a un instant, nous avons analysé votre situation au-delà du cadre strictement professionnel. Et nous avons pris en compte un certain nombre de faits qui sont de nature à nous interroger.

— Vous interroger ? Cet entretien devient vraiment étrange, Jacques. Qu'est-ce qui n'est pas clair dans mon caractère ou ma personnalité ? Le fait de faire partie des résistants de la première heure va-t-il désormais devenir un handicap ? Pardonnez-moi, mais je ne sais pas si je dois en rire et contenir mon impatience ou bien me laisser aller à un certain agacement. D'autant qu'ici, au Quai d'Orsay, on ne peut pas dire que tout le monde ait fait preuve d'une probité sans faille.

— Écoutez… je comprends votre irritation, mon cher Paul. Mais je vous demande de garder votre calme et d'éviter toute forme de mépris ou d'agacement, s'il vous plaît. Je voudrais poursuivre l'analyse de votre situation.

— Allez-y.

— La direction du personnel a rassemblé un certain nombre de faits vous concernant qui suscitent de fortes interrogations au niveau du… cabinet du ministre, mais aussi… dans l'entourage du Général… quant à la confiance qui est portée à votre candidature pour Londres.

Qu'est-ce qu'il raconte, au juste ? Tu ne retiens pas ce qu'il vient de dire. Tu n'as en tête que des bouts de mots sans liens entre eux. *Le Général*, une histoire d'*entourage*, *votre candidature*. Aucune phrase construite ne te revient.

— Pardonnez-moi Jacques, je n'ai pas bien entendu. Vous pouvez répéter s'il vous plaît ?

— Je disais : la direction du personnel a rassemblé un certain nombre de faits vous concernant qui suscitent de fortes interrogations au niveau du cabinet du ministre… mais aussi dans l'entourage du Général.

Le masque, Paul. Mets le masque et ne t'écroule pas… Même si tu sens le sol se dérober sous tes pieds et tout ton corps aspiré dans ton fauteuil, incapable de retrouver de la contenance et reprendre de la force. Mets le masque, tu entends ? Ressaisis-toi avant que Lestrade ne s'aperçoive avec délectation que tu te décomposes. Dis quelque chose. Ce que tu veux. Mais ne reste pas dans le silence. Cela fait plus de cinq secondes que tu ne dis rien et qu'il te regarde. C'est beaucoup trop long. Alors débrouille-toi pour meubler.

— Si je vous comprends bien je suis en disgrâce, c'est bien cela ?

— Hmm non, ce n'est pas ce que j'ai dit.

— Alors peut-être aurez-vous l'amabilité de m'expliquer ce qui me vaut une telle méfiance ?

Son index et son majeur s'arrêtent brusquement de tapoter sur l'épais dossier noir coincé sous ses deux avant-bras. Et Lestrade ouvre la chemise dans laquelle figurent toute une série de documents. Il en sort une lettre manuscrite de plusieurs pages qu'il étale méticuleusement sur son bureau. De là où tu te trouves, il est impossible de voir clairement de quoi il s'agit.

— Cette lettre vous concerne directement, Paul. Elle contient des informations qui ont suscité notre curiosité.

— Des informations ? Mais qui peut bien vous livrer des informations capitales à mon sujet que je ne vous aurais pas données moi-même ?

— Votre ex-femme, Claire de Villerme.

— Je vous demande pardon ?

— Oui Paul, vous avez bien entendu.

— Nous avons divorcé il y a plusieurs mois. Le jugement a été prononcé quelques jours après la fin de la guerre.

— Certes, mais les informations dont nous disposons concernent le début de la guerre, à l'époque où Claire partageait votre vie.

Soudain, l'été 1940 défile dans ton esprit, tel un boomerang. La rencontre avec Margot. La fuite. La trahison vis-à-vis de Claire, de ta fille, de ta famille. Ta désertion du consulat. Ton amour pour une Anglaise. La Résistance. Et tandis que chaque événement réapparaît, tu reconnais immédiatement cette douleur, pesante et sourde, celle de la culpabilité, qui s'est une fois de plus incrustée en toi. Et comme un réflexe incontrôlable, la peur te prend maintenant aux tripes.

— Et que vous a-t-elle écrit ?

— Si vous me le permettez, je vais vous lire le document.

Il se met à lire à voix haute une lettre que Claire a rédigée il y a cinq ans. Elle est datée du 6 août 1940.

— « *Mon cher Jean…*

C'est donc à Jean Ferrand, l'un de ses très proches amis, qu'elle a envoyé cette lettre, et c'est une très mauvaise nouvelle. Jean Ferrand est devenu, il y a quelques semaines, conseiller au cabinet de George Bidault, ton ministre de tutelle, dans le gouvernement provisoire présidé par le général de Gaulle. À l'époque Jean, brillant haut fonctionnaire de 32 ans, était un des directeurs du service Asie au ministère des Affaires étrangères, et à ce titre il était en charge de toute la coordination des représentations françaises – ambassades et consulats – sur le continent asiatique. Il a quitté son poste au mois d'août 1940 pour rejoindre Londres et les Forces françaises libres du général de Gaulle.

«*Mon cher Jean,*

Je me permets de vous écrire pour vous faire part d'un sujet délicat. Un sujet de nature privée, extrêmement pénible et douloureux, mais dont les implications vont bien au-delà de la sphère intime et familiale et concernent directement les affaires et la conduite de la diplomatie française.

Comme vous le savez, Paul était jusqu'ici le vice-consul de Tienstin. Or, il a quitté le consulat le 4 août dernier et n'est pas revenu. Il a disparu. J'ai voulu attendre quelques jours dans l'espoir qu'il me contacte avant de rédiger cette lettre. Mais je n'ai hélas aucune nouvelle et guère plus d'espoir d'en avoir prochainement.

Avant de partir, Paul m'a laissé une enveloppe intitulée "Pour Claire" (jointe à cette lettre), un mot qui explique de façon très succincte les raisons de son départ. Voici ce qu'il m'a écrit :

Ma chère Claire,
Je quitte Tientsin et ne reviendrai pas.
Je pars retrouver Margot Midway. Ce n'est pas une relation passagère. C'est elle que j'aime et je veux passer ma vie à ses côtés.
Paul.

Je conviens qu'il vous soit difficile, mon cher Jean, d'imaginer l'effet que peut produire un tel message sur une femme. La violence et la souffrance que j'éprouve me semblent aujourd'hui insurmontables. Quant à ma fille de 10 ans,

237

Éléonore, elle est dévastée, constamment en larmes, retirée dans sa chambre. Paul l'a abandonnée, sans aucune explication puisque ce mot d'une rare brutalité ne lui était évidemment pas destiné. Et je suis bien incapable de dire quand sa peine prendra fin.

Je me permets de me confier à vous car, depuis nos plus jeunes années, j'ai toujours pu compter sur votre bienveillance et votre soutien. Le départ de Paul est l'expérience la plus difficile que j'aie eu à traverser à ce jour. Seul le temps permettra de panser cette plaie béante.

Il n'est évidemment pas dans mes intentions, à travers cette lettre, de vous faire subir les états d'âme d'une femme bafouée, fût-elle votre amie. Mais au-delà de ma propre souffrance, il me semble important d'attirer votre attention sur un tout autre aspect qui dépasse le simple cadre de sa relation extraconjugale. Sachez que son départ a des conséquences lourdes sur un autre plan : celui de la politique de la France, désormais engagée sur la voie de l'armistice avec l'Allemagne, qu'en tant que diplomate Paul s'était engagé à servir.

Dans le bref mot qu'il m'a laissé, Paul confesse lui-même qu'il a pris la fuite pour retrouver une certaine Margot Midway. Je n'avais jamais entendu parler de cette femme et j'ai donc pris auprès de mes réseaux à Tientsin les renseignements que je porte ici à votre connaissance.

Margot Midway est une citoyenne britannique de 23 ans installée à Tientsin avec ses parents depuis six ans. Jusqu'ici, elle y était professeur de français et enseignait aux militaires et hauts fonctionnaires du consulat du Royaume-Uni. Selon mes informations, sa liaison avec Paul a démarré il y a un mois, et ils se sont fréquentés assidûment jusqu'à ce qu'elle quitte Tienstin et le territoire chinois il y a quelques jours pour rentrer en Angleterre et prendre part au combat face à l'Allemagne.

Comme il l'a lui-même écrit, c'est par peur de la perdre que Paul a décidé de la retrouver. Il m'est très pénible et très douloureux de le dire, mais je pense que l'affaire ne s'arrête pas là.

Connaissant Paul, je suis certaine qu'une fois qu'il l'aura retrouvée, il ne restera pas les bras croisés. Or il a abandonné son poste de vice-consul en pleine guerre. Il a donc, de ce fait, tiré un trait sur sa carrière diplomatique et devient aujourd'hui un dissident vis-à-vis de l'État français.

S'il part pour retrouver Margot Midway, Paul va par la force des choses s'engager lui aussi. Comme le rapporte la presse britannique, toute la population anglaise, y compris les jeunes femmes, est appelée à servir d'une façon ou d'une autre l'effort de guerre.

C'est pour des raisons sentimentales et non par conviction qu'il va — j'en suis convaincue — rejoindre le camp allié. Un choix politique majeur — erreur ou héroïsme, l'avenir nous le dira — pour nulle autre raison que de suivre une femme. Quelle ironie ! Je suis prête à mettre ma main à couper que, s'il ne l'avait pas rencontrée, il n'aurait jamais eu le cran de s'engager ainsi. Il aurait suivi sagement Pétain comme il avait commencé à le faire.

Ce constat est humiliant, mais il me faut admettre la réalité telle qu'elle est sans me faire la moindre illusion afin d'espérer atténuer aussi vite que possible la douleur que je subis.

C'est donc en faisant preuve d'une telle lâcheté à l'égard de sa famille et de son pays que Paul a pris une décision capitale : celle de refaire sa vie avec une femme qui le pousse – lui, le fonctionnaire français qui s'était pourtant montré plutôt zélé à l'arrivée du maréchal Pétain à la tête de l'État – à s'engager sur une ligne politique opposée, celle du Royaume-Uni.

Cette histoire est tragique à tout point de vue et me conduit à réfléchir sur l'homme avec qui j'ai partagé ma vie pendant plus de quinze ans, un homme que je n'ai jamais cessé de soutenir dans son ambition et son ascension professionnelle et qui a disparu du jour au lendemain.

En espérant que les éléments que je porte à votre connaissance vous éclaireront, mon cher Jean, je vous prie de croire en mon affection.

Je vous embrasse,
Claire »

Rester de marbre. Ne rien laisser paraître. Refouler toute colère. Lestrade a lâché la lettre. Il est silencieux et t'observe. Il essaie de saisir tes émotions, de capter une vérité. Il aimerait tellement pouvoir deviner ta tristesse et ta révolte à travers un simple mouvement de tes yeux, un battement de paupières, un léger rictus. Mais tu as compris son petit manège. Tu ne bouges pas. Ton visage est parfaitement lisse. Il ne sourit pas. Il ne grimace pas. Il n'affiche aucun dépit ou ressentiment. Tu as rendu invisible toute émotion. Et tu prends, comme lui, tout ton temps.

Les questions te viennent en tête par rafales. Pourquoi une lettre de Claire de 1940 ressort-elle aujourd'hui pour être utilisée contre toi? Qui en a eu l'idée? Est-il possible que tu sois la cible d'une machination? Quelle en serait la finalité? Pourquoi ta vie privée et les raisons de ton engagement dans la Résistance sont-elles à ce point auscultées par le Quai d'Orsay? Que faut-il craindre? Aucune de ces interrogations ne trouve de réponse. Et il ne faut pas compter sur Lestrade pour t'éclairer. À ce stade, la moindre question, le moindre commentaire risque de se retourner contre toi. Alors sois prudent. Garde ton cap, et le calme absolu que tu imposes va finir par le mettre mal à l'aise. Le silence le rend nerveux. Ça se perçoit aux mouvements de ses paupières. Elles s'ouvrent et se ferment en saccades, sans qu'il puisse les maîtriser. Il se remet à tapoter sur le dossier. Mais cette fois, c'est nerveux. Il est gêné, impatient. Il va craquer. Et rompre le silence.

— C'est une situation délicate, certainement très inconfortable pour vous, mon cher. Je dois vous avouer qu'elle est également très désagréable pour moi...

Il cède. Alors laisse-le venir.

— ... Mais dans l'examen de votre candidature, il m'a été demandé de procéder à une enquête vous concernant. Si une copie de cette lettre figure dans votre dossier, cela signifie que son destinataire l'a transmise à nos services, à l'époque, dans l'idée qu'elle puisse être utilisée si besoin.

— Pourquoi?

— Je vous demande pardon?

— Pourquoi faites-vous une enquête? Que cherchez-vous? Et surtout pourquoi cette lettre, de nature privée, est-elle l'élément déclencheur de l'enquête ? Qu'y a-t-il dedans qui le justifie ?

— Je me permets de vous rappeler que Claire a écrit cette lettre à Jean Ferrand. Et vous n'êtes pas sans savoir qui c'est, Paul.

— Oui, je le connais, il s'est engagé dans la Résistance quelques jours après moi, en août 40. Et il est aujourd'hui conseiller au cabinet du ministre. Mais, encore une fois, je ne vois pas bien le rapport.

— Le rapport, c'est que votre nom et votre candidature pour le consulat de Londres se trouvent sur son bureau. Je suis donc chargé de faire une note à votre sujet pour l'aider à prendre sa décision. Or cette lettre figure dans votre dossier, et je dois la prendre en compte. Je ne me suis, bien entendu, intéressé qu'aux allégations de nature politique – à savoir les raisons de votre engagement dans la Résistance, et l'abandon de votre poste de vice-consul de Tientsin. Car, vous en conviendrez, la façon dont vous avez soudainement disparu du consulat en 1940 peut avoir un impact sur la confiance qui pourrait vous être accordée aujourd'hui pour le poste que vous briguez.

— Et qu'attendez-vous de moi ?

— Je voudrais en discuter avec vous et vous poser quelques questions. D'abord, il semble acquis que c'est pour votre maîtresse et non pour des raisons politiques que vous avez lâché votre poste, n'est-ce pas ?

— Pardonnez-moi mais je trouve cela absurde. Vous vous servez d'un message d'une extrême intimité, un message qui ne regarde que mon ex-femme et moi-même, pour tirer une conclusion globale sur la décision la plus importante, la plus difficile et la plus douloureuse que j'ai eu à prendre dans ma vie. C'est insensé. Vous savez parfaitement bien que cette fichue guerre nous a tous mis dos au mur, face à nous-mêmes. Elle nous a tous acculés, et forcés à nous positionner.

» Et tout ce qu'on a pu faire ou ne pas faire ces cinq dernières années… a été par la force des choses, pour chacun d'entre nous, un choix radical, aussi bien personnellement que politiquement. Fallait-il rester ou partir ? Se résigner ou résister ? Collaborer ou se battre ? Personnellement, j'ai fait le choix de partir. Mais quel que soit le message que j'aie pu laisser à ma femme, croyez-vous sincèrement qu'on ne prend ce genre de décision que parce qu'on est amoureux d'une autre ?

— C'est tout de même ce qui s'est passé, puisque vous vivez encore avec mademoiselle Midway aujourd'hui.

— Mais vous savez très bien que sous l'Occupation, la politique a déteint sur la vie intime de chacun. Je ne pense pas être un cas isolé. Par exemple, pourquoi avez-vous choisi de rester à Tientsin et de travailler pour un gouvernement de collaboration ? Était-ce par conviction politique profonde pour Pétain ? Était-ce pour des raisons d'ordre plus personnel ?

— Nous ne sommes pas ici pour aborder ma situation, Paul.

— Certes, mais de tels choix ne peuvent se résumer aussi grossièrement. Vous me faites passer pour un

243

inconscient qui serait parti sur un coup de tête, un type qui aurait tout abandonné pour un simple coup de cœur. Tout cela est faux. Je suis parti après avoir réfléchi pendant des semaines. Continuer à travailler comme si de rien n'était, alors que l'Allemagne nous occupait, m'était tout simplement devenu insupportable. L'air était irrespirable. Je n'arrivais plus à servir une administration résignée et mortifère. Alors oui, ma rencontre avec Margot Midway m'y a encouragé. Nous partageons les mêmes idéaux et son esprit de résistance a réveillé le mien. Donc, je le répète : je ne vois pas en quoi tout ceci affaiblit ma candidature pour le poste de consul de Londres.

— Parce qu'à cause de votre comportement vous avez mauvaise presse au sein du Quai d'Orsay aujourd'hui. Voilà pourquoi.

— Mais je vous rappelle que je me suis engagé dans la Résistance dès 1940. Ce n'est tout de même pas un détail.

— Sachez qu'ici certains considèrent que vous avez avant tout suivi votre maîtresse. Ce n'est pas pareil.

— Vous plaisantez, j'espère. Tout mon parcours est parfaitement clair. J'ai quitté Tientsin pour aller à Hong-Kong en territoire britannique en août 1940 et m'engager dans la Résistance. Et j'ai été enrôlé dans les services secrets britanniques en Asie alors que je cherchais à aller à Londres.

— Nous savons cela aussi, Paul. Et nous en connaissons les raisons.

— Ah oui ? Et quelles sont-elles, d'après vous ?

— Votre départ de Tientsin n'est pas passé inaperçu. Dans le dossier que j'ai sous les yeux figurent d'autres notes et appréciations rédigées à Londres par l'entourage du général de Gaulle, chargé à l'époque de faire l'inventaire des fonctionnaires dissidents de Vichy pour organiser la continuité de l'État à l'extérieur du pays, sous la conduite de la France libre. Toutes ces notes indiquent une méfiance à votre égard... (Il s'interrompt et se met brusquement à farfouiller dans l'épais dossier noir pour chercher un autre document.) ... à commencer par celle-ci, mon cher. C'est une lettre écrite en 1940, sans date plus précise.

Il sort une courte lettre tapée à la machine qu'il te tend aussitôt et au premier coup d'œil tu découvres avec surprise l'en-tête du courrier : *Commissariat des Affaires étrangères de la France libre, Londres*. Et tu ne peux t'empêcher de sursauter en voyant à qui ce courrier est adressé.

« Mon cher John Powell,
Je réponds par la présente à la demande de renseignement au sujet de laquelle vous m'avez sollicité.
M. Paul de Promont est diplomate depuis une dizaine d'années. Il était jusqu'ici vice-consul de Tientsin. Et nous avons les plus mauvais renseignements sur lui (vie privée déplorable, dettes, etc.). Nous ne pouvons avoir en lui aucune confiance, mais malheureusement sa prestance physique, ses talents de beau parleur, sa connaissance de plusieurs langues ont souvent réussi à faire illusion et à abuser sur son compte les personnes qu'il a rencontrées. Les mauvais renseignements

obtenus de tous côtés ne permettent pour le moment pas d'en-
visager une affectation dans la France libre.
Bien cordialement vôtre…

Et en bas de page, tu découvres avec stupeur l'auteur de
cette charmante et bienveillante missive.

… Jean Ferrand »

La colère ressentie à la simple lecture de son nom est
quasiment incontrôlable. Elle accapare ton cerveau au
point de t'abstraire entièrement de la situation présente
et du bureau sordide de Jacques Lestrade. Tu navigues
dans tes pensées en cherchant une réponse à la seule question qui te semble importante et qui tourne en boucle :
« Comment un lien entre Jean Ferrand et John Powell
a-t-il pu se créer alors qu'ils n'avaient aucune raison de
faire connaissance ? »

C'est une impasse. Powell et Ferrand appartiennent
à deux mondes cloisonnés, totalement distincts. L'un,
anglais, était en Chine, l'autre, français, basé d'abord à
Paris, puis brièvement à Vichy avant de rejoindre Londres.

Et jusqu'à ce que tu décides de quitter Tientsin début
août 1940, il est peu probable que les deux hommes aient
pu faire connaissance sans que tu en aies rien su – en tant
que vice-consul et parce que Claire, toujours à l'affût
d'une indiscrétion ou d'un ragot, avait l'habitude de te
tenir au courant de la moindre intrigue, manœuvre ou
accointance chez les diplomates du Quai d'Orsay.

Si son ami Jean Ferrand avait été en contact avec un membre du consulat britannique de Tientsin Claire l'aurait su, et selon toute vraisemblance te l'aurait dit.

L'explication est donc ailleurs.

Dans son courrier, Ferrand répond à une demande d'information de la part de John Powell, te concernant.

Tu étais un diplomate en fuite, sur le point de rejoindre le camp des Alliés, et dès lors se posait forcément à John Powell la question suivante : que faire de toi, une fois sorti de la France de Vichy ? Ce n'est qu'à ce moment-là, tu en es persuadé, que Jean Ferrand a dû être sollicité.

Tu te rappelles mot pour mot ce que Powell t'avait dit cette nuit-là.

Notre gouvernement travaille main dans la main avec de Gaulle et la France libre. Nous sommes alliés. Et votre mission à Hanoï sert justement les Alliés. Votre départ pour Londres n'est que partie remise. Vous partirez pour l'Angleterre à votre retour du Tonkin.

Il avait alors ajouté cette phrase sibylline : *Les ordres viennent de Londres.*

Les ordres venaient de Londres, oui. Mais pas du gouvernement anglais, comme tu le pensais. Ils venaient directement de l'entourage du général de Gaulle tel que le stipule noir sur blanc la lettre du commissariat des Affaires étrangères signée par Jean Ferrand. La conclusion du courrier est parfaitement claire.

« Les mauvais renseignements obtenus de tous côtés ne permettent pas d'envisager pour le moment une affectation dans la France libre. »

Ils ne voulaient pas de toi!

Powell l'a compris après avoir sollicité le commissariat des Affaires étrangères de la France libre, en fuite lorsque, tu as débarqué à Hong-Kong en août 1940. Il t'a enrôlé dans les services secrets britanniques et t'a envoyé en Indochine parce que tu n'étais pas le bienvenu à Londres. Dès le début de ton engagement dans la Résistance, les Français – les résistants français et non les collabos – ont manœuvré contre toi, t'ont mis à l'écart.

D'un coup, tout ton corps se tend, entre la sidération, la fureur et le dépit. Et tu es ramené en un éclair à la réalité du bureau puant la nicotine froide de Jacques Lestrade.

— Ils m'ont saqué. Ils n'ont pas voulu de moi dès le départ...

À son tour, il reste silencieux. Les secondes passent et Lestrade ne pipe mot. Alors tu enchaînes en espérant que la parole pourra te soulager un peu et apaiser ta colère froide.

— Ils m'ont saqué parce que j'ai fait ce qui ne se fait pas. Ils m'ont saqué par convention... Parce qu'on ne quitte pas sa femme et son enfant pour une autre... Parce que ce sont des petits-bourgeois. Et ça, pour eux, c'était plus important que de lutter contre l'ennemi, que de résister pour défendre notre pays. Plus important que de combattre pour notre liberté. Ils ont fait de moi un type infréquentable. Mais ai-je manqué de courage? Ai-je pris des risques pour mon pays, oui ou non? Y a-t-il, dans le dossier noir qui se trouve sur votre bureau, des griefs au titre de mes états de service dans la Résistance ou dans la 2ᵉ DB? Y a-t-il des critiques quant à ma façon de me battre lorsque j'étais en Afrique sur le front face aux Allemands, ou pendant la campagne de France ou la libération de Paris l'année dernière? Y a-t-il la moindre critique à ce sujet, Jacques? Dites-moi, j'aimerais vraiment voir les documents et les courriers. Vous devez forcément avoir des choses tangibles à me reprocher, n'est-ce pas? Je suis curieux de savoir.

— Ce n'est pas moi qui décide, Paul, finit-il par lâcher, l'air absent.

Les mêmes réflexes qu'il y a cinq ans. L'apathie. Lestrade a le mérite de la constance.

— Il y a autre chose qui complique votre candidature pour Londres.

— Parce que j'ai divorcé et que ça ne se fait pas? Ou bien une autre imbécillité de ce genre?

— Non, il ne s'agit pas de cela. Il s'agit de mademoiselle Midway. Nous avons procédé à une enquête. On sait qu'elle a fait partie des services de renseignements britanniques pendant la guerre. On sait qu'elle a rejoint le Secret Intelligence Service durant l'année 1940... quoique nos informations restent floues quant à la date exacte.

— Pardonnez-moi de vous couper, mais... Et alors? D'abord elle n'est pas la seule à avoir fait partie du SIS. Moi aussi j'en ai été, comme beaucoup d'autres résistants. Concernant le flou sur la date de son entrée, que voulez-vous dire? Que j'aurais été manipulé dès le départ? Qu'elle aurait été engagée par les services secrets anglais pour me séduire et nous espionner ? Je n'ose imaginer que ce soit le sens de votre remarque. Si c'est le cas je vous demanderais d'être beaucoup plus précis et d'arrêter toute insinuation, car sinon je crains que la conversation ne prenne un très mauvais tour, Jacques.

— Je n'insinue rien. Je dis juste que nous ne savons pas à quel moment en 1940 elle a intégré les services. C'est tout.

— Et moi je ne sais pas quand, en 1943 ou 1944, vous avez rejoint la Résistance. Alors cessons ce petit jeu, voulez-vous ?

— Oh, de toute façon, le fond du problème est ailleurs.

— Comment ça ?

— Rien ne prouve qu'elle ait abandonné ses activités au sein des services secrets. Et vous comprendrez que c'est une vraie difficulté. Il nous est impossible d'envisager que l'épouse du consul général de France à Londres soit membre des services de renseignements britanniques. C'est impensable.

— Elle a été démobilisée l'année dernière, début 44, quelques mois avant que je ne débarque en France. À la période où nous étions en Angleterre avec la 2e DB pour préparer le Débarquement. Elle vivait avec moi sur la base vie, à Dalton Hall, et elle ne faisait déjà plus partie des services secrets.

— Enfin, Paul, ne soyez pas naïf. On en fait toujours partie. Toujours. Nous pensons que c'est le cas de Margot.

250

Alors, nous avons une idée pour éviter de tomber dans un piège.

— Laquelle?

— Vous nommer ailleurs. Là où ce sera inoffensif.

*

Un bol d'air estival a remplacé la nicotine et la puanteur du bureau de Lestrade.

Tu n'as jamais autant aimé les rues de Paris.

En passant la porte du ministère, tu es saisi par le parfum des arbres en fleurs alignés sur le trottoir. Tu marches lentement le long de la Seine, sans but, juste pour flâner.

Tu as besoin de te vider la tête. De ne penser à rien. Ni à Londres. Ni à Lestrade. Ni à l'énormité de la révélation qu'il vient de te faire. Il faut mettre tout cela de côté. Et essayer de penser à toi, juste à toi, un moment. C'est le seul moyen de garder ton calme. Arrêter de gamberger un instant. Te concentrer sur ce qui se passe juste autour de toi. Lève les yeux. Regarde.

Entre la tour Eiffel et les épaisses barres en métal du pont de Passy, une boule orange, presque rouge, flotte au-dessus de la ville, profonde et sombre. Les rayons pourpres se reflètent dans la Seine et la transforment en un gigantesque fleuve de sang. Accoudé à un parapet au-dessus des berges, tu suis le déclin progressif du soleil jusqu'à ce qu'il disparaisse, au loin, derrière la colline de Chaillot. Tu voudrais que le calme de cette première balade en temps de paix, dans Paris, un soir d'été,

251

s'éternise. Mais c'est impossible. Tu es déjà ailleurs. Dans tes pensées. Dans tes souvenirs. La tour Eiffel. La chaleur de l'été. La Libération.

Malgré toi, le bruit et la fureur font irruption dans ta mémoire. Le calvaire, ici même, il y a un an.

En haut du Champ-de-Mars, tout près d'ici, tu te trouves avec ton unité piégée dans une embuscade. Tu te revois sous le feu ennemi, recroquevillé derrière un muret qui te sert de bouclier. C'est le son des balles qui te reste le plus vivace. Le son des balles qui sifflent à l'aube du 25 août 1944.

Tu as les yeux clos et tu essayes tant bien que mal de ralentir ta respiration pour calmer ton affolement. En posant ta main droite au niveau de ta poitrine, tu sens ton cœur battre à plein régime tandis que les snipers allemands, retranchés de l'autre côté de la rue, au premier étage d'un bâtiment, vous tirent, tes hommes et toi, comme des lapins. Ce sont les sifflements des balles qui te mettent dans cet état. Ils foncent dans ta direction. Des couinements stridents et saccadés qui fusent à moins d'un mètre et se transforment en bruits sourds et métalliques, au point d'impact. Toutes les deux, trois secondes, un sifflement se fait entendre et toutes les deux, trois secondes, tu te surprends à sursauter. Tu sens d'un coup tes membres se durcir. Tes mains, tes bras, ton bide, ta nuque, ta mâchoire se crispent. Tout est raide, même dans ta tête. Tu as la rage. Et tu t'entends chuchoter : « On ne retrouvera pas mon cadavre ici. »

Tu es sur le qui-vive, guettant le moindre répit pour te hisser un quart de seconde au-dessus du muret, balancer une grenade, puis replonger à terre aussitôt sans avoir le temps de voir si le projectile a bien atterri à l'intérieur de la fenêtre au premier étage de l'immeuble. Plié en quatre derrière le muret, tu perds brusquement l'équilibre à cause de l'onde de choc provoquée par le souffle de l'explosion. Silence. Tu attends. Les secondes passent. Pas un bruit. Les snipers, crois-tu, se taisent pour de bon.

Erreur. Le sifflement reprend.

Une pluie de balles. Ça tape partout autour de toi. Le boucan est infernal. Derrière ton bouclier en pierre, tu es immobile, le cul par terre, incapable de jeter un œil de l'autre côté de la rue sans risquer de te faire canarder. Il t'est impossible de distinguer un visage ou un uniforme et savoir combien ils sont. L'ennemi se résume à cette grande fenêtre noire entrouverte que tu combats cinq heures durant jusqu'à ce que tu parviennes à viser juste et balancer deux grenades, coup sur coup. Déflagration. Silence. Les snipers ne répondent plus. Les bruits de balles cessent pour de bon. Mais toi, un an plus tard, tu les entends toujours. Leur sifflement te panique encore alors qu'autour de toi maintenant tout est calme.

La nuit est tombée. Il n'y a plus un chat. Tu jettes un œil à ta montre. 20 heures. D'un coup la conversation avec Lestrade ressurgit. Il y a *autre chose qui complique* votre candidature pour Londres.

Cette fois il faut rentrer. Tu sais maintenant comment aborder la suite. Tu vas d'abord faire comme si de rien n'était. Et prendre ton temps avant de tout balancer et mettre les pieds dans le plat.

Ton pas s'accélère et tu te mets à courir pour arriver moins de dix minutes plus tard juste avant que ne ferme le fleuriste du coin de la rue lui acheter un gros bouquet, puis rejoindre l'appartement, quatre étages grimpés à pied, deux par deux.

— Surtout, il ne fallait pas se presser !

Le bouquet de quinze roses blanches que tu portes devant ton visage en t'approchant dans le long couloir est censé détendre l'atmosphère et te faire pardonner ton heure de retard… Mais au moment où tu la découvres, tu comprends que le bouquet ne va pas suffire. Elle est assise, un verre à la main, dans le canapé du salon. Et elle t'observe, sans sourire, lui faire ton numéro de charme, avec ton bouquet de roses devant le visage.

— Je suis navré mais le Quai d'Orsay m'a retenu tard, Margot. Mais regardez ce que j'ai trouvé dans le jardin du ministère.

Tu souris en repensant à ce vouvoiement des débuts que vous avez conservé par coquetterie.

— Menteur. Elles viennent du fleuriste en bas de la rue. Elles sont magnifiques mais vous ne pensez tout de même pas réussir à m'amadouer avec un bouquet de fleurs ?

Tu te tiens debout au milieu du salon et d'un rapide coup d'œil tu balaies la pièce. On dirait une salle de musée dénudée. Les murs et les moulures sont d'un blanc aussi immaculé que les roses que tu viens de lui apporter. Il n'y a ni tableau, ni gravure accroché au mur. Aucun meuble ou objet ne décore le lieu. Tout est vide. Seul le canapé trois places en cuir patiné dans lequel Margot se trouve assise et une dizaine d'imposants cartons en attente d'être déballés occupent l'espace.

— Ça ne s'arrête jamais. J'ai dû ouvrir trente cartons aujourd'hui. Et j'en ferai sans doute autant demain. C'est un cauchemar.

Les caisses s'accumulent, les objets s'entassent. Il y en a partout dans la maison. Depuis trois jours, les déménageurs vont et viennent dans l'appartement. Il a fallu quatre camions pour tout livrer. Margot est à bout de nerfs.

— J'ai l'impression de tout porter sur les épaules. C'est éreintant. Alors promettez-moi une chose à l'avenir, Paul.

— Laquelle ?

— De ne plus jamais me laisser gérer un déménagement seule. Ça peut me rendre dingue.

Tu acquiesces d'un hochement de tête, en silence. Un ange passe. Elle se calme.

— Le seul endroit qui soit en ordre et au calme c'est la chambre de Camille.

— Comment va-t-elle ?

— Venez, vous allez voir.

Elle se lève du canapé et passe devant toi en effleurant volontairement le dos de ta main avec la sienne. Le feu. Tu attrapes son bras, la fait pivoter, la propulses contre toi, la bloques contre le mur, elle résiste.

— Je n'ai pas très envie.

255

— Attendez. Attendez une seconde. Regardez-moi, ne pensez à rien, à rien d'autre que nous. Là, maintenant.

Tu l'embrasses. Doucement. Et tu l'enveloppes. Peu à peu elle se calme. Avec ta main tu te mets à caresser son cou, ses cheveux, son visage, son front. Elle te regarde fixement. Tu te plonges dans l'émeraude. Contact. Cela te prend au bide. Et tu poses tes mains contre les siennes. Elles sont moites comme les tiennes. Et sans aucune retenue tu la possèdes tout entière.

— Je vous aime, Margot.

Elle t'embrasse langoureusement, se reboutonne puis te prend la main pour t'emmener à l'autre bout de l'appartement en slalomant parmi les boîtes en carton qui traînent par terre. Au fond du couloir, tu ralentis le pas et pénètres dans la petite chambre attenante à la vôtre. D'un signe, en posant son index sur ses lèvres, Margot te signifie de garder le silence. Vous êtes plongés dans le noir, immobiles, votre attention captée par le bruit faible et régulier d'un ronflement.

— Notre fille dort profondément, murmure Margot.

Au pied du lit à barreaux, tu trébuches contre la veilleuse éteinte. En la rallumant tu découvres une petite forme emmitouflée dans une couverture en laine épaisse, les bras en croix, les poings serrés, les yeux clos. Soudain, elle se tortille sur elle-même. Son front se froisse. Ses yeux se plissent. Tu vois la colère envahir son sommeil. Sous ses yeux clos, les larmes débordent. Alors qu'elle dort toujours, elle se met à crier comme si elle avait mal. Sa douleur t'est insupportable. Margot s'approche du berceau pour la consoler. Tu tends ton bras pour la bloquer.

— Laissez, je vais m'en occuper.

Pour la première fois depuis sa naissance, tu ressens le besoin de prendre Camille dans tes bras. Jamais en neuf mois ça ne t'était arrivé. Ce n'est pas ton rôle, t'étais-tu toujours dit, la tradition chez les Promont excluant qu'un homme – qu'un père – se laisse aller à la sensiblerie. Mais cette fois, tu blottis Camille contre toi et la berces à un rythme doux, lent, régulier comme une gigue, une sorte de pow-wow indien.

Ta douceur l'envahit. Ta fille se calme. Retombe dans son sommeil. Elle est en nage, les yeux fermés, relâchée. La tête écrasée dans le creux de ton épaule, elle dort profondément et tu sens qu'elle est bien. Rien ne peut lui arriver. Elle s'est abandonnée à toi sans aucune crainte. Elle sent que son père veille sur elle. Alors à ton tour tu fermes les yeux, pour encore mieux la sentir collée à toi. Il n'y a plus que vous. Margot vous observe, mais elle a comme disparu. Et tu sens un filet tiède s'écouler le long de ta joue. Tu es en larmes. C'est incontrôlable. Pour la première fois, tu fais corps avec ta fille. Son souffle dans ton cou. Sa peau contre ta peau. Sa chair est ta chair. Elle est ton prolongement. L'émotion est brusque, jubilatoire, inédite.

Et alors que Camille sommeille dans tes bras, tu navigues dans tes pensées à la recherche d'Éléonore, au même âge, quand elle n'avait pas un an.

Et tu te revois dans la maison de Tientsin, passant devant la porte fermée de sa chambre sans jamais y entrer. Tu entends ses pleurs dans la nuit, lorsqu'elle ne parvient pas à s'endormir. Mais tu ne rentres pas. Ce n'est pas ton rôle. Tu appelles Madeleine, la gouvernante, pour qu'elle aille la consoler et l'aider à trouver le sommeil. Cela se passe ainsi tous les soirs. Et tous les soirs tu retrouves Éléonore dans les bras de sa nounou, bercée délicatement, comme tu le fais à présent avec Camille. Tu es stupéfait par ta propre rudesse. À l'époque tu avais 25 ans, tu étais jeune diplomate et tu te prenais pour un autre. Pour Émile. Le vieux. Ton père. Lui non ne venait pas lorsque tu sanglotais, enfermé dans le noir, puni par la reine mère pour une broutille. Comme ce jour d'hiver où à table, tu avais lâché, tout sourires, en criant fièrement, « merde, merde et merde ! » pour faire comme tes camarades de classe alors que tu ne connaissais pas le sens de ce mot. Ta mère t'avait sorti de table en te tirant par la joue jusqu'à ta chambre pour t'y enfermer dans le noir. Plus tard tu avais entendu ton père traverser le couloir. Il n'était pas venu te voir. Pas son rôle non plus.

Toutes les sensations remontent d'un coup. La bouffée d'espoir quand les pas ralentissent devant ta chambre, la détresse quand ils s'éloignent dans la nuit, te laissant plus seul que jamais. Et enfin la colère. Contre ce jeu stupide, contre tes camarades de classe. Contre toi surtout, qui blesse la mère qui fait tout pour toi...

— Paul ? À quoi pensez-vous ?

Elle te sort d'un coup de tes pensées. Camille dort dans tes bras depuis maintenant un long moment.

— À rien de spécial, Margot, pardon.

Tu es stupéfait par la netteté de tes souvenirs. Tu n'as rien oublié. Toutes ces émotions d'enfant sont restées stockées dans ta mémoire sans que tu le saches. Et à présent les choses s'éclairent. Ils t'ont berné. Tu n'étais pas pénible. Tu n'étais pas envahissant. Mais ils te l'ont fait croire parce que c'était plus simple. Un enfant n'a rien à dire. Tu as subi et tout gobé.

Tu les as tellement crus que tu as toi-même suivi leur exemple quand tu es devenu père à ton tour. Toi aussi tu t'es défaussé. Toi aussi tu as continué ta route dans le couloir de la maison de Tienstin lorsque tu entendais Éléonore pleurer dans son berceau. C'était plus simple. Et tu ne t'es jamais vraiment posé la moindre question à son sujet. Même lorsqu'elle est devenue plus grande. Il suffit de voir comment tu as filé du jour au lendemain. Pas un mot. Pas une explication. Faire ses petites affaires et disparaître. C'est sûr que c'était plus simple de planter là ta fille que de prendre un peu de temps avec elle pour tout lui dire. Mais pourquoi l'aurais-tu fait ? Tu n'as jamais eu droit, toi non plus, à la moindre explication. Ton père ne t'a jamais parlé. Et ta mère se contentait de te punir ou de te donner des ordres. Alors pourquoi aurais-tu agi différemment avec ta fille ? Résultat, tu as abandonné ton enfant. Et maintenant ça te rattrape. Ça te dévore. Tu as abandonné ta fille, tu as foutu sa vie en l'air, et il y en a une qui ne te pardonnera jamais, c'est sa mère. Tu l'as compris cet après-midi, lorsque tu as découvert la lettre de Claire dans le bureau de Jacques Lestrade. La lettre qui a tout déclenché au quai d'Orsay.

— Il faut que je vous parle, Margot.

Tu reposes délicatement Camille dans son lit et tu suis Margot jusqu'à la cuisine.

— Ils ne veulent pas de moi à Londres.

— Pourquoi?

— Ils n'ont pas confiance à cause de vous.

— Pour quelle raison?

— Ils connaissent votre pedigree. Ils savent que vous faisiez partie du SIS pendant la guerre. Et ça ne leur plaît pas du tout. Ils disent qu'on en fait toujours partie. Toujours.

— Et vous avez un doute?

Tu ne réponds pas. Évidemment que tu doutes. Ne t'a-t-elle pas déjà menti? Au fond il n'a pas tout à fait tort, Lestrade. C'est vrai que le poste de Londres est une cible idéale pour les services de renseignements. Les Anglais ne se priveront pas d'espionner les activités du consulat de France s'ils le peuvent. Et Margot serait forcément une opportunité pour le SIS. Ils ne se sont pas gênés pour l'utiliser à Tientsin quand vous vous êtes rencontrés. Pourquoi auraient-ils davantage de pudeur aujourd'hui, à Londres? Et en même temps, cela ne tient pas debout. C'est ta femme, Paul. La mère de ta fille. Comment pourrait-elle ne serait-ce qu'envisager d'espionner son mari? Tu es devenu complètement paranoïaque, mon pauvre garçon. Pourquoi mettre à ce point son couple en danger en acceptant une telle mission ? Quel serait l'intérêt de Margot ? Il n'y a aucune réponse valable. L'idée est vraiment trop tordue. Pas crédible.

Sauf qu'il y a eu Tientsin.

Assis face à elle, à la table de la cuisine, tu la regardes fixement. Tu es toujours aussi foudroyé par l'émeraude de ses yeux.

Tout d'un coup te vient une idée.

— L'appartement, Margot. Nous n'avons pas les moyens de nous payer cet appartement.

— Mais enfin nous en avons déjà parlé, Paul. Je vous ai tout expliqué. Vous ne me faites pas confiance ? Vous pensez que je vous mens, c'est ça ?

— Je ne pense rien. J'ai besoin de comprendre, c'est tout.

— Il n'y a là rien de compliqué. Je reçois chaque mois un virement d'argent de mon père et c'est avec cet argent que je paye le loyer. Je peux vous montrer tous les papiers. J'ai les documents de la Barclays avec le numéro de compte et les milliers de francs qui me sont versés tous les mois. Il n'y a aucun mystère.

Le problème, c'est que tu ne la crois pas. Parce que tu n'as aucun moyen de le vérifier. Peut-être est-ce bien son père qui vire de l'argent, mais peut-être est-ce le SIS. Tu dois la croire sur parole. Et le passé t'a prouvé que si ses yeux ont la limpidité de l'émeraude, sa parole est trouble. Margot, si belle et si trouble. Margot qui va partir avec toi, loin de Paris et loin de Londres. À La Nouvelle-Orléans. Avec son mystère.

18.

Margot, 6 janvier 1946

Où ai-je posé mon verre?

Je l'ai mis quelque part il y a moins de cinq minutes et je ne me rappelle déjà plus où j'ai bien pu l'égarer. C'est absurde. Je l'avais en main il y a un instant. Un joli verre en cristal dans lequel je m'étais versé un scotch pour me détendre. Et je n'ai même pas pu encore boire une seule gorgée. Où ai-je bien pu le mettre, bon sang? Je reviens pour la énième fois sur mes pas, refais le même parcours, cherche dans les mêmes coins. Rien. Volatilisé, le verre de whisky. En même temps, il faut voir la pièce! Quel capharnaüm. Impossible de trouver quoi que ce soit dans ce bazar. Il y en a partout. Sur le lit, la table basse, le tapis, le secrétaire, les deux fauteuils, la bibliothèque. La chambre est envahie de vêtements. J'ai vidé quasiment tout mon dressing et depuis deux heures, j'enchaîne les ensembles, j'enfile les tailleurs, les pantalons, les jupes. J'ai essayé du clair, du foncé, des couleurs vives. Rien ne va. Je fais du sur-place.

Il y a évidemment la robe crème que j'avais prévue et qui m'attend sur un cintre. Plus je la regarde, plus je la trouve belle. Une robe près du corps à manches longues, couleur lait cru, en soie et dentelles, qui descend d'un seul tenant de la nuque jusqu'en bas des jambes. Elle a été cousue sur mesure chez Mademoiselle, la boutique la plus élégante de La Nouvelle-Orléans, au cœur du Quartier français. Une merveille. Je l'ai essayée une dernière fois hier soir en cabine lorsque je suis allée la chercher et les trois vendeuses étaient unanimes.

— Elle vous va à la perfection, m'ont-elles dit en chœur, vous allez être sublime demain.

Tu parles ! Il est 15 heures passées et je suis encore en nuisette et robe de chambre, comme paralysée à l'idée d'enfiler cette robe qui me nargue, suspendue devant moi. Assise sur le bord du lit, pétrifiée.

Je ne vais jamais m'en sortir si je continue à ce rythme-là. La cérémonie démarre dans moins de deux heures et je suis au point mort. Le cachet que j'ai avalé ne fait aucun effet. Il faut absolument que je retrouve mon verre. La pièce n'est pas si grande. Trente mètres carrés tout au plus. Il n'y a aucune raison de ne pas trouver ce fichu verre. Voilà, c'est ça, traîne-toi, tel un gravas, pour trouver ce verre. Accroupis-toi, rampe sous le lit. Heureusement personne ne peut entrer et me voir dans cet état. Je me suis enfermée à double tour. Personne ne peut connaître ma détresse. J'ai mal, je panique. Ne s'est-il pas déjà trompé une fois ? Pourquoi retenter avec moi ce qui a échoué avec Claire ? Pourquoi s'infliger des obligations conjugales alors que je ne demande rien ?

— L'aventure telle qu'elle s'est déroulée jusque-là me suffit, Paul. Je ne veux rien d'autre que de poursuivre notre vie comme une folle passion. Continuons comme ça, comme avant, comme à la guerre. Voulez-vous ? Pourquoi faudrait-il que tout devienne sage, rangé, normé ?

Je ferme les yeux et sens quelques larmes couler en entendant le son de ma propre voix. Je me dis à moi-même ce que je n'ai jamais osé lui dire en face. J'en ai pourtant eu l'occasion il y a trois mois, à la Tour d'Argent à Paris, la veille de notre départ pour La Nouvelle-Orléans, quand il m'a demandé ma main. Les larmes sur mon visage passaient pour de la joie quand il s'agissait déjà de cette angoisse. Pourquoi faire croire à l'autre que le mariage est l'ultime consécration de l'histoire d'un amour quand il s'agit en fait d'un événement redouté ? C'est absurde. Je vis avec la boule au ventre, et je ne parviens pas à accepter que ce mariage ne changera rien. Nous ne sommes plus seuls. Camille vient d'avoir un an. Et son frère ou sa sœur devrait suivre d'ici l'été puisque j'entame mon troisième mois de grossesse. Mais vivre dans un carcan nous a toujours fait fuir et maintenant je n'ai plus le choix. Il faut que je me reprenne. Trouve ce fichu verre.

Il ne reste plus que la salle de bains, au bout du minuscule couloir qui la relie à la chambre. En entrant, je sens le marbre froid sous la plante de mes pieds. Là aussi, le souk. Les tubes de maquillage et les produits de beauté ont envahi toute la console couleur gris souris, à côté du lavabo. J'allume la lumière pour y voir plus clair. Soulagement. Le verre trône au milieu des affaires de toilette. Il est rempli aux trois quarts de Cutty Sark que j'étais allée chercher discrètement, en bas, dans la cuisine. Je l'attrape. Je suis à jeun, le ventre vide depuis hier soir, mais je n'ai pas le choix.

Je l'avale cul sec.

Incendie.

Le feu envahit la gorge, embrase l'œsophage. La chaleur du whisky se propage partout dans mon corps. Les muscles se relâchent. Ma mâchoire se détend. Mes paupières se ferment, la tempête s'éloigne. Je m'apaise. Silence.

En reposant le verre, je rouvre les yeux, jette un coup d'œil dans le miroir et surprends un léger sourire sur mon visage.

La journée commence.

Machinalement, j'attrape la boîte de fond de teint et un pinceau et me mets enfin à mon affaire. Mes cernes disparaissent, ma peau s'éclaircit. Je saisis un rouge à lèvres, l'applique délicatement, puis cherche le tube de mascara pour le poser sur mes cils. Je me regarde un instant dans la glace pour m'inspecter. Mes lèvres brillent, mes yeux s'illuminent. Mon visage est transformé. Il est serein.

— Madame, vous êtes prête? Madame, vous m'entendez?

La grosse voix semble venir de l'autre côté de la porte et pourtant, elle surgit de loin. C'est Néné, la gouvernante de Camille, qui hurle de nouveau, en bas, et m'interpelle du rez-de-chaussée. La troisième fois en moins d'une heure. Le timbre de la gouvernante est grave et rocailleux. Seule ma fille semble s'y habituer si j'en juge par sa capacité à s'endormir dans ses bras. Mais à présent, au milieu du silence de la maison, la voix de Néné n'a rien d'apaisé. Son ton est pressant. Elle est inquiète, sa voix se rapproche.

— Cela fait des heures que vous êtes enfermée dans votre chambre. Que se passe-t-il, enfin ? Votre père va débarquer d'un instant à l'autre pour vous chercher et vous n'êtes toujours pas prête.

L'état de stress de Néné n'a étrangement aucun effet sur moi. C'est la magie du whisky. Je sens qu'il est en train de faire son œuvre. Mon cerveau est embrumé, la douleur endormie. Comme par miracle, l'angoisse s'est envolée. Je suis au calme, à mon aise, comme légère et détachée. Devant la glace, la satisfaction s'affiche sur mon sourire. Mes yeux pétillent. Pour la première fois, je me surprends à aimer la personne que je regarde. Une merveille, ce verre de scotch.

— Ne vous inquiétez pas Néné, je finis de me préparer. Je descends dans quelques minutes.

Je fonce dans la chambre, j'attrape la robe et d'un rapide coup de main, descends la fermeture Éclair pour me glisser dans le vêtement. La soie enveloppe toutes les formes de mon corps. J'en ai la chair de poule. J'enfile des escarpins. En bas des escaliers, je suis attendue.

— Tu es magnifique. Je ne t'avais pas vue aussi belle depuis le jour où je t'ai emmenée à la fête d'Oswald White, à Tientsin. Tu te souviens ?

Les mots bienveillants de mon père me font sourire. Il a l'art de choisir l'anecdote qui me touche. Je me jette aussitôt à son cou et par réflexe – comme je le faisais quand j'étais petite pour lui confier mes secrets – lui glisse une réponse à voix basse dans le creux de l'oreille.

— Comment pourrais-je oublier, Papa ? Tu sais bien que c'est là que tout a commencé.

— Je sais. Et cela me fait drôle de penser que je t'ai menée à lui une première fois il y a des années et que je te mène de nouveau à lui aujourd'hui.

— Tout est de ta faute, comme dirait Maman.

Mon père est seul à La Nouvelle-Orléans. Il a fait le voyage depuis Londres il y a dix jours sans ma mère, car Sarah Midway n'est plus en état de bouger.

— Moi aussi j'aurais aimé qu'elle soit là avec nous mais ce n'est pas possible, Margot. Elle ne me reconnaît pratiquement plus. Elle m'appelle Monsieur. Depuis plusieurs mois il n'y a plus aucune communication possible avec elle.

Il ne peut absolument rien contre les rouages d'Alzheimer, et pourtant je vois bien qu'il s'en veut. Depuis qu'il est arrivé à La Nouvelle-Orléans il se désole d'être ici, sans elle, avec moi. Mais ses états d'âme sont à des années-lumière de ce que je ressens. La vérité, c'est que je n'éprouve rien. Ma mère est bloquée, prisonnière d'elle-même depuis des années. Je crois qu'elle n'a jamais supporté de voir sa fille grandir et devenir une femme alors qu'elle-même se voyait vieillir et s'assécher. Nous n'avons plus aucune relation depuis longtemps. Il n'y avait aucune raison qu'elle soit présente auprès de moi, même pour un tel événement. Est-ce le whisky qui fait encore son effet, à dire vrai aujourd'hui Sarah Midway m'indiffère.

— Allons-y Papa. Je ne veux pas être en retard.

Avant de partir, je passe par la cuisine donner des instructions à Néné. En me découvrant, l'imposante gouvernante créole esquisse un large sourire. Son regard habituellement si sévère s'adoucit. Un sentiment de soulagement se lit sur son visage. Elle semble gagnée par l'émotion en me voyant dans ma robe. Mais elle ne fait ni remarque, ni compliment. Par pudeur ou par timidité, elle se reprend pour se concentrer, comme si de rien n'était, sur mes instructions concernant Camille.

— C'est entendu, madame. Dès qu'elle se réveille de sa sieste, je l'habille dans sa petite tenue et on part vous retrouver. Vous pouvez y aller sans crainte.

En posant le pied sur la terrasse qui entoure la maison, je suis saisie par la douceur de la brise qui me caresse le visage. Au bras de mon père, je descends les marches de bois et traverse silencieusement le parc baigné d'effluves de magnolias.

En cette fin d'après-midi, les rues du Quartier français sont tranquilles. Nous longeons des bâtiments en vieilles briques délavées aux colonnades de fer forgé qui se succèdent les uns après les autres. Ici ou là un air de gospel s'échappe d'un bar mais le cœur historique de la ville est encore endormi, et rien n'indique que dans quelques heures il sera comme chaque soir saisi par la fièvre du jazz.

Mon père et moi marchons côte à côte sans dire un mot, chacun dans son monde, comme nous le faisions à Manchester lors de nos promenades du week-end, lorsque j'étais enfant. Tout est doux et paisible, c'est presque étrange. Il y a moins d'une heure j'étais en morceaux, prête à fuir sur-le-champ. Comment l'alcool peut-il à ce point chasser la peur qui rôde alors qu'aucun cachet n'a jamais produit de tels miracles ? La détresse valdinguée, à jeun, en quelques gorgées d'un simple verre de scotch. Prodigieux. Et je n'ai toujours rien dans le ventre. Mais cela n'a pas d'importance, je n'ai pas faim, je n'éprouve aucune faiblesse. Je me sens flotter, légère, à distance. La panique qui m'a paralysée tout à l'heure est loin. J'avance tout droit, et je sens l'euphorie qui me gagne en l'imaginant m'attendre à la mairie dans un élégant costume de la même couleur que ma robe. Quelle tête fait-il ? Est-il impressionné par ce qui nous attend ? A-t-il le trac ? Est-il aussi fébrile que le soir de notre première rencontre ? Je le revois à Tientsin, il y a six ans, à la fête du consul, évitant soigneusement mon regard et meublant la conversation, pour masquer sa gêne ou sa timidité alors que j'étais fascinée par ses mains qui s'agitaient, dansaient, voltigeaient. Elles ont, comme lui, de la présence et de la grâce. Il n'est pas question, m'étais-je dit alors, que je passe à côté de cet homme-là.

— Tu es heureuse, ma fille ?

La question de mon père me tire d'un coup de mes souvenirs. Sans le regarder, je lâche après quelques secondes de silence :

— J'espère.

Mon père n'est pas du genre à se montrer intrusif. Il attend de voir si je vais aller plus loin.

— Papa, je voudrais que tu me répondes franchement. Le mariage a-t-il modifié ta relation avec maman?

— Question difficile. Mais je me suis souvent demandé ce qu'il se serait passé si elle ne s'était pas sentie protégée par les liens du mariage.

— Que veux-tu dire?

— Tu sais, Margot, elle est tombée dans la dépression très tôt. Sa longue descente a commencé bien avant que nous soyons installés à Tientsin. Elle s'est renfermée, elle a progressivement cessé d'avoir une vie sociale, et elle s'est entièrement appuyée sur moi. Comment les choses auraient-elles tourné si nous n'avions pas été mariés? Aurait-elle été plus combattive? Se serait-elle prise davantage en main? La question vaut évidemment aussi pour moi. Me suis-je caché derrière ma responsabilité d'époux plutôt que de l'affronter et la pousser à se battre?

— Pourquoi aurais-tu fait une chose pareille?

— Pour éviter de traiter le problème de front. C'est plus lâche, plus simple aussi.

Il s'arrête un instant avant d'ajouter:

— ... Mais c'est un piège.

— Comment l'éviter?

— Reste vigilante, ma fille.

Je n'avais encore jamais mis les pieds à la mairie de La Nouvelle-Orléans et j'ai un coup au cœur en découvrant le bâtiment. On se croirait brusquement transportés

270

à Rome ou à Athènes. Au beau milieu de la rue trône la réplique d'un temple grec construit autour de six immenses colonnes blanches qui soutiennent un toit de pierre en double pente. Je me surprends à saisir la main de mon père.

— Ils veulent mettre les couples qui se marient à l'épreuve ? C'est impressionnant. Tant qu'à faire, on aurait dû se marier au Parthénon !

— Ne t'affole pas, ce n'est qu'une porte d'entrée. Un hôtel de ville, c'est fait pour en mettre plein les yeux. Mais cela n'a aucune importance. Je suis là, avec toi.

Le hall n'en finit pas. Dix mètres, au moins, de hauteur sous plafond. Un sol en marbre blanc d'un bout à l'autre du bâtiment.

— J'ai l'impression d'être minuscule. Ce n'est pas une mairie. C'est une cathédrale.

Au bout de la gigantesque allée centrale, une petite porte numérotée indique le chiffre 321. Une affichette blanche est collée juste à côté du numéro. Il y est écrit : *Wedding Ceremony, Margot Midway and Paul de Promont. January 6, 1946.*

— Nous y sommes.

19.

Paul, 7 janvier 1946

Tu es dans le brouillard. Les muscles sont lourds, détendus, inertes. Le corps est encore endormi. Tout est calme, il fait nuit noire et tu sors du sommeil progressivement.

Quelle heure peut-il bien être? Tu te tournes vers la table de nuit et palpes les objets comme un aveugle. Mouchoir. Peigne. Verre. Carafe. Tes mains hésitantes slaloment au hasard entre les babioles avant de s'arrêter sur une grande feuille de papier dépliée. Au toucher, tu perçois la rudesse de l'encre sur les pages rêches de ce qui semble être un journal. En y posant la main, tu distingues un objet dissimulé sous le papier. D'un coup de bras, le journal tombe par terre et sur la table apparaissent les deux aiguilles scintillantes d'un réveil. Elles indiquent quatre heures cinquante-cinq.

Allongé les yeux grands ouverts dans l'obscurité, tu navigues dans ta mémoire pour tenter de trouver trace d'un souvenir récent. Peine perdue.

Tu te heurtes systématiquement à la même scène, la dernière que ton cerveau ait enregistrée, à l'intérieur de l'hôtel de ville. Émue aux larmes, Margot est à ton bras, sa main brûlante enveloppée dans ta main, ses doigts fins fermement réfugiés dans les tiens, effleurant avec douceur ton alliance, celle qu'elle vient quelques instants plus tôt de te porter à l'annulaire. Vous remontez l'allée centrale vers la sortie de la mairie en direction du groupe qui vous attend, à quelques dizaines de mètres, dans le grand hall.

À distance, tu distingues Camille enveloppée dans une sublime petite robe blanche, dans les bras de Néné ; Jimmy Saval, ton témoin, et Janet Rothstein, le témoin de Margot, grand reporter au *Times-Picayune*, et l'amie la plus proche que vous ayez ici ; sans oublier Frederick Midway et le maire de La Nouvelle-Orléans Robert Maestri qui, accompagné de son épouse, a officialisé votre union quelques minutes plus tôt, en te prenant directement à partie :

— Au-delà de l'amitié que je porte au brillant consul de France de La Nouvelle-Orléans que vous êtes, mon cher Paul, quelle émotion et quelle joie de célébrer le mariage d'un homme et d'une femme dont l'amour est intimement et éternellement lié à leur engagement dans la Résistance. N'est-ce pas là le plus beau symbole de l'héroïsme triomphant ?

En moins de dix minutes, le mariage a été prononcé, les papiers signés, l'affaire réglée tel que l'avait exigé Margot, puis immédiatement après la brève cérémonie, les cinquante invités ont vidé la salle des mariages pour filer vers l'immense hall, à l'entrée de l'hôtel de ville, en guettant votre arrivée pour vous jeter du riz par poignées et crier à tue-tête «Vive les mariés!».

Tu étais comblé et tu as ri aux éclats avant de cligner soudain des yeux. Puis te crisper.

D'un coup, tout bascule. Les sons stridents des cris de joie se répandent dans ton tympan et déclenchent une douleur sourde qui t'attaque au niveau de la tempe. Le bourdonnement vrille ton crâne. Le sifflement aigu est continu. Tu lâches la main de Margot pour couvrir tes oreilles. Tu perds l'équilibre, fais un pas ou deux en titubant.

Rideau noir.

Après… C'est maintenant.

Douze heures se sont écoulées et dans ce laps de temps tu n'as aucun souvenir de ce qui s'est passé.

Tu es au fond de ton lit sans savoir comment tu as bien pu y atterrir. Tu te touches le crâne, le front, les oreilles et les tempes, comme pour t'assurer que tout est là, intact. Il n'y a plus de son strident, plus de vibration, plus la moindre trace d'une migraine. La douleur a disparu. Mais tu es apeuré.

Un simple mal de tête ne peut pas provoquer une telle chute. Pourtant personne dans le corps médical n'a jusqu'ici été fichu de te livrer le moindre diagnostic. Tu navigues à vue, la peur au ventre à l'idée d'affronter une nouvelle douleur.

Depuis leurs premières apparitions en Indochine, en 1942, les migraines sont devenues régulières et elles suivent à peu près le même rituel. Elles démarrent toujours par une frappe intense et quasi chirurgicale au niveau de la tempe, qui t'affaiblit avant le coup de grâce. Ensuite, une fois installée à l'intérieur de ton cerveau, la douleur se propage profondément et rapidement jusqu'à ce que l'ensemble de ta boîte crânienne soit envahi par le mal à t'en faire hurler. Mais le Diable – c'est le surnom que tu as fini par lui donner – ne te lâche que lorsqu'il le décide et il prend parfois un malin plaisir à te rappeler qu'il est le seul maître à bord, le seul à disposer de la maîtrise du temps… et de la douleur.

Il t'en a fait la parfaite démonstration sur le champ de bataille dans les Vosges, en octobre 1944. Une migraine ophtalmique (selon le jargon du médecin) t'a cloué au lit et à l'isolement dans l'infirmerie pendant plus de trois jours avant que le Diable décide de disparaître. Ensuite, plus rien pendant des mois.

Après la guerre, l'année dernière, le Diable se faisant absent, tu as cru qu'il avait décidé de prendre définitivement congé, magnanime. Quelle naïveté. Les crises sont revenues sans prévenir et sans raison apparente, peu de temps avant ton départ pour les États-Unis, au moment de tes entretiens au Quai d'Orsay avec le si bienveillant Jacques Lestrade.

Les consultations médicales à répétition n'ont servi qu'à amplifier ton angoisse. Rappelle-toi de ton rendez-vous avec Pierre de Lautrémont, illustre médecin et camarade de la 2e DB, dans son cabinet cossu du boulevard Malesherbes. Sur un ton volontairement léger, mais pas moins inquiétant, il t'a annoncé : « Je suis comme vous, dans le noir le plus complet, mon cher Promont.» Un humour caustique pour signifier son ignorance. Et comme tous les toubibs que tu as consultés avant lui, Lautrémont n'a rien trouvé de mieux que de te prescrire des paquets d'aspirine et d'antibiotiques sans aucun autre effet qu'un pauvre placébo, parfaitement inefficace.

En arrivant à La Nouvelle-Orléans il y a trois mois, tu espérais que la douceur de vivre de cette ville apaiserait les choses. Les crises n'ont, en réalité, cessé de s'amplifier. Mais l'intensité d'hier reste inédite.

Jamais la douleur n'avait provoqué chez toi une telle perte de contrôle, au point de tomber et t'évanouir. Tu n'auras donc même pas vécu ton propre mariage, Paul... La nuit te pèse. Elle est trop longue. Tu tournes en rond. Tu décides d'allumer la lumière pour te changer les idées, quitte à réveiller Margot.

Erreur.

Au moment de tourner l'interrupteur, un néon blanchâtre accroché au plafond t'éblouit. Stupéfaction. Les murs sont couverts d'un papier peint en crépi blanc que tu ne reconnais pas. Des rideaux de nylon dissimulent trois petites lucarnes que tu n'as jamais vues. Tu découvres une chambre d'hôpital alors que tu pensais être chez toi.

— Margot!

— Je suis là Paul. Je suis là. Pas de panique.

Elle surgit du divan installé dans un coin où elle s'était manifestement allongée pour passer la nuit auprès de toi.

— Bien sûr! Aucune raison de paniquer. J'ai passé ma nuit de noces à l'hôpital, mais tout va bien.

— Je ne pouvais pas faire autrement que de vous emmener ici. Vous avez fait une chute et perdu connaissance dans le hall de la mairie. J'étais dans tous mes états. Jimmy Saval et mon père ont tout de suite appelé une ambulance pour vous transporter à l'hôpital. Il était hors de question de rentrer à la maison. Les médecins vous ont placé au repos pour la nuit avant de vous examiner.

— M'examiner, pour quoi faire, Margot ? Si c'est pour me répéter qu'il faut que je prenne de l'aspirine, je ne vois pas bien l'utilité de rester ici.

— Je ne crois pas que ce soit leur intention.

— Pardon ?

— J'ai parlé au chef de service, le Dr Duffy, et je lui ai raconté vos migraines. Il veut que vous fassiez une radio du cerveau.

— De quoi parlez-vous ?

— C'est un examen qui permet de voir l'intérieur de la boîte crânienne avec des rayons X. J'ai eu la même réaction que vous, et il s'est mis à rire en me disant que c'était pourtant en Europe, et notamment en France, que la technologie avait été développée...

— Mais Margot, qu'est-ce qu'ils pensent pouvoir trouver ?

— Ils ne savent pas, mais la possibilité de voir à travers le corps donne au médecin un pouvoir d'investigation formidable. Et Duffy pense qu'il ne faut pas perdre de temps, vu la fréquence de vos migraines.

— Quand ?

— Si vous êtes d'accord, il est disponible aujourd'hui.

*

Il t'a juré que tu serais libéré dans moins de cinq minutes.

— Installez-vous derrière la paroi.

Tu es figé, en caleçon, la tête dissimulée derrière une cloison qui ressemble à une grande pièce en métal. De l'autre côté de la paroi, dans le laboratoire de radiologie, Kevin Duffy, chef de service au Charity Hospital de La Nouvelle-Orléans, s'apprête à actionner l'interrupteur connecté aux machines qui envoient les rayons X.

— Ne bougez plus. Nous allons faire la radio.

Soudain, une alarme électrique se déclenche. Elle dure moins d'une minute.

— Et voilà, le tour est joué, mon cher Paul. Il n'y a plus qu'à faire preuve d'un peu de patience. Nous aurons les résultats dans deux ou trois semaines.

20.

Paul, 25 janvier 1946

Tu fais les cent pas dans le couloir de l'hôpital pendant tout l'après-midi, tes ongles entre les dents pour calmer ta nervosité. Assise sur un banc, Margot tente comme elle peut de te réconforter.

— Cela va bien se passer Paul, j'en suis certaine.

— Vous dites cela pour me rassurer. Mais vous n'en avez pas la moindre idée.

— Ce que je sais c'est que nous prenons les choses à temps, et que nous n'attendons pas la Providence. Voilà pourquoi je reste optimiste. Nous agissons.

— Encore faudrait-il qu'il nous reste du temps, et cela non plus nous n'en savons rien.

Tu lui réponds sans la regarder et en réalité, tu finis par t'en rendre compte, c'est à toi-même que tu t'adresses. Tu es tellement absorbé que tu mets un moment à t'apercevoir que tu parles tout seul et qu'elle a fini par quitter le banc où elle était assise. Le couloir est vide.

— Paul!...

Elle t'appelle depuis un des bureaux qui donnent dans le couloir.

— ... Paul. Je suis avec le docteur Duffy, dans son bureau.

Ce n'est qu'en t'asseyant à côté de Margot que tu prêtes attention au médecin : il a une quarantaine d'années, le visage carré, la chevelure brune en désordre, barbu. La dégaine plutôt négligée, comparé à l'uniforme costume-cravate-chemise blanche répandu à La Nouvelle-Orléans, te dis-tu en l'observant, avant qu'il ne te ramène à la réalité.

— J'ai vos radios, et je voudrais qu'on les analyse ensemble.

— D'accord. Mais cette entrée en matière n'est pas très encourageante, Docteur.

— Je crois au contraire que rien n'est décourageant. Simplement, par mesure de précaution, il est préférable de ne pas perdre de temps.

Sur son bureau sont étalées trois grandes feuilles épaisses et transparentes en noir et blanc. On y voit la découpe de ton cerveau sous différents angles. Avec la pointe d'un crayon à papier, Duffy t'indique une zone près de la tempe gauche, où se trouve un point blanc à peine visible.

— Vous voyez ce point ? Voilà notre sujet.

— De quoi s'agit-il ?

— C'est difficile à dire.

— Comment ça ?

280

— Pour savoir si cette petite tumeur est bégnine ou maligne, il nous faut des examens plus poussés.

— Vous êtes en train de me dire qu'il se peut que ce soit un cancer du cerveau, n'est-ce pas ?

— C'est du domaine du possible, oui.

21.

Margot, 31 décembre 1946

Tenir, je dois tenir debout malgré la douleur. Je sens une crampe dans mes mollets, j'ai les pieds qui enflent dans mes escarpins. Mes lombaires craquent. Sous ma robe longue, mon corps se déglingue de fatigue. Et lui ne voit rien. Depuis un quart d'heure, il me parle sur un ton monocorde d'un sujet assommant.

— Voyez-vous Margot, c'est étonnant. Le nombre de ressortissants français a doublé cette année à La Nouvelle-Orléans.

Jean Deruche a beau être un homme charmant, le nouveau directeur du Lycée français respire l'ennui. Par politesse, je force une question, histoire de faire passer le temps en attendant de pouvoir m'échapper.

— Et comment l'expliquez-vous ?

Mais à peine ose-t-il une réponse, que je suis secourue par... Chep Morrison, le nouveau maire de la ville, qui, me voyant aux prises avec Deruche, se précipite pour venir me saluer.

— Bonsoir Margot! Vous êtes resplendissante, ma chère. Le bonheur de femme mariée vous va à merveille.

Je cache mon jeu. Avec ce sourire éclatant, fixé depuis des heures sur mes lèvres. Ni Morrison ni Deruche ni aucun des deux cents invités n'ont la moindre idée de ce qui m'arrive. Je suis vidée de l'intérieur. Mais la vitrine est parfaite. Mon ton est désinvolte, ma repartie efficace. Suffisamment mondaine pour dissimuler mes tourments.

— J'aurais pu croire à un excès d'alcool de votre part en écoutant votre compliment, Chep, mais j'observe que votre verre est vide et que vous ne buvez pas. Ou bien trop peu pour un soir comme celui-ci.

— En effet Margot. Aucun excès.

— Alors, permettez-moi de faire le nécessaire.

J'attrape son verre, me fraye un chemin au milieu de la foule pour rejoindre le bar et fais un signe au maître d'hôtel, qui s'exécute sur-le-champ.

— Margot, vous êtes parfaite. C'est vous le vrai consul de France, plaisante Chep en me remerciant.

Je ne cherche pas à répondre, ni à faire de l'esprit. Le maire de La Nouvelle-Orléans est déjà en pleine discussion, en espagnol, avec trois smokings sud-américains et deux robes longues à chevelure peroxydée. Pour m'échapper, un sourire suffit, toujours le même, celui de la maîtresse de maison docile mais puissante, celle que j'incarne ce soir, et qui plaît tant aux hommes de pouvoir comme monsieur le maire Chep Morrison.

— Margot!

283

Au loin, dans le parc attenant à la maison où sont massés la plupart des invités, j'entends la voix grave et profonde de Janet Rothstein, dont le timbre rauque se reconnaît entre mille. Je me faufile parmi la foule du salon enfumé pour la rejoindre à l'extérieur. Je la découvre dans une robe longue argentée sertie de diamants, la chevelure foncée tombant sur les épaules, me fixant avec toute l'intensité de ses yeux noirs. Une beauté fatale qui tranche avec l'image habituelle du reporter de terrain mal fagoté, métier que Janet exerce pourtant avec brio depuis dix ans.

— Quelle soirée ! C'est magique, ce que tu as organisé.

Tout autour de nous, près des palmiers qui bordent la pelouse, de grandes torches électriques illuminent le parc et éclairent le lierre qui couvre les vieilles briques de la maison. Sur la terrasse, les maîtres d'hôtel sont à la manœuvre, derrière deux longs buffets. Le champagne coule à flots et les invités trinquent joyeusement.

— Tu dois être aux anges ! Tout le gratin de La Nouvelle-Orléans est là. Je n'ai jamais vu autant de gens illustres dans une même fête.

Janet a raison. À travers les portes-fenêtres j'aperçois Bob Kennon, le gouverneur de la Louisiane, qui papillonne de table en table dans l'immense salon. À l'autre bout de la pièce, Kimball Nicholson, directeur du *Times-Picayune* (et patron de Janet) est en grande discussion avec la photoreporter Dorothea Lange. Chep Morrison continue d'avaler ses whiskys en compagnie de riches industriels venus d'Amérique du Sud. Et isolé dans un coin près de la grande bibliothèque, je remarque l'écrivain

Tennessee Williams courbé sur le tourne-disque, passant le tube « I Get a Kick Out of You » pour rameuter tout ce beau monde sur la piste de danse. Le Bottin mondain de La Nouvelle-Orléans s'est donné rendez-vous à la maison ce soir. Seule une personne manque à l'appel. Et Janet l'a évidemment remarqué.

— Margot, où est Paul ? Je ne l'ai pas vu.

— Oh, il doit errer à l'intérieur parmi les invités.

Décidément, j'aurais dû être comédienne. Janet non plus n'imagine pas que derrière mon calme et mon sourire de maîtresse de maison modèle, je vis un calvaire. Depuis des heures, je lutte contre ce vertige qui ne me quitte pas. La dernière image de Paul me hante. Je le revois en début de soirée, appuyé sur sa canne, se déplaçant difficilement mais avec joie parmi les invités. Jusqu'à l'arrivée d'un homme en soutane, dont je ne parviens pas à distinguer le visage de là où je me trouve. Contact. Messes basses. Quelques secondes plus tard, Paul quitte la pièce en direction de son bureau. Il est suivi de ce personnage enveloppé dans cette longue robe noire, que je finis par reconnaître et qui, croisant mon regard, s'arrête pour me saluer.

— Vous ici, mon père, c'est une surprise.

— Ma chère Margot, l'insistance de Paul ne m'a guère laissé le choix.

— Je vois. Amusez-vous bien.

Le père Henri Brunswick tourne les talons et part retrouver Paul dans son bureau. Je ne comprends pas ce qu'il fait ici alors qu'il ne figurait pas sur la liste des deux cents invités que j'ai dressée il y a deux mois lorsque nous avons organisé la fête. S'il est présent ce soir, c'est que Paul l'a sollicité pour une raison précise, et que je ne connais pas.

Sa venue ne présage rien de bon. Sous l'air bienveillant que lui donne sa panoplie de prêtre, Brunswick est un personnage sournois, nourri de rancune. En Indochine, il y a quatre ans, alors que je refusais de me soumettre à lui pour retrouver Paul, il m'a juré, le doigt tremblant pointé vers mon visage, que tôt ou tard je le paierais. Je me souviens parfaitement de ses mots : *Je sais qui vous êtes, je sais ce que vous avez fait pour pousser Paul à quitter sa femme. La route est longue. La vie est longue. Un jour on se retrouvera Margot. Et je me rappellerai de cet instant.*

Ce jour est-il arrivé ? A-t-il fait tout le voyage depuis Paris pour venir régler ses comptes ? Le savoir à La Nouvelle-Orléans, dans ma maison, me glace les sangs. Lorsque je l'ai découvert, circulant sans aucune gêne parmi les invités, une sensation désagréable m'a submergée. Le sol s'est comme dérobé sous mes pieds. Je me suis isolée dans un coin pour m'appuyer contre le mur et souffler un instant avant de reprendre mon rôle de parfaite épouse bon chic bon genre, sourire lisse fixé aux lèvres. Cela fait maintenant deux heures qu'ils sont enfermés dans le bureau et la porte est toujours close alors qu'on approche de minuit. Que peuvent-ils bien manigancer ?

— 60... 59... 58... 57...

Les invités sont déchaînés. Chaque seconde qui nous rapproche du Nouvel An est scandée à l'unisson.

— 43… 42… 41…

Mes yeux pivotent de gauche à droite et je les vois tous criant à tue-tête, comme s'ils chantaient un gospel. Je croise le regard de Janet qui me sourit, bienveillante et douce, tandis qu'elle pousse sa voix grave et rauque. En la voyant entrer ainsi en communion, je me mets à mon tour à chanter, les yeux mi-clos, lâchant ma voix progressivement dans les aigus.

— 40… 39… 38…

Je sens les battements de mon cœur s'accélérer.

Je m'aperçois que je suis la seule femme sans cavalier autour de moi. Mes yeux sont fixés sur sa porte et je me demande quand il va finir par montrer le bout de son nez.

— 25… 24… 23…

Rien. Pas un mouvement. Quelques secondes nous séparent encore de l'année 1947.

— 5… 4… 3…

Silence. Un instant avant la fin du compte à rebours, tout le monde s'arrête net. Il n'y a plus un bruit dans la maison. Et c'est dans ce bref intervalle que je vois la porte du bureau s'ouvrir et Paul en sortir discrètement.

— *Haaaaaapppppppppyyyyyyyyyy New Year!*

Dans les hurlements, il se dirige tout droit vers moi, colosse d'un mètre quatre-vingt-douze claudiquant avec peine à l'aide de sa canne. Il me fixe et pour la première fois, il y a un mur derrière ses yeux gris.

— Je vous souhaite une bonne année, Margot.

— À vous aussi, Paul, bonne année.

Son baiser, sur mes lèvres, est aussi froid que son regard. Aussi froid que cette phrase à la dérobée :

— Il faut que je vous parle.

La nuit va être épouvantablement longue.

22.

Margot, 23 août 1948

J'ai l'impression que mon crâne va exploser.

Les bourdonnements sont incessants. Des sons graves et aigus fusent de partout et chargent vers mes tympans. Les vibrations sont sourdes. Les cris stridents. La sonorité chaotique. Les bruits se superposent les uns aux autres et retentissent dans mon cerveau, ils me flanquent mal au crâne et la frousse. Le boucan est infernal alors qu'étrangement, autour moi... tout est calme.

Que m'arrive-t-il? Mon regard balaie lentement autour de moi et je me demande si je ne suis pas en train de perdre pied. Pas une âme. Le parc, la rue, les maisons aux alentours sont plongés dans le silence et l'obscurité, comme tout le reste de La Nouvelle-Orléans à cette heure tardive de la nuit.

Je suis seule sur la terrasse de ma chambre qui du premier étage domine tout le Quartier français, et j'attends que le jour se lève. Au milieu de la nuit muette, je les entends, toujours plus forts, toujours plus présents. Les battements de leurs ailes s'accélèrent. Ils sont invisibles.

Mais leur vacarme est impressionnant. Ils volent en hordes de dizaines, peut-être même de centaines d'insectes, circulant à vive allure, attirés par la chaleur humide de la nuit tropicale et par ma présence – la présence d'une insomniaque.

Ils m'encerclent comme s'ils cherchaient à me pousser à bout pour me chasser de la terrasse et à me forcer à rentrer me coucher à côté de Paul. Lui dort à l'intérieur comme un bébé, les mains croisées sur son ventre bedonnant, que recouvre le drap en lin.

Son sommeil est profond et paisible.

Lorsque je l'ai quitté il y a une heure, il dormait avec sur le visage un sourire serein, presque narquois. J'ai l'impression qu'il me provoque avec le bien-être et la légèreté qu'il affiche constamment, même dans son sommeil.

Il ne sait rien de ce qui m'arrive.

Il ne sait rien de mes nuits à attendre que le sommeil vienne et l'angoisse parte.

Il ne sait rien de cette boule à l'estomac qui me ronge et de cette nausée qui m'assaille. Il ne sait rien de mes heures passées la tête au-dessus de la cuvette des toilettes à vider mes entrailles de cette bile acide qui me dévore.

Et bien entendu, il ignore que cette détresse m'envahit toutes les nuits depuis maintenant dix-huit mois. Dix-huit mois à revivre cette même séquence où, suivi du père Brunswick, je l'ai vu sortir de son bureau boitant sur sa canne comme un vieillard, un vieillard fatigué d'à peine 42 ans seulement, se faufilant avec maladresse entre les invités qui hurlaient de joie au passage du Nouvel An.

290

Au loin, tandis que dans la soirée agitée du 1er janvier Paul se frayait un chemin hors de la maison pour me rejoindre dans le parc, j'étais parvenue à accrocher son regard, et j'avais remarqué quelque chose d'étrange. Quelque chose que je n'avais encore jamais perçu dans ses yeux. Ils étaient distants, impassibles. Impénétrables.

— Il faut que je vous parle.

J'étais glacée, incapable de penser droit. Alors j'avais répondu de façon machinale par une question inutile et sotte.

— Quand ?

— Pas maintenant. Ce que j'ai à vous dire est important.

Il m'avait fallu attendre, l'estomac noué, que le dernier invité quitte les lieux à l'aube, pour démarrer ce qui allait être une conversation par épisodes, interminable et décousue.

Paul n'était pour rien dans ce mode de communication alambiqué. C'est moi qui l'avais imposé sans le vouloir dès le début de la discussion.

Les lueurs du premier jour de l'année avaient commencé à apparaître alors que nous étions installés sur le banc en pierre au bord du parc, en contrebas de la maison. Bizarrement, ce n'est pas lui qui avait attaqué. Sans réfléchir, j'avais ouvert le bal en évoquant ce qui avait ruiné ma soirée du Nouvel An : la présence d'Henri Brunswick.

— Pourquoi ne m'avez-vous pas dit que vous l'aviez invité ?

— Parce que vous ne l'auriez pas accepté.

— Vous savez très bien ce que je pense de lui. C'est un faux jeton, un homme qui, malgré sa soutane, est malveillant. Il ne supporte pas qu'on lui tienne tête. Il a toujours voulu ma peau parce que je lui ai résisté en Indochine, et parce qu'il n'a jamais toléré que vous quittiez Claire pour moi. En l'invitant sans m'en parler, vous lui donnez raison.

— C'est mon ami et j'avais besoin de le voir.

— Cela fait des siècles que vous ne vous étiez pas vus.

— Il fallait que je le voie, Margot...

Je me souviens encore de l'effet de cette simple phrase. Brusquement mon rythme cardiaque s'est s'envolé, mes muscles se sont raidis, j'avais du mal à calmer les tremblements de mes mains.

De quoi Paul devait-il me parler ? Quelle urgence avait-il eue à voir Brunswick ? Je perdais pied mais je tentais de garder la face.

— Écoutez Paul, je me suis occupée seule de tous les invités pendant que vous étiez enfermés dans notre bureau avec Brunswick. Alors vous comprendrez que je sois épuisée. Je crois qu'il est préférable de voir ça plus tard.

En un rien de temps j'avais filé dans la chambre, tiré les rideaux d'un coup sec, ôté ma robe et mes talons à la hâte, trouvé refuge au fond de mon lit, avec l'espoir de tomber comme une masse.

En fermant les yeux, les couleurs disparurent. Sous mes paupières closes, une épaisse masse grisâtre s'érigea d'un coup devant moi. Plus rien. Le vide. L'obscurité. Le silence.

Impossible de fermer l'œil.

L'image de la porte close de son bureau pendant des heures revenait sans arrêt dans mon cerveau et je sentais la colère monter. Je me retrouvais dans une situation contre laquelle je n'avais pourtant jamais cessé de lutter. Alors que nous n'avions pas encore passé le cap du premier anniversaire de notre union, nous étions déjà gagnés par l'épouvantable usure du mariage et de la vie conjugale dont je m'étais tant méfiée. Quelle ironie! J'étais furieuse d'avoir pressenti les risques qu'encourait notre couple, furieuse d'avoir pourtant cédé aux désirs conformistes de Paul de nous passer la bague au doigt.

— Margot, vous dormez?

Je pensais que Paul terminait la nuit en bas dans la chambre d'ami, je ne m'attendais pas à ce qu'il me rejoigne.

Dans l'obscurité, je l'entendis déposer sa canne et se déshabiller avec peine. La maladie freinait chacun de ses mouvements. Il avait le rythme lent d'un corps usé. Tout doucement, il se glissa sous les draps et s'allongea de son côté, alors que je me trouvais à l'autre extrémité, la tête dans la direction opposée.

— Non Paul, je ne dors pas.

Les yeux clos, je répondis sans me retourner, envahie par la tristesse.

Vingt centimètres seulement nous séparaient et pourtant il y avait comme un monde entre lui et moi. Une telle distance m'était insupportable. Saisie par une irrépressible envie de me blottir contre lui, je frôlai son épaule de la main, et ce simple contact suffit à m'emporter. Je la laissai aussitôt courir le long de son bras, jusqu'à la paume de sa main entrouverte. Pour m'y réfugier.

Sans réaction.

Ses doigts restaient lâches et inertes sous mes caresses. J'avais du mal à comprendre. Il refusait de prendre part au jeu mais ne retirait pas sa main pour autant. Aucun mouvement de repli, aucun geste brusque. Il aurait suffi d'un rien pour que je m'éclipse. Il laissait pourtant mes ongles effleurer librement le creux de sa main et filer lentement le long de ses doigts dans un doux et délicat va-et-vient.

Paul demeurait immobile mais – je le sentais – il hésitait, se retenait, luttait sans doute de toutes ses forces pour ne pas céder à la tentation. Pourquoi s'imposait-il un tel contrôle ? Je n'en avais pas la moindre idée. Mais son refus de se laisser aller à son désir me poussa à sa conquête.

Je me retournai lentement pour glisser mes jambes entre les siennes. Là encore il ne m'opposa aucune résistance. Dans l'obscurité, il m'était impossible de voir ses yeux, et de savoir ce qu'il éprouvait. Je fixais mon esprit sur l'image de son visage souriant et béat lorsqu'il est absorbé par le désir et, les yeux clos, me laissai maintenant aller à me frayer un chemin entre ses cuisses pour me projeter tout entière contre lui. Et là… je sentis brusquement une main glaciale s'appuyer sur mon buste comme pour se protéger d'un agresseur.

— Je vous en prie, Margot.

Il m'est impossible de reproduire dans ce cahier ce qu'il me dit. L'écrire serait l'accepter. Et l'accepter signifierait... renoncer... tout abandonner.

Autant crever!

Depuis dix-huit mois, la violence de ses mots tourne en boucle, m'obsède, me ronge, me pousse à boire, m'empêche de vivre. Ces mots si terribles, je ne puis même pas les écrire. Comme si laisser une trace serait les graver à jamais. Mais la conviction qu'avec le temps ce secret finira par se dissoudre dans ma mémoire et s'en échappera pour de bon... cette conviction-là me fait tenir.

Je veux croire que notre histoire reste possible et peut-être même supportable. Croire que tout peut redevenir comme avant. Nous avons traversé la guerre et combattu les Boches pour retrouver la liberté qui nous avait été volée. Et aujourd'hui je me bats et je résiste de nouveau pour ne pas perdre celui qui a donné un sens à ma vie.

Je veux le retrouver.

L'aube pointe le bout de son nez. Je jette un œil à ma montre : cinq heures quarante.

Je quitte la terrasse pour regagner la chambre où Paul dort profondément. Imperturbable. Le bruit du moteur du ventilateur que j'actionne pour rafraîchir la pièce en rentrant ne déclenche aucune réaction. Il n'entend pas non plus l'épais parquet ciré noir en tek qui craque sous mes pieds au moment où je m'accroupis près du lit. Il affiche toujours le même visage ravi d'un homme plongé dans un sommeil paisible. Ses traits sont détendus.

Son front est lisse. Son expression figée. Ses deux mains croisées reposent toujours à l'identique sur son ventre au-dessus du drap en lin. Je reste là à attendre son réveil. Je l'observe en détail, guette le moindre mouvement. Mais il ne bouge pas. Et comme pour me donner du courage, je me dis que la patience va finir par payer, alors qu'un filet de larmes se met à couler lentement le long de mon visage.

— Vous avez juste besoin de dormir, Paul. Je suis là. Reposez-vous bien, mon amour. Vous ne bougez pas parce que je sais que vous vous ménagez. Je le sais. Je ferais pareil à votre place.

Les sanglots déforment ma voix. Elle se fait plus forte. Incontrôlable.

— Paul… Je sais que vous êtes là. Vous êtes là, n'est-ce pas? Dites-moi quelque chose. Dites-moi quelque chose, mon amour. Je vous en prie, Paul… Paul!

Je voulais me battre. Je voulais sauver notre amour.

Mais désormais je suis seule.

Il ne me répondra plus.

QUATRIÈME PARTIE

Décembre 1999

23.

1er décembre 1999

Ça ne sent pas bon. Rien de tangible. Mais plus le temps passe, plus j'appréhende. Affaire d'intuition.
— Vingt-trois. Vingt-quatre. Vingt-cinq. Vingt-six.
J'ai beau jouer la montre, laisser les secondes filer...
— Trente-huit. Trente-neuf. Quarante.
... la boucle sonore est tenace. Elle s'accroche.
— Cinquante et un, cinquante-deux, cinquante-trois...
Depuis maintenant près d'une minute, les « percussions » tambourinent dans le haut-parleur de mon Nokia qui vibre et scintille sur le guéridon de ma chambre tandis que « numéro privé » s'affiche sur l'écran. Je tourne autour en attendant que le bruit cesse, puis fais les cent pas le long la baie vitrée au vingt-troisième étage en me demandant qui peut bien insister aussi lourdement. Une sonnerie qui s'entête, c'est forcément mauvais signe. Je sens bien que celui ou celle qui se cache derrière ce « numéro privé » n'a pas l'intention d'abdiquer. J'attrape le téléphone.
— Paul ?

— Oui, Maman.

— Je te dérange ?

— Non mais je suis surpris que tu m'appelles à une heure du matin.

— Une heure du matin ? Mais où es-tu ?

— Tokyo, en reportage.

— Désolée de t'avoir réveillé mais c'est très important. C'est ta grand-mère. Je ne sais pas comment te le dire… Ta grand-mère a un cancer.

— Comment ça ?

— Elle a fait des examens. Les résultats viennent de tomber. Les médecins m'ont appelée. Un cancer du poumon qui dégénère. Les métastases se baladent un peu partout.

— Mais on découvre tout ça, comme ça, du jour au lendemain ?

— Quasiment, oui. Elle est tombée dans l'escalier il y a dix jours. À l'hôpital, on lui a fait une batterie d'examens et on lui a diagnostiqué un cancer aux poumons qui s'est généralisé. J'ai eu le médecin tout à l'heure. Je voulais te prévenir le plus vite possible.

— Ça signifie quoi, concrètement ?

— Trois mois. Peut-être six. Max.

— Comment a-t-elle réagi ?

— De marbre. Elle n'a rien dit. Tu la connais, c'est comme si elle n'était pas surprise.

— Elle souffre ?

— Non, pas vraiment, et c'est la bonne nouvelle. À son âge, le cancer progresse sans engendrer de douleur. Elle est juste fatiguée.

— Ok, je rentre. Je serai à Paris dans deux jours.

Je m'écroule d'un coup sur le canapé installé devant la multitude de lueurs qui, au travers de la baie vitrée, brillent au loin dans la nuit. Sensation étrange d'être soudain déconnecté du décor surréaliste en noir et blanc qui se dresse devant moi. *Phase terminale.* Les tours et les autoroutes qui serpentent entre elles me sont invisibles. *Trois mois. Peut-être six.* J'ai l'impression d'être déjà loin, d'avoir quitté Tokyo, retrouvé Paris et le parfum Shalimar qui plane dans le salon de l'appartement biscornu de la rue de l'Université où je la vois assise près de la cheminée, ses yeux vert émeraude plongés dans les mots croisés du *Herald Tribune* alors que le petit garçon de 10 ans que je suis fait ses devoirs à côté de sa grand-mère.

Un besoin urgent de me trouver auprès d'elle me saisit.

*

Dans le taxi qui me ramène de l'aéroport, l'entrée dans Paris est déprimante : il est 22 heures, mais on se croirait dans une ville fantôme. La voiture trace sur les grands axes, filant d'un quartier à l'autre – porte de la Chapelle, gare de l'Est, les grands boulevards, la Madeleine, jusqu'aux alentours de la tour Eiffel – sans croiser âme qui vive. Sous son épaisse moustache, le chauffeur esquisse un sourire gonflé de fierté lors de notre arrivée, rue de l'Université.

— Moins de vingt-cinq minutes en venant de Roissy, c'est un record, mon cher monsieur.

Malgré la bonne humeur du chauffeur, l'atmosphère est sinistre. Les taches blanches formées sur le trottoir par le reflet du lampadaire allumé renforcent l'ambiance de fait divers. En sortant de la voiture, je jette un coup d'œil au troisième et dernier étage du petit immeuble. Les volets sont fermés, aucune lumière ne filtre à travers les persiennes. Il ne me reste qu'à grimper à pied les trois étages en espérant chasser le spleen qui ne m'a pas quitté depuis Tokyo.

*

— Qu'est-ce que c'est ?

Derrière la porte, je ne parviens pas à reconnaître la voix. Elle est à la fois douce et inquiète, le timbre un peu cassé. Aucune ressemblance avec Margot.

— Bonjour madame, je suis le petit-fils de madame de Promont.

La porte s'ouvre d'un coup. Apparaît devant moi une blouse blanche coiffée d'un chignon poivre et sel.

— Bonjour monsieur. Je suis Suzanne. Elle va être très contente de vous voir. Elle me parle tout le temps de vous.

— Vous êtes installée ici en permanence ?

— Il n'y a pas le choix, hélas. Elle est très fatiguée. On ne peut pas la laisser seule.

À peine ai-je retiré ma doudoune que l'infirmière me devance dans le couloir sombre. Par le Velux j'entrevois la tour Eiffel qui scintille dans la nuit et illumine comme un puits de lumière une partie du couloir. L'instant est magique mais fugace. En entrant dans la chambre, j'ai un choc.

Tout au fond, entre la fenêtre et un lit surélevé d'hôpital à barreaux métalliques qui a pris la place de son grand lit à baldaquin, Margot est avachie, les yeux fermés, dans son gros fauteuil club en cuir patiné. L'appareil d'assistance respiratoire connecté à ses poumons fait un bruit assourdissant. De ses narines sortent deux longs tuyaux en plastique transparent reliés à une bombonne d'oxygène au ronflement permanent. Sous les longs cheveux blancs, son teint est blême. Ses joues sont creusées et son visage semble plus ridé encore que d'habitude. Malgré ma présence, ses yeux restent clos comme si elle était ailleurs, comme si elle se préparait déjà à l'absence. Seules ses mains tremblantes trahissent une excessive nervosité, une détresse que je perçois chez elle pour la première fois. Tout doucement, je m'approche puis m'accroupis auprès d'elle pour saisir ses mains et les serrer entre les miennes.

— Je suis là... C'est moi... Paul. Est-ce que tu m'entends ?

Le bruit continu de la machine est assommant. Il lui faut une bonne dizaine de secondes avant de répondre.

— Je t'entends, mon garçon. Je suis contente que tu sois venu. J'avais peur de ne plus te revoir...

Courte pause, au milieu du bruit, pour reprendre sa respiration puis elle enchaîne, avant que j'aie le temps de protester :

— ... Je ne vais pas très bien, tu sais. Je suis fatiguée, Paul.

— C'est tout à fait normal. Il faut que tu te reposes pour retrouver de la force.

Elle a un rictus et pousse un soupir, pour bien me faire comprendre que ma gentillesse est d'une naïveté puérile. Et parfaitement inutile.

— Je sais très bien ce qui se passe, tu sais. J'ai demandé aux médecins de ne pas me raconter de sornettes. Je n'ai jamais aimé qu'on me prenne pour une idiote. Ils ont compris qu'il valait mieux me dire la vérité. Je ne reprendrai pas de forces. C'est la fin, Paul.

Je reste muet. Tout est confus. Je me sens comme ailleurs, détaché, sans être certain de me rappeler ce qu'elle vient de dire. Mon cerveau est inerte, vidé. La seule chose que je sens, ce sont ses mains. Elles ont retrouvé le calme. Elles sont chaudes, épaisses, enveloppantes et à cet instant je me rappelle la sensation d'apaisement qu'elles me procuraient, enfant, lorsqu'incapable de trouver le sommeil je sentais la chaleur de sa paume fermement calée contre la mienne alors qu'elle me tenait la main jusqu'à ce que je parvienne à m'endormir. Cela pouvait durer de longues minutes, parfois plus d'une heure. Mais elle restait à mes côtés, assise sur le bord de mon lit, en attendant que mes yeux se ferment pour de bon. Je ne peux pas imaginer la vie sans elle. Elle me connaît mieux que quiconque.

C'est elle qui a pris la relève de mes parents au moment de leur divorce quand j'avais à peine 6 ans. C'est également à Margot que je dois mon prénom, une faveur qu'elle a obtenue de mes parents pour honorer la mémoire de mon défunt grand-père. C'est du moins l'interprétation que j'en ai faite, car à 30 ans j'ignore encore la vraie raison. Le seul début d'explication m'a été livré par mon père lors d'un dîner en tête à tête pour mon anniversaire, le jour de mes 17 ans.

— C'est comme ça. Tu t'appelles Paul parce que Margot a voulu que tu t'appelles comme son mari. Ta mère et moi avions 20 ans. Alors on a dit oui pour lui faire plaisir et on n'a pas posé de question.

— Mais cela ne vous a jamais intrigués, toi et maman ?

— On avait d'autres choses en tête. On était à peine sortis de l'adolescence. La vie de nos parents ne nous intéressait pas. Ce qu'ils avaient vécu pendant la guerre ne nous intéressait pas. On appartenait à deux mondes totalement séparés. On ne se parlait pas. On ne se comprenait pas. La communication entre les générations n'existait pas. Je n'ai jamais pu parler à mon père comme on se parle aujourd'hui. Et de son côté, Camille avait peu de rapports avec Margot. La seule chose qui nous intéressait, c'était de quitter nos parents et de voler de nos propres ailes. Alors quand à ta naissance Margot a suggéré que tu portes le prénom de son mari, Camille a dit oui sans broncher. On savait juste que cela faciliterait les choses avec elle ensuite pour pouvoir partir, nous marier et vivre notre vie. On n'était pas du tout comme toi, à chercher des explications à tout, à vouloir toujours tout comprendre.

Ce jour-là, je n'ai eu ni la présence d'esprit ni l'insolence de lui dire qu'à force de ne jamais poser de question, ils ne connaissent aujourd'hui quasiment rien de leur histoire. Personne ne sait qui est Paul de Promont, au-delà des quelques anecdotes livrées au compte-gouttes par Margot et vantant les mérites d'un diplomate polyglotte et héroïque, marié deux fois, ayant débarqué sur les plages de Normandie pendant l'été 1944 aux côtés du général Leclerc. Ma mère n'avait que 3 ans et demi lorsqu'il est mort. Paul de Promont est un fantôme et son histoire, un secret que Margot a gardé pour elle toute sa vie et qu'elle s'apprête à emporter avec elle dans sa tombe. L'idée m'est insupportable et je sens mes mains s'agiter à leur tour dans les siennes. Elle les caresse comme pour me calmer. Ses yeux sont toujours clos.

— Margot, il arrive que les médecins se trompent et je l'espère de tout mon cœur. Je ne peux malheureusement pas t'empêcher de croire que tout est fini. Mais si c'est le cas, j'ai besoin de te dire quelque chose. J'aimerais que tu m'écoutes et que tu ne me coupes pas.

— Je t'écoute.

— Tu es ma grand-mère et il m'est insupportable d'imaginer que tu ne sois plus là. J'ai grandi avec toi. Tu m'as élevé. Tu m'as poussé à travailler. Tu m'as encouragé. Tu m'as ouvert aux livres et à la musique. Tu m'as fait aimer Gershwin, Rachmaninov et John Coltrane. Tu connais mes doutes et sais calmer mes angoisses. Tu as rencontré la plupart des filles que j'ai aimées. Tu m'as conseillé. Tu m'as beaucoup consolé. Tu m'as parfois engueulé quand je me conduisais comme un goujat. Je me suis construit auprès de toi. Tu connais à peu près tout de ma vie. Mais je ne connais pas la tienne. Tu n'as jamais rien voulu me dire de ton histoire, de ton mari, de la guerre. Et maintenant tu vas partir sans rien avoir livré. Sans que personne sache quoi que ce soit. Et c'est difficile à supporter pour ceux qui restent, tu comprends?

— Je savais que tu allais m'en parler. Mais je suis trop fatiguée, je n'ai pas la force de te raconter. Alors je t'ai préparé quelque chose. Il y a un paquet pour toi sur la table du salon, emporte-le. C'est un prêt, pas un cadeau. Prends-en grand soin.

— Qu'est-ce que c'est?

— Tu verras, tu y trouveras un certain nombre de réponses à tes questions. J'aimerais que tu n'en parles à personne. Et surtout je veux que tu jettes ce paquet dans mon cercueil et qu'il reste pour toujours avec moi. Je peux compter sur toi?

— Tu le sais bien. Je te le promets.

24.

2 décembre 1999

Changement de service.

Le serveur pose l'addition dans la soucoupe où les tickets s'accumulent. Je lève les yeux. Un géant patibulaire engoncé dans une veste blanche et un nœud papillon noir qui fait gonfler les veines de son cou épais est planté face à moi, le dos contre la baie vitrée. À l'extérieur, le jour va bientôt se lever. Je jette un coup d'œil à ma montre. Presque 7 heures. Je n'ai pas vu la nuit passer et j'ai la tête farcie de scènes et d'anecdotes qui flottent dans mon cerveau.

— Vous prendrez autre chose ?

La voix rauque du serveur résonne au milieu du silence. Sous les lustres et les boiseries de la vaste salle de style Belle Époque, les rangées de nappes blanches et de banquettes en cuir rouge sont vides. Faute de clients, un autre maître d'hôtel s'est posté à l'extérieur de la brasserie pour accueillir les camions de Rungis qui bloquent la rue, en face de l'église Saint-Eustache. À l'intérieur, mon serveur attend patiemment que je réponde à sa question et à part

308

le bruit de la vapeur d'eau que crache la grande machine à café derrière le bar en zinc, il règne un calme quasi absolu.

— Un double express, s'il vous plaît.

— Attention à l'arrêt cardiaque, tout de même. C'est le douzième !

— Ah... Oui, vous avez raison... Ça fait beaucoup. Alors mettez-moi un croissant avec mon café. Ça épongera un peu. Il faut que je tienne.

Le serveur plisse les yeux, son attention visiblement attirée par mes affaires qui traînent sur la table. Deux épais carnets noirs en cuir Moleskine remplis de notes rédigées à la main sur plusieurs centaines de pages s'étalent grands ouverts entre la soucoupe remplie d'additions, l'emballage froissé en boule et une tasse pleine de café refroidi.

Sur la couverture de chaque cahier, une étiquette. *Journal de Paul. Journal de Margot.* Il y a là toute leur histoire, rédigée séparément pendant les années de guerre par mon grand-père et ma grand-mère. Depuis le début de la nuit, je dévore leur récit et je n'en reviens pas. Je me représente les lieux : Tientsin, Changchun, Hanoï. J'imagine les personnages : Jacques Lestrade, John Powell, Jimmy Saval, Claire de Villerme. Éléonore. Et j'absorbe. J'absorbe sans recul. Toutes ces révélations tournent en boucle dans mon cerveau : le choix de Paul. Son héroïsme. Sa lâcheté. Son engagement. Son désir de liberté. Sa culpabilité. Sa colère. En lisant son récit, des questions reviennent sans cesse. Comment aurais-je agi à sa place ? Aurais-je eu son audace ? Aurais-je abandonné les miens ? Et surtout : pour quoi, entre l'amour et les convictions, s'est-il réellement engagé?

En voyant les deux épais bloc-notes, le serveur qui est resté planté devant moi s'étonne.

— Vous avez lu ces deux pavés cette nuit?

— Oui. Enfin presque.

— Je comprends mieux pour le café. Ce sera prêt dans une minute.

Sans même le regarder partir, je me replonge dans les carnets. Et je retrouve Margot. Son personnage me fascine. J'ai du mal à imaginer ma pauvre grand-mère de 82 ans, des tuyaux d'oxygène plein les narines, en une jeune aventurière tenace, sensuelle et intrigante. Qui pourrait croire que cette vieille dame austère et réservée ait par amour été capable, au fin fond de la Chine, de bouleverser à jamais la vie d'un homme rangé, marié, père de famille, pour en faire un résistant incapable de résister à son charme? Derrière le style classique et bon chic bon genre de la dame que j'ai toujours connue se cache une anticonformiste dotée d'un culot hors du commun qui n'a pas hésité à entrer dans les services secrets, à manipuler, à mentir, à prendre des risques inouïs dans les rangs de la Résistance. L'héroïsme de Paul est en quelque sorte l'œuvre de Margot. Une entreprise dans laquelle elle s'est investie jusqu'à en perdre la raison. Car au fur et à mesure de son journal une autre femme se dessine progressivement, une femme dévorée par la passion, flirtant en permanence avec l'abîme, au bord du gouffre. Une femme fusionnelle que son besoin de Paul, sa dépendance, consument petit à petit.

La déchirure et la fragilité qui apparaissent dans son journal n'ont jamais transpiré de la femme secrète et mesurée que j'ai toujours connue. L'une a les nerfs à vif quand l'autre est calme et maîtrisée. L'une est instable là où l'autre est un socle. Si ce n'est un goût excessif pour le Cutty Sark, ces deux femmes n'ont en apparence rien en commun. Comment la même personne peut-elle faire naître deux femmes si différentes ? Je m'arrête un instant dans la lecture et sur un bout de papier, machinalement, prends quelques notes. Comme par déformation professionnelle, une liste de questions apparaît. Comment Margot a-t-elle pu changer à ce point ? Quel a été le détonateur ? Sa dispute avec Paul peut-elle être une clef d'explication ? Et si c'était le cas, qu'a-t-il pu lui dire de si violent qui l'ait traumatisée au point d'être incapable d'en retranscrire le moindre mot dans son journal ? Pourquoi faire de cette dispute un tel secret ?

Je reprends la lecture en guettant des réponses.

Au fil du récit, Margot revient peu à peu au calme puis quitte la terrasse de sa chambre pour aller retrouver Paul qui, allongé dans son lit, semble dormir profondément.

J'ai l'impression étrange de me trouver dans la chambre avec elle alors que je n'ai rien à y faire. Une sensation de gêne me saisit brusquement, une sensation comparable à celle d'un petit garçon caché par hasard derrière un rideau et assistant comme un intrus à la souffrance de sa grand-mère devant l'horreur. Celle du corps inerte de son mari qui ne se réveille pas.

Je reste immobile, le regard dans le vide, plongé dans un état de sidération. La souffrance de Margot m'est trop pénible. Je l'entends crier son désespoir. Je l'entends perdre pied. Et je voudrais prendre sa main, la serrer contre la mienne, lui dire qu'elle n'est pas seule, qu'elle n'est plus seule, que je suis là. Je voudrais pouvoir lui dire ma fierté d'être son petit-fils. Je voudrais pouvoir lui dire que je commence à comprendre.

J'avais toujours cru que Margot n'aimait pas parler d'elle et du passé par pudeur, discrétion, goût du secret. Mais c'était de la peur. La peur de revivre cette insupportable douleur. La peur de faire renaître les fantômes et la conviction que le silence finirait par effacer les souvenirs et la souffrance. C'est sans doute pour cette raison qu'elle a arrêté son journal le 23 août 1948 sans jamais faire mention de cette terrible dispute avec Paul. Elle s'est trompée. Le silence l'a maintenue enfermée dans sa douleur. Elle a fait de cette querelle avec Paul un secret. La dispute est devenue sa prison.

25.

21 décembre 1999

J'enfonce mes mains glacées dans mes poches, courbe les épaules comme pour me protéger du vent et de la pluie. Les averses se font plus fortes, les bourrasques plus fréquentes. Frigorifié, le regard happé par la fosse, je suis troublé. Comment va-t-elle pouvoir tenir dans un tel espace ? La crevasse est étroite, la terre humide. Impossible de l'imaginer là-dedans.

Devant nous, une dizaine d'hommes en noir s'activent en silence de chaque côté du trou. Comme des équilibristes, ils ajustent à bout de bras la lourde boîte en chêne pour l'insérer dans la fosse. Le tour de main est impressionnant. En quelques minutes, le cercueil glisse au fond comme s'il avait été creusé sur mesure.

— Voulez-vous dire quelque chose ?

De sa voix exagérément lente, comme pour souligner la gravité de la situation, l'employé des pompes funèbres s'adresse avec délicatesse à ma mère.

Le visage dissimulé derrière de grandes lunettes de soleil sous la pluie battante, Camille répond d'un mouvement de la tête par la négative.

L'homme se tourne alors vers moi.

— Et vous monsieur, voulez-vous prononcer un mot avant que nous refermions ?

— Non, rien. Mais je voudrais poser un paquet dans la tombe, à côté d'elle.

— Allez-y, je vous en prie.

Je m'avance de trois pas et en m'arrêtant juste au-dessus de la fosse, un coup me saisit brusquement au cœur. Je vois le cercueil de chêne foncé et je réalise l'impensable.

Margot est en bas, dans le trou, enfermée dans son cercueil, et je m'apprête à partir et la laisser toute seule. Soudainement me revient en mémoire le souvenir de nos multiples séparations. Je la revois, accoudée à la fenêtre du troisième étage, qui me suit du regard et attend que je me retourne pour me faire un dernier signe d'au revoir alors que je m'éloigne dans la rue. Je revois son sourire, ses yeux verts bienveillants et le mouvement de ses lèvres qui me rappellent en silence l'essentiel : « je t'aime mon Paul ». En repensant à cette scène vécue des centaines de fois depuis mon enfance, les sanglots montent sans retenue. Je m'apprête à partir et cette fois, je ne verrai pas son sourire. Je ne lirai pas sur ses lèvres.

— Vous vouliez mettre quelque chose dans le caveau, c'est bien cela monsieur ?

L'homme des pompes funèbres me fait comprendre poliment que le temps presse. Je jette un dernier coup d'œil à l'épais sac en papier que je tiens fermement en main depuis le début de la cérémonie. Et je jette le paquet dans le caveau, comme Margot me l'avait demandé. Au milieu des larmes, je me surprends à esquisser un sourire, un très grand sourire alors qu'en silence, sous mes sanglots, mes lèvres se mettent à bouger : « Je t'aime ma Margot. Tu es en moi… pour toujours. »

Je recule de trois pas et retourne aux côtés de ma mère.

Le responsable des pompes funèbres fait alors un signe de tête aux employés du cimetière qui se mettent aussitôt à l'œuvre avec des pelles pour recouvrir le cercueil. Je regarde enfin autour de moi et je m'aperçois que le lieu est minuscule. Je n'étais jamais venu ici. Nous sommes en pleine campagne, sur une toute petite colline, à l'extérieur du village familial de Bennen, au fin fond de la Bretagne. La propriété a été vendue avant ma naissance et nous ne possédons plus rien dans la région. Les seules traces de la famille sont ici, sur la quinzaine de tombes en vieille pierre de granit qui entourent une ravissante chapelle en pierre sèche du XIIe siècle. Sur chacune des tombes, le même nom de famille. Il y a là mon arrière-grand-père Émile de Promont, son père, sa mère, mais aussi ses grands-parents, son oncle et sa tante (morte avant d'atteindre ses 18 ans) sans oublier sa femme, Thérèse. À quelques mètres se trouve désormais Margot. Elle repose à l'ombre d'un grand chêne, juste à côté d'une autre tombe sur laquelle est écrite la mention suivante : « Paul de Promont. Né le 6 août 1905 – Mort le 23 août 1948 ».

Juste en dessous, on peut lire « Diplomate. Grand résistant ».

Je suis le dernier à quitter le cimetière. Ma mère est loin devant moi, au bras de son petit frère et de mon père qui a tenu à être présent. Il y a quelque chose d'étrange et d'émouvant à voir mes parents réunis pour la première fois depuis leur divorce. On dirait un frère et une sœur qui se retrouvent après de longues années d'absence. La douceur qui se dégage d'eux les rend, à cet instant, très beaux.

*

Alors que je regagne la sortie du cimetière, un homme s'approche de moi. Élégant, les cheveux blanc, fins, tirés en arrière, de fines lunettes posées sur une tête et un corps ronds, il se dirige vers moi en s'aidant d'une canne, à un rythme soutenu.

— Bonjour, vous êtes Paul, n'est-ce pas ? Je vous ai vu quand vous étiez tout petit. Vous ne pouvez pas vous en souvenir. Je m'appelle Pierre Dérolier.

— Enchanté. Vous étiez un de ses amis, c'est cela ?

— Oui c'était une amie très chère. Nous nous connaissions depuis près de quarante ans. Elle me parlait tout le temps de vous, vous savez.

— Mais comment se fait-il que nous ne connaissions pas ?

— Je viens rarement à Paris. J'habite en Bretagne, à Saint-Brieuc. Mon père avait racheté la charge de notaire d'Émile de Promont, votre arrière-grand-père. Je suis moi-même devenu notaire et j'ai repris l'affaire de mon père. C'est comme ça que j'ai connu Margot et que nous sommes devenus amis. Et que par la même occasion je suis devenu son notaire.

— Je comprends. Alors j'imagine que vous allez bientôt devoir réunir ma mère et mon oncle, pour l'héritage.

— Oui effectivement. Mais avant cela je voulais vous voir. Margot m'a laissé quelque chose pour vous. Il y a quinze jours, elle m'a appelé pour que je vienne la voir et que nous réglions quelques détails. Et elle m'a demandé expressément de vous donner un document en mains propres le jour de ses funérailles.

— De quoi s'agit-il ?

— D'une lettre. Et elle m'a dit qu'il était très important que je vous la remette aujourd'hui. Elle l'a écrite il y a quinze jours. La voici.

— Je vous avoue que je suis un peu surpris.

— Je veux bien le croire. Je ne fais que respecter son souhait en vous la remettant. Une chose encore. Elle m'a demandé de vous dire de l'ouvrir dès réception. Au revoir Paul.

26.

« Paris, le 7 décembre 1999

Mon Paul, chéri.

J'entrevois déjà l'étonnement dans tes yeux en recevant cette lettre des mains d'un homme que tu n'as jamais vu, le jour de mes funérailles.

C'est incongru, je sais, et je te demande de m'en excuser. Mais de là où je serai quand tu ouvriras ce courrier, je n'aurai plus personne à qui parler. Et t'imaginer en train de lire ces lignes à quelques mètres au-dessus de ma tête allège un peu la peine et surtout la peur de ce qui m'attend.

Je suis terrorisée, et je n'avais pas pensé que tout irait aussi vite.

Lorsque les médecins ont découvert le Diable dans mes entrailles il y a cinq semaines, ils m'ont garanti trois à six mois. Rien de folichon. Mais suffisamment de temps pour accepter la suite des événements et mettre de l'ordre dans mes affaires.

Ils se sont hélas trompés. Je suis épuisée. Mes muscles sont faibles. Mes articulations font mal. Ma respiration est courte. La machine à oxygène semble de moins en moins efficace, si ce n'est à me rendre définitivement sourde. Il m'est difficile de savoir combien de jours ou de semaines j'ai encore devant moi, mais je ne veux en aucun cas courir le risque de partir sans te dire ce qui me semble important.

J'avais évidemment prévu les choses autrement.

Je t'ai confié mes carnets en pensant que nous aurions du temps. En me fixant sur le calendrier des médecins, j'avais imaginé de longues conversations avec toi comme nous en avions lorsque tu vivais à la maison. J'avais imaginé pouvoir t'éclairer sur ces carnets, t'expliquer ce qu'ils ne disent pas, te dire ce que je n'ai jamais osé avouer. Me libérer en quelque sorte.

Je m'étais préparée à toutes tes questions, à tous les "pourquoi" que tu exprimes presque machinalement, depuis que tu sais parler. Mais l'espoir de ces conversations est illusoire. Je suis trop faible. Le cancer flambe. Il est en train de m'achever.

Alors à défaut de pouvoir te parler, je veux que tu retiennes ce que je t'écris.

Je t'aime plus que tout au monde. Je t'aime plus que j'ai aimé mes propres enfants. Dès le premier jour de ta naissance, lorsque je t'ai vu à la maternité, allongé à côté de Camille, j'ai ressenti cet amour inconditionnel. Une onde de choc immédiate et absolue m'a envahie. C'était la première fois que j'éprouvais un tel sentiment. La première fois depuis la mort de ton grand-père. Te prendre dans mes bras m'a comblée comme personne d'autre auparavant à part lui. J'ai

319

brusquement retrouvé la joie intérieure que j'avais perdue. Le jour de ta naissance, tu as fait renaître en moi un sentiment que je croyais mort, le bonheur. Ta mère et moi n'en n'avons jamais parlé mais je me souviens encore du regard de Camille lorsque je lui ai demandé quel prénom elle avait choisi pour toi. Elle avait ses petits yeux noirs, malicieux et rieurs.

— Devinez! m'avait-elle répondu.

— Je ne sais pas.

— Si Maman. Vous savez très bien.

Je ne sais pas si Camille en a eu conscience, mais son choix ne fut pas seulement un cadeau fait à la mémoire de son père. Il fut pour moi la renaissance d'une aventure qui s'était arrêtée net le jour de la mort de Paul, seize ans plus tôt.

Secrètement, j'ai toujours eu la conviction qu'en portant son prénom, tu portais aussi son histoire et qu'à ce titre je me devais de m'occuper de toi. Je t'ai ainsi élevé comme un fils, comme un héritier, sans pourtant jamais te parler de mon passé ou celui de Paul malgré tes demandes maintes fois répétées. Il était hors de question de te mettre dans l'embarras en te donnant l'impression (fausse évidemment) d'un quelconque "transfert", pour reprendre l'expression à la mode de tous ces psys qui fleurissent avec tant de succès aujourd'hui.

Pour éviter tout malentendu, j'ai gardé le silence. Me taire était mieux pour tout le monde – ta mère, ton père, la famille, et le "qu'en-dira-t-on". Moins on en dit, moins on se justifie.

Et surtout mon silence était salvateur. L'opacité est toujours une excellente béquille quand on est perdu comme je l'étais depuis la mort de mon mari.

Le silence est le seul moyen que j'ai trouvé pour avoir la force de continuer à vivre après Paul et après la violence qu'il m'avait fait subir les derniers mois de sa maladie.

À sa mort, j'ai donc décidé de tirer un trait sur mon histoire avec lui, mis un terme à mon journal et imposé une chape de plomb à tous mes proches concernant Paul, dans l'espoir qu'avec le temps les souvenirs s'effacent et que la douleur finisse par disparaître.

Et, pour tout te dire, au début, quand je me suis remise à travailler, cela a marché. L'urgence de trouver un travail a été une aide précieuse pour le chasser de mon esprit.

En rentrant des États-Unis avec deux enfants à charge, je devais gagner ma vie. Je savais que je ne pouvais pas compter sur la gratitude des anciens résistants qui avaient pris le pouvoir au Quai d'Orsay. Ils avaient blacklisté Paul en partie à cause de moi. Il n'y avait donc rien à en attendre, sinon la pension ridicule à laquelle j'avais droit en tant que veuve de diplomate. J'ai alors pris contact avec le réseau que j'avais au Royaume-Uni. Et j'ai eu de la chance, l'ambassade à Paris avait rouvert ses portes trois ans plus tôt, fin 44, et cherchait quelqu'un pour s'occuper de la communication. J'ai été prise grâce à l'entremise d'un de mes amis qui à l'époque était devenu l'un des plus proches conseillers du ministre des Affaires étrangères. Cet homme n'est autre que John Powell. J'imagine à cet instant ce que tu dois te demander, à la simple mention de John Powell: "Ma grand-mère a-t-elle fait de l'espionnage pour les Anglais en France sous une couverture d'attachée de presse de l'ambassadeur?"

Je répondrai juste ceci, Paul: "Devine", comme dirait ta mère!

Pour ma part, je n'ai rien à dire à ce sujet.

Quoi qu'il en soit, mon travail d'attachée de presse à l'ambassade m'a remise sur pied.

La plupart des journalistes politiques et patrons de presse que compte la capitale ont fait leur entrée dans mon quotidien. De cocktails mondains avec l'ambassadeur en soirées enfumées dans les caves de jazz de Saint-Germain-des-Prés, j'ai peu à peu retrouvé la légèreté que j'avais perdue. J'ai fait des rencontres. Certaines sont devenues des amis. D'autres m'ont demandé en mariage. Pierre Dérolier s'est occupé de moi.

Mais personne n'est jamais entré dans ma vie.

J'ai manié l'art de la distance, celui qui consiste à laisser la porte ouverte tout en s'assurant que personne n'ose entrer. Pour cela il suffisait de refuser à l'autre tout accès à mon jardin secret et à mon passé.

Le problème que je n'avais pas prévu c'est que mon mutisme rendrait Paul bien plus présent encore. Dérolier m'a dit un jour: "Vous avez fait de Paul un fantôme bien trop encombrant pour que je puisse avoir une place dans votre vie."

Je n'avais pas répondu. J'étais têtue. Le silence avait ceci de très commode qu'il m'épargnait toute explication ou conflit. Se taire était le meilleur des boucliers. Et cela a fonctionné ainsi pendant des années. Mon passé avec Paul était devenu un sujet tabou. Personne, pas même mes enfants, n'y avait accès. Je me souviens comment ton oncle Arthur m'a une fois demandé comment j'avais rencontré son père. *Nous étions à table tous les trois, avec Camille, et j'avais laissé planer un long silence avant de répondre. Le souvenir de ma rencontre avec Paul était revenu d'un coup. Tientsin, ses mains, ses yeux gris, nos regards qui se croisent: tout était intact. Les images me retournaient le ventre. Il m'était impossible de les raconter. À cause de cette douleur tout au fond de moi, je n'avais pas réussi à faire autrement que de me montrer moi-même brutale pour clore le sujet une bonne fois pour toutes. En regardant Arthur droit dans les yeux, j'avais rétorqué: "C'est quelque chose qui relève de mon intimité. Et rien de tout cela ne te regarde."*

Arthur avait quitté la table en silence. Jamais plus il n'a osé soulever le sujet. Je m'en veux encore aujourd'hui de m'être montrée aussi rude avec mon fils. Vois-tu, à force de mettre ses souvenirs sous scellés, on en devient prisonnier. Le secret m'a envahie au lieu de me protéger. J'ai longtemps cru qu'en maintenant le silence, la douleur s'estomperait, puis finirait par disparaître. Il n'en n'est rien. Tout est toujours aussi présent, à vif, comme si l'événement avait eu lieu hier. Et il faut que ça cesse. L'idée de partir en embarquant cette histoire dans la tombe m'est insupportable. J'ai besoin d'être au calme. Et tu as besoin de savoir. Alors je vais te raconter. Voilà ce qui me pèse depuis tant d'années:

Cela s'est passé au cours de la nuit du Nouvel An 1947. Nous recevions tout le gratin de La Nouvelle-Orléans pour fêter la Saint-Sylvestre. Il y avait deux cents personnes à la maison et Paul était très malade. Il se tenait avec difficulté sur sa canne. Il se savait condamné, et ce soir-là, pendant la réception, il avait passé plusieurs heures dans son bureau avec le père Henri Brunswick, le seul de ses amis en qui je n'avais aucune confiance, comme tu as dû le lire dans mes carnets. Et ce sont les révélations que Paul m'a faites le lendemain qui me hantent encore aujourd'hui. Plus de cinquante ans ont passé mais étrangement je me souviens presque mot pour mot ce qu'il m'a dit le lendemain de son entrevue avec Brunswick :

— J'ai peur, Margot. Une peur terrible de ce qui va m'arriver. Cette idée m'est insupportable. La maladie me bouffe, le Diable a pris le contrôle. Et il est en train de me tuer. Je ne sais pas quand, mais il aura ma peau. Je n'ai que 42 ans. C'est trop jeune, bien trop jeune pour que tout s'arrête, bien trop jeune pour quitter ma fille, et l'enfant qui va naître. C'est un cauchemar. Je n'ai aucune prise. Je ne peux rien empêcher. Je suis seul… Et démuni face à ce qui s'approche.

Je l'écoutais sans l'interrompre. Il était blême, les traits creusés. Je le sentais en panique. Il perdait pied.

— Je n'y arriverai pas tout seul. J'ai besoin d'aide et vous n'êtes pas en mesure de m'aider, Margot. J'ai besoin de me soulager, de soulager ma conscience, de me préparer à ce qui va m'arriver. Je suis en train de devenir dingue. J'ai besoin de quelqu'un qui m'aide à traverser cette épreuve. Une aide spirituelle qui me donne de la force pour trouver un peu de tranquillité intérieure. Vous comprenez ?

— Je crois, oui.

— C'est pour ça que j'ai invité Brunswick. En homme d'Église, il connaît toutes ces questions intimes et les tourments que peut traverser quelqu'un à la toute fin de sa vie. J'ai pris en charge son voyage jusqu'à La Nouvelle-Orléans. Je

l'ai fait venir sans vous en parler pour éviter toute discussion, tout débat, toute querelle.

— Je comprends. Et que lui avez-vous dit?

— J'ai commencé par lui expliquer l'essentiel: que je suis mort de trouille et que j'ai besoin de lui. Et j'ai précisé que ce n'était pas seulement l'ami qu'il est pour moi que je sollicitais. J'avais besoin du prêtre. Alors je l'ai vu se raidir et me regarder les yeux écarquillés: "Mais Paul, ça fait des années que tu ne pratiques plus. La dernière fois que tu as dû rentrer dans une église, c'était le jour de ton mariage avec ta première femme."

Je me rends compte aujourd'hui que Brunswick n'avait pas foncièrement tort. Paul n'avait jamais été une grenouille de bénitier et n'avait en effet pas mis les pieds dans une église depuis des années. Ton grand-père avait un tempérament bien trop indépendant pour se laisser embarquer dans une quelconque pratique religieuse. En revanche, il avait reçu une éducation catholique très stricte de sa mère Thérèse, elle-même une bigote bretonne particulièrement coriace. Et je pense qu'au fond il ne s'en est jamais débarrassé car c'est à cette spiritualité qu'il s'est accroché au soir de sa vie. Secrètement, Paul était un homme rongé par la culpabilité. La culpabilité vis-à-vis d'Éléonore. Ce qu'il lui a fait subir l'a poursuivi jusqu'au bout. Il ne s'en est jamais remis. Plus que la maladie, c'est la culpabilité qui était en train de le tuer. Il en était prisonnier et je pense qu'à la fin il s'est rendu compte que seule la toute-puissance de l'Esprit pouvait l'en délivrer. C'est en tout cas ce que j'ai compris de la poursuite de son dialogue avec Brunswick tel qu'il me l'a raconté.

— Henri, regarde mon état! J'ai 42 ans et je me tiens comme un vieillard. Ne vois-tu pas que mon corps fout le camp? J'ai une balle de ping-pong dans le cerveau qui est en train de me détruire. Je suis drogué à la morphine du matin au soir. Il n'y a que cela qui puisse me soulager. J'en suis devenu dépendant. Ma vie est en suspens. Je suis fichu. Et ce qui m'attend me terrifie. L'inconnu m'est insupportable. Comment parvenir à envisager les choses avec sérénité quand on a commis l'inacceptable comme je l'ai fait, Henri? Quand on a trahi comme j'ai trahi? Comment peut-il y avoir le moindre pardon quand on a abandonné son enfant?

» Ce n'est pas la mort qui me terrorise. C'est de mourir comme un salaud.

» J'ai laissé ma propre fille. Je l'ai abandonnée alors qu'elle n'avait pas dix ans. Il m'a été impossible de faire autrement. Je n'ai pas eu la force de l'affronter. J'ai trahi ma propre famille pour m'engager dans la Résistance, continuer le combat et retrouver mon amour. Se conduire comme un lâche pour agir en héros… n'est-ce pas le comble de l'ironie?

» Toute sa vie, Éléonore a été et sera marquée par ce jour d'été 1940 à Tientsin où je suis parti comme un pauvre voleur. Ma fille n'a jamais souhaité me revoir. Elle n'a jamais répondu à mes lettres. Elle a fait – à juste titre – une croix sur son propre père. Je n'ai que des regrets. Réparer mes errements m'est impossible. Le réveil, j'en ai conscience, est bien trop tardif. Mais tu es le seul vers qui je puisse me tourner.

— Qu'attends-tu de moi, Paul?

— Je veux juste ce qui est prévu depuis mille ans par l'Église pour soulager l'angoisse et la souffrance d'un malade *en danger de mort. L'onction et le pardon. Et il n'y a que toi qui puisses me l'accorder.*

— Ce n'est pas à moi que tu t'adresses. C'est à l'Église. Et il y a des règles. Tu le sais bien Paul, n'est ce pas?

C'est à ce moment-là que j'ai découvert un autre visage de Paul, celui du mensonge. Il m'avait toujours affirmé s'être entretenu avec Éléonore et Claire avant de quitter Tientsin. Cela m'avait d'ailleurs valu une engueulade homérique avec Brunswick en Indochine lorsqu'il avait insinué que Paul avait abandonné son enfant pour me rejoindre. À cet instant, je compris qu'en me rapportant sa conversation avec le prêtre, Paul était en train de m'avouer qu'il était "parti comme un voleur". Jamais je n'avais imaginé qu'un tel mensonge de sa part puisse être possible. J'en ai eu le souffle coupé. Et tandis qu'il me parlait des règles de l'Église et de son désir d'onction, je l'interrompis.

— Pourquoi m'avoir menti, Paul?

— Parce que j'avais peur. Peur de vous perdre si je vous disais la vérité. Ce que j'ai fait est une transgression absolue. Abandonner un enfant est inacceptable. À l'époque, j'étais inconscient, incapable de penser droit, tiraillé entre vous et Claire, entre ma carrière à Tientsin et l'engagement dans la Résistance. La seule force que j'ai trouvée, c'est de me faire la malle sur un coup de tête et disparaître. Ensuite, une fois dans le train, une fois à Hong-Kong, la culpabilité m'a rattrapé. La honte a pris le dessus. Je n'ai jamais eu le courage de vous l'avouer.

— Que voulez-vous faire à présent, Paul?

327

Ce qu'il m'a répondu à ce moment-là déclenche encore aujourd'hui une douleur aussi vive que celle que j'ai ressentie en l'écoutant.

— Rien, Margot. On ne peut plus rien faire

— Comment ça? Je ne suis pas certaine de bien comprendre.

— L'onction, comme le disent les textes, est une bénédiction qui guérit les cœurs brisés et donne de l'espoir à ceux qui souffrent. Elle permet la délivrance. Elle atténue les faiblesses. Elle œuvre pour être à la hauteur de ce que Dieu attend d'un homme au seuil de sa mort. Mais Brunswick a insisté sur un point: elle ne peut se donner sans s'engager en retour. Du point de vue de l'Église, m'a-t-il dit, l'onction ne peut cohabiter avec une personne qui vit dans la faute, dans ce que les catholiques pratiquants appellent communément le péché. En ayant abandonné Éléonore et Claire, il m'est impossible d'avoir une bénédiction si je ne fais pas la preuve d'un engagement. Un engagement qui libère d'un fardeau. Celui-ci passe par un renoncement, dont l'objet constitue l'origine même de la faute initiale. Ce sacrifice est la seule condition, selon Brunswick, pour recevoir l'onction.

— Et quel est ce sacrifice?

— Vous, Margot. Vous et moi. Notre intimité. Notre union. Il me faut désormais renoncer à la femme que vous êtes.

— Vous voulez me quitter?

— Non, je veux mourir.

J'ai bien cru m'évanouir. J'ai mesuré immédiatement ce que signifiait la tirade alambiquée qu'il avait faite. Je lui étais désormais interdite. Je ne pouvais plus le toucher, l'embrasser, l'envelopper. Plus jamais je ne serais sa femme. J'avais à peine trente ans et il venait en un instant de me retirer toute vie conjugale, toute intimité.

Je me suis sentie morte. Morte mais hélas bien vivante, et prisonnière du diktat de cette Église dont Brunswick était le porte-parole. Brunswick, d'apparence si sage et rassurant avec sa soutane et le sourire d'enfant de chœur constamment affiché sur son visage hâlé, a fini par avoir sa revanche : Paul m'a abandonnée.

Il a retrouvé les valeurs d'un monde confiné, étriqué, archaïque qu'il avait toujours refusé mais qui le rattrapait à présent. Il faut beaucoup de courage pour rompre avec ses racines. Paul n'y est pas entièrement parvenu. Au soir de sa vie, l'angoisse l'a rattrapé. J'avais été celle par qui le scandale était arrivé. Il avait laissé Vichy pour continuer le combat. Il avait lâchement quitté sa femme et son enfant pour me rejoindre. Mais dans son milieu on ne bazarde pas sa vie comme il l'a fait. On ne divorce pas pour se remarier aussitôt.

Dans son milieu on se tient droit, on agit par devoir, on fait illusion. Paul, lui, en a décidé autrement. Et il l'a payé cher. La culpabilité a pourri sa vie. Et bousillé la mienne.

Je ne me suis jamais remise de son rejet. À partir de ce jour-là, je n'ai plus jamais eu Paul dans mes bras. Les dix-huit mois qui ont précédé sa mort ont été un long tunnel fait d'insomnies, d'alcool et d'anxiolytiques.

Je vivais à côté d'un fantôme silencieux. Jusqu'au bout, j'ai espéré qu'il se réveille et revienne à moi. J'en ai pleuré. Je l'ai supplié, au point d'en devenir folle. Lors de mes longues nuits

329

d'insomnie, j'ai veillé au pied du lit en le regardant dormir, imperturbable, son léger sourire affiché comme pour me signifier le grand bonheur dans lequel il était plongé. Plus je l'observais, plus j'étais jalouse de cette joie qui transparaissait sur son visage. Et je me souviens encore des sentiments qui me traversaient, de cette urgence soudaine d'effacer ce sourire, de cette irrépressible envie de coller mon oreiller sur son visage, de le plaquer avec toute ma force jusqu'à étouffement. Je me souviens d'en avoir rêvé, des nuits entières, jusqu'à ce que ce désir fasse basculer quelque chose en moi. Je me souviens encore de ce dernier sourire.

J'ai moi aussi fermé les yeux. Et je me vois appuyer sur l'oreiller. De toutes mes forces.
J'ai cherché la délivrance. Mais lui seul l'a obtenue.
C'est le souvenir de ce dernier souffle que j'ai voulu enfouir tout au fond de moi pendant cinquante-deux ans.

Tu es le seul à en connaître l'existence.
Il fait partie d'une histoire qui dès le départ nous était impossible.
Désormais, elle t'appartient.
Margot »

Cet ouvrage a été imprimé sur Roto-Page
par l'Imprimerie Floch à Mayenne
pour le compte des Éditions Grasset
en avril 2019

Composition Maury-Imprimeur

Grasset s'engage pour
l'environnement en réduisant
l'empreinte carbone de ses livres.
Celle de cet exemplaire est de :
950 g éq. CO$_2$
Rendez-vous sur
www.grasset-durable.fr

PAPIER À BASE DE
FIBRES CERTIFIÉES

N° d'édition : 20974 – N° d'impression : 94275
Dépôt légal : mai 2019
Imprimé en France